闘鬼　斎藤一

吉川永青

集英社文庫

目次

闘鬼　斎藤一

一　覚醒

一

細い糸は実に美しく編まれていた。中央から外へと拡散した縦糸、その間に渡された横糸、全てが計ったかのように整然と並んでいる。横糸に生じたわずかな弛《ゆる》みにすら秩序があった。庭木の間に風が抜けると、透き通った糸の網——蜘蛛《くも》の巣は晩夏の陽光を金色に跳ね返した。

端から端まで八寸（一寸は約三センチメートル、一尺の一〇分の一）ほどの網には主《ぬし》がいた。小指の頭ほどの体は茶色の一色で、八本の脚は二本ずつ揃《そろ》えて斜め四方に伸ばされている。右側の枝に伸びた縦糸の端に留《とど》まり、微動だにしない。

二尺ほど離れて見ているこちらをどう思っているのだろう。本当に生きているのだろうか。およそ、その感覚に乏しい姿であった。

「一《はじめ》、どこにいるのです。今日から剣の稽古ですよ」

母の声が聞こえた。ここです。そう返そうとした時にそれは起こった。

薄茶色の頼りない翅《はね》をはためかせ、一の顔の脇を羽虫が通った。蜘蛛の巣が見えぬのか、ふらふらと飛んで網にぶつかる。最前の風に揺れたよりも、ずっと小さく糸が震えた。

刹那――。

網の右端にいた蜘蛛が跳んだ。目にも止まらぬ速さで中央よりやや左、羽虫のいる辺りまで移っている。

網に掛かった羽虫は翅をばたばたと動かし、必死で逃れようとしていた。しかし糸の粘りに捕らえられ、思うに任せないでいる。左右から伸ばされた蜘蛛の脚に頭を押さえられ、羽虫はなお忙《せわ》しなく激しい動きを見せた。

一の胸がどくりと脈を打った。

羽虫が目茶苦茶に翅を動かしている。逃げたい、死にたくない、食われたくない。もがき苦しんでいる。狂乱している。なりふり構わぬ、みっともない姿であった。

だが、美しい。

ことほど左様にこの虫は生きている。その思いに目を見開き、口も半開きになった。

蜘蛛は蜘蛛で、獲物を逃すまいとしている。先に頭を押さえた以外の脚を使い、翅を押さえ込もうとしては跳ね返されていた。それでも右がだめなら左、左がだめならまた右と、何度も繰り返す。脚の伸ばし方ひとつ取っても乱雑で、とてもこの整然とした網を作った主とは思えない。必死で相手を食らおうとしている。

一の息が次第に荒くなった。胸の鼓動が速い。これほど小さな世界の中に、生き物の真理が凝縮されている。気が付けば蜘蛛の巣まで一尺の辺りまで顔を近づけていた。

そして、ついに闘いは決着した。

羽虫の翅が横糸を叩《たた》いた。それによって動きが奪われる。たった一枚の翅が動かなくなったことで抗《あらが》う力が殺《そ》がれた。その隙を逃さず、蜘蛛が相手の腹に頭を埋める。ひと呼吸の後、羽虫は痺《しび》れるように残りの翅を動かした。断末魔の叫びか、それきり動くことはなかった。

一は大きく息をついた。眦《まなじり》にはうっすらと涙が浮かんでいる。

蜘蛛と羽虫は必死に、懸命に、真剣に生きていた。

「……俺は」

言葉が続かない。

「一、お稽古ですよ」

小袖の袂《たもと》でぐいと目元を拭い、再び届いた母の声に従ってその場を後にする。蜘蛛と羽虫の姿に胸を高鳴らせたまま、希望と共に呟《つぶや》いた。

「強くなるんだ」

自らの行く末を、あれ以上の眩《まばゆ》さで満たすために。

心に決めて、それからの十年、ひたすら武芸の稽古に明け暮れた。

二

市ヶ谷、江戸城外堀。

城の側は石垣が組まれているが、道の側は急な土手になっている。三月九日、初夏も近いことを思わせる若草の中に横たわっていた。頭の後ろに両手を組んで枕とし、鱗雲《うろこぐも》を見上げる。あまりにも青く太平楽な空を目に、気だるい独り言を漏らした。

「攘夷《じょうい》、ねえ」

アメリカのペルリ提督率いる黒船が江戸湾浦賀に姿を見せたのは、六年前の嘉永六年（一八五三年）である。以来、誰も彼もが紅毛人《こうもうじん》を追い払えと声高に叫んでいた。武士だけではない。町人も同じだ。

「つまらねえ。ぴんと来ねえだろうが、そんなの」

再び独りごちて起き上がり、大欠伸《おおあくび》をした。座ったまま両の拳で天を衝《つ》き、背伸びをする。そこに声がかかった。

「いた！」

うるさいのが来たな、と渋い顔で右の肩越しに見やる。萌《も》え放題の草の中、五尺そこそこの小柄な若者が土手を滑るように下りて来た。

「だめだよ一君、新しい門弟が来る日に抜け出すなんて」

言いながら傍らに至る。二つ年上の十八歳、沖田総司《おきたそうじ》だ。苦言を呈したのは塾頭ゆえだろう。しかし言葉とは裏腹に咎《とが》める口ぶりではない。

一は軽く舌打ちをした。

「その一君ての、やめてくれよ」

「じゃあ、一ちゃん」

「余計悪い。山口《やまぐち》君でいいじゃねえか」

沖田は「あはは」と無邪気に笑った。

「そっちだって、総ちゃんって呼ぶじゃないか」

どうにも調子の狂う相手だった。やや下膨れの面に穏やかな眉目、顔そのものは青黒く生気に乏しい。だが日頃はこうして、にこにことよく笑う。

「呼び方なんてどうでもいいからさ、ほら。早く戻らないと勇《いさみ》先生に叱られるよ」

小袖の右手をぐいと引かれて立ち上がる。やれやれ、と尻に付いた草を払い、一は沖田の後に続いた。

武家屋敷の界隈《かいわい》を北西に抜け、甲良屋敷《こうらやしき》へと進む。町家や長屋が雑然と入り混じる一画に入った頃、前を行く沖田が口を開いた。

「ねえ一君、新しい――」

「山口」

少し語気強く遮る。沖田はまた笑った。

「何かそれ、しっくり来ないんだよな。そんなにかわいい声、聞かされるとさ」

「うるせえ」

ぷいと顔を背けた。眼窩《がんか》の上や顎がごつごつと骨ばって眉太く、奥まった目の面相である。こうした強面《こわもて》に凡《およ》そ似つかわしくない、小娘のような己の声が嫌いだった。ゆえに皆とも必要なことしか話さないのが常だ。

しかし沖田は、そんなことはお構いなしであった。気が付けばいつも向こうの調子に巻き込まれている。今も今とて、先の抗議を聞いていないかのように話を続けていた。

「新しい門弟、どんな人だろうね。多摩の百姓らしいけど、これまで剣の稽古は積んでいたそうだし、楽しみじゃない」

そっぽを向いたまま、気のない声で応じた。

「知らねえよ。大方、熱に浮かされてんじゃねえのか。どいつもこいつも攘夷、攘夷って」

沖田は「意外」という顔で振り向いた。

「一君の家は御家人《ごけにん》だろう。試衛館《しえいかん》に来たのも、そのためじゃないの？」

「親の言うことに逆らってても、つまらねえからだよ」

軽く頭を振り、また押し黙った。

一の父は山口祐助《ゆうすけ》と言い、旗本の家来をしている。そうした実情ではあれ御家人株を買っていたため、身分だけは木っ端役人より上であった。一は次男で、家を継ぐことはない。だが父は、一が幼い頃から山口一刀流、津田一伝流、関口流柔術――剣術に限らず様々な武術を学ばせた。天然理心流《てんねんりしんりゅう》の試衛館道場に出入りするようになったのも、父に従ったに過ぎぬ。

ふと気付くと、沖田はずっと後ろを向いたまま、興味深そうな眼差《まなざ》しを寄越《よこ》している。一は顎をしゃくって道の先を示した。

「前向いて歩けよ」

「お父上、どうして試衛館なんかに行けって？　町道場じゃない」

まだ後ろを向いている。その頭を摑《つか》み、無理やりに前へ向けてやりながら答えた。

「こんな時だからこそ和の魂を尊べ、町人にもそれを伝えよ、だとさ」

吐き捨てるような言葉に、沖田は返した。

「ちょっと違う気がするなあ」

笑みを絶やさぬままの顔で、しかし目には異色な光が差した。思わず、ぞくりとする。

一は固唾《の》を呑み、ひと呼吸置いて口を開いた。

「親父《おやじ》の言うことも、攘夷もさ」

言葉を切った。

幼い頃は自らの生が輝かしいものだと信じ、必死に、懸命に、本気で生きるのだと心に決めていた。しかし己に許されたのは父に従うことのみであった。言われたとおりに道場へ通い、のんべんだらりと生かされている。

　では攘夷はどうなのか。思って道端に唾を吐き、言葉を続けた。

「どっちも、つまらねえんだよ」

　攘夷にしても、誰かの論に流されているのが大半ではないか。その意味では己と同じだ。何もかもが退屈で仕方がない。どうしてこういう思いを持て余さねばならぬのだろう。

　沖田はまた後ろを向いた。

「じゃあ何のために生きてんのさ、一君」

　珍しく不満そうな声音だった。痛いところを突かれて言葉に詰まる。だが沖田の常ならぬ態度はすぐに拭われた。

「でも、まあいいか。戻ったら俺と稽古しようよ」

「塾頭だろ。新しい門弟の腕を見てやれよ」

　眉をひそめて返すと、沖田は駄々を捏《こ》ねる子供のようにこちらの袖を引いた。

「そんなこと言わずにさあ。一君と稽古するの、楽しいんだから」

　有り体に言えば沖田は鬱陶しい。それでも試衛館の中で最も親しいのがこの男だった。

緩い坂を上りきった辺りに、古びた道場が見えてきた。

三

門を潜《くぐ》って道場に入ると、玄関に待ち受ける者があった。生白い細面に細身の体、全身が竹ひごのように映る姿は山南敬助《やまなみけいすけ》である。

「山口君、遅いぞ。沖田君も、塾頭がどこをほっつき歩いていた」

叱責され、沖田はぺろりと舌を出した。

「敬さん、ごめん。一君が抜け出したから探しに行ってたんですよ」

山南が「またか」と呆《あき》れ顔を向ける。一は申し訳程度に頭を下げ、三人で稽古場へ進んだ。

稽古場は東向きの庭に面した板間で、畳敷きなら二十畳ほどか。町人相手の道場だけに、多くの門弟を抱える名門道場に比べると、ずいぶん貧弱に映る。

道場の奥、香取大明神《かとりだいみようじん》を祀《まつ》る神棚の下には天然理心流三世・近藤周助《こんどうしゆうすけ》の養子、勇が座していた。四角い顔に恐ろしく大きな口である。永倉新八《ながくらしんぱち》、藤堂平助《とうどうへいすけ》、井上源三郎《いのうえげんざぶろう》の三人を相手に、大口をさらに大きく開いて笑っていた。

近藤の右手前には見慣れぬ男が座っていた。卵形の端麗な輪郭に涼やかな目元の優男《やさおとこ》ながら、背はすらりと高そうで、体つきには近藤とはまた違った力強さが見て取れる。

（これが。なるほど、できるな）

近藤の眼鏡に適《かな》うだけのことはあると思いながら見やった。こちらの視線に気付いたらしく、向こうが軽く会釈する。一は目を逸《そ》らした。

「勇先生、遅くなってすみません」

朗らかに発する沖田に、近藤は太いだみ声で応じた。

「総司、山口君、戻ったか。まあ座れ」

言われるまま、近藤の正面に腰を下ろす。沖田は一の左隣に、山南は優男の正面に座った。

「さ、歳《とし》さん」

近藤に促され、新たな門弟が口を開いた。

「お初にお目にかかる。土方歳三《ひじかたとしぞう》です」

落ち着きのある、男らしい美声であった。近藤のだみ声が後を引き継ぐ。

「多摩へ出稽古に行った時に知り合ってな。佐藤彦五郎《さとうひこごろう》殿の、奥方の弟だ」

佐藤彦五郎は苗字《みょうじ》帯刀を許された豪農である。自宅に道場を構えていて、よく試衛館に出稽古を頼んでいた。近藤が出向くこともあれば、沖田や山南が稽古を付けに行くこともある。

一は左手を見やった。沖田が気付いてこちらを向き、頭《かぶり》を振ってから土方に話しかけた。

「塾頭の沖田総司です。佐藤さんの道場には俺も何度か行きましたけど、土方さんにお会いするのは初めてですね」

「沖田君、始めまして。勇先生から名は聞いています。俺は甲府辺りまで薬売りに行くことが多くてね、君の出稽古の日に当たったためしがない」

それを機に、土方は朗々と自己を紹介した。

土方の実家は豪農だが、四男で家を継ぐことができぬため、商家へ奉公に出された。ところが長続きせず、奉公に出されては家に戻りを繰り返した。家薬「石田散薬《いしださんやく》」を始めとする薬の行商をしているのは、言いつけられて致し方なくらしい。剣については、行商先で道場を見つけては腕を磨いていたと言う。

「まあこの歳になるまで、ふらふらしていた訳です。しかし今日からは試衛館で研鑽《けんさん》し、剣術師範として生きる道を目指す。皆、以後よろしく頼みます」

挨拶に続き、近藤が皆を紹介する。近藤の左手に座る山南と藤堂、土方を挟んで近藤の右手に座る永倉と井上、そして沖田の隣に座る己――山口一の順に名を呼ばれ、皆が会釈した。天然理心流の正式な門弟は、一の他には沖田、藤堂、井上のみで、山南と永倉は居候のようなものであった。

皆が土方に様々なことを聞いていた。どうして奉公を辞めたのか、剣はいつから学んでいるのかと、興味津々という風である。そうした中、沖田がまるで違うことを訊《たず》ねた。

「石田散薬って何に効くんです。今、持っていますか」

土方は、ばつの悪そうな顔で、自らの後ろに置いた荷物から紙の小袋を幾つか取り出した。

「俺の家が昔から作っている薬でね。打ち身、切り傷、熱、腰痛、凡そ何でも鎮め候。酒で飲むのが秘訣《ひけつ》だよ……ってのが、まあ売り口上なんだが」

沖田が目を輝かせ、こちらを見る。一は嫌なものを覚えつつ返した。

「何だよ」

「一君は急に腹を痛くするじゃない。飲んでみたら」

すると土方が「待て待て」と割り込んだ。

「売り口上だって言ったろう。何にでも効くってのは、裏を返せば何にも効かねえってのと同じことさ」

しかし沖田は聞いていないのか「今度腹痛になったら是非飲んでみろ」と、こちらの袖を摑んで離さない。最初は生返事で応じていたが、確約しない限り退《ひ》かぬという格好で、何ともしつこかった。面倒になって、一は近藤を向いた。

「先生、土方さんと塾頭で手合わせなど如何《いかが》です」

近藤は大喜びで「それはいい」と言う。沖田も土方の剣には興味があったようで、手合わせを命じられると、先までの執着が嘘《うそ》のように手を離した。満面の笑みである。やはり鬱陶しいことこの上ない。

道場の中央を広く開け、皆が端に寄って座る。面具、胴、籠手《こて》を着け、木刀を持った二人が中央で相対した。竹刀全盛の今、木刀で寸止めなしというのが天然理心流の信条だった。

和やかな空気は一掃され、ぴんと張り詰めたものが漂う。山南は常の冷静な眼差しを向け、藤堂は元々鋭い吊《つ》り目をなお厳しくする。茫洋《ぼうよう》とした丸顔の永倉も眼《め》に宿す光が変わっていた。一は胡座《あぐら》をかいて右手で頬杖《ほおづえ》を突き、猫背で前を向く。

視線の先で沖田が発した。

「それでは」

日頃の人懐こい物言いとはまるで違い、冷え冷えと響く。剣を握ると人が変わる、そういう男であった。何故《なぜ》だろう、にこやかな沖田にはうんざりさせられるが、この姿には無性に心惹《ひ》かれるものがある。気が付けばいつものように、じっと注視していた。

木刀を向け合った二人が互いに間合いを測って動き、摺《す》り足の音だけが聞こえる。沖田は中段の構えのまま悠々としており、対して土方は切っ先を忙しなく動かしていた。

十、二十、三十、呼吸を繰り返すが、互いに斬り込もうとしない。見ている側の息が詰まり始めた頃――。

向かって左手、沖田の切っ先が土方の小手を窺《うかが》うように鋭く動く。構えの崩れた隙を衝いて、土方が右前へと踏み込んだ。小手打ちをすり抜けた勢いを借り、素早く切っ先を上げて沖田の面を襲う。

しかし。

「やっやっ、やっ！」

気合の籠《こ》もった声が響く。それと同時に土方の身が四尺も弾《はじ》き飛ばされた。沖田の突きが、したたかに胸を叩いていた。

どさりと尻餅をついた土方は「勝負あった」と判じ、苦しそうに身を起こそうとする。

そこへ峻烈《しゅんれつ》な声が浴びせられた。

「不覚悟！」

聞こえたと思う間もなく、沖田は大上段から振り下ろし、身を起こしかけた面具を容赦なく叩き据えた。猛烈な勢いで土方の上体が後ろに倒れ、道場の床にごつんと鈍い音を立てた。

沖田が面具を取る。恐ろしいほどのすまし顔であった。

「土方さん、さあ」

苛立《いらだ》っているような、蔑《さげす》んでいるような、それでいて静かな声が響く。

「剣で相手を斬ろうとしてるんだろ。だから、俺の切っ先がちょっと動いたのに釣られて仕掛けた。違うかい」

土方は身を起こし、先に打ち付けた頭に手を遣《や》っている。

沖田は不意に大声を上げた。

「そうじゃねえんだよ。剣じゃねえ、体で斬るんだよ。なっちゃいねえ！」

荒ぶる罵声と共に木刀を振り上げ、頭を押さえていた土方の手首を嫌と言うほど叩いた。痛みと驚愕《きょうがく》ゆえだろう、土方は身を固くして動けずにいた。

「藤堂君、来いよ。土方さんに見せてやれ」

応じて藤堂が木刀を取り、防具を着けた。だが見るからに気圧《けお》されていて、十も数えぬうちに土方と同じように転がされてしまった。

沖田は次に井上を向く。

「源さん、稽古」

「いや、俺はいい。総司には何をしても敵《かな》わんからな」

「そう。じゃあ敬さん。永倉さん。面倒だから二人一緒でいいよ」

山南は北辰一刀流《ほくしんいっとうりゅう》、永倉は神道無念流《しんとうむねんりゅう》を学んだ手練《てだれ》である。二人は「面倒だから」と一絡《ひとから》げにされたことに「何を」と憤慨し、防具も着けず相対した。応じて、沖田も全ての防具を外した。

「い、やあ！」

「うらあ！」

　二人は大声を発して気勢を上げ、両側から五月雨の如《ごと》く剣を繰り出す。しかし沖田は涼しい顔で、易々《やすやす》と全てを弾き返した。

「りゃっ」

　永倉の一撃が左の横面を襲う。そこで沖田は一歩を踏み込み、肩で手首に体当たりを食らわせた。そのまま相手の胴に木刀を宛がい、「斬る」と言うより「押し倒す」ように前へ出る。姿勢を崩された永倉は受け身さえ取れぬまま、もんどり打って真後ろに倒れた。

　共に倒れ込んだ沖田は、すぐに左へと身を転げさせる。そうして開いた床を、山南の木刀が激しく叩いた。

「やっ」

　沖田が声と共に横合いから低く飛び込み、山南の右脛《みぎすね》を打ち抜く。山南は「むっ」と唸《うな》ったきり蹲《うずくま》り、脚を押さえた。

　激しい動きだったにも拘《かかわ》らず、沖田は息すら乱していない。見るからに苛々として木刀で何度も床を叩き、手合わせした四人を罵った。

「どいつもこいつも、どうして剣で斬ろうとするんだ。そうじゃねえ、体で斬るんだって、いつも言ってるだろうが。こんな簡単なことが、何でできねえんだよ」

そして、こちらをじろりと見る。

「おいでよ一君。稽古、やろうよ」

土方歳三という中々の使い手が来たせいか、今日の沖田はいつにも増して激しい。だが何故だろう、ぞくぞくする。打ち据えられることが目に見えているのに、それを求めるかのように、手が木刀に伸びていた。

能面のような顔と相対し、先の土方と同じく摺り足で間合いを測る。沖田の目は氷のように澄んでいて、血すら通っていないかと見えた。

息が詰まる。苦しい。だが心地良い。この空気は何だ。

ふと、沖田の切っ先が、ぴくりと動いた。土方との稽古で見せた手か。

思う頃にはひとりでに体が動き、向こうの木刀を弾いていた。そのまま手首を返し、左のこめかみを襲った。

――はずであった。しかし己が体は一回転し、背中から床に落ちていた。踏み込んだ右足のくるぶしに、蹴り払われた痛みがある。

がら空きになった腹に、これでもかと木刀を突き込まれた。

「う……」

短く声を上げて顔をしかめる。沖田が真上から見下ろし、何とも残念そうに吐き捨てた。

「馬鹿野郎。本気でやれよ、てめえ」

そして踵《きびす》を返し、神棚の方へと進む。近藤に向けて一礼したことが気配で分かった。

「塾頭による稽古はこれまで」

近藤のひと声で土方の「歓迎」は終わった。

四

「先生は逆賊の汚名を好むと仰せですか」

藤堂の怒声に、一は「いつものことか」と目を向けた。詰め寄られた近藤が苦りきった顔で返した。

「そうは言っておらん。しかしだな、天子様も公卿衆《くぎょうしゅう》も長らく政《まつりごと》から遠ざかっていたろう。いきなり国を動かせと言われても、そう簡単に行くはずがない。幕府が朝廷をお助け申し上げるのが筋だろうに」

稽古の終わった道場で皆が車座になり、国事の論を交わしている。昨今の流行《はや》りではあるが、毎度同じような堂々巡りに陥りながら飽きずによくやるものだ。そもそも近藤や土方は武士ではないし、己や沖田、井上、山南、藤堂、永倉のように武士の身分にある者とて国事に関われるような立場にはない。

思う間にもまた激論となっている。藤堂などは熱が入りすぎて怒鳴り声だった。見かねたか、皆の中で恐らく一番聡明《そうめい》であろう山南が「まあまあ」と宥《なだ》めにかかった。

「枝葉末節は違っても、勤皇と攘夷を是とするところは皆が同じだ。藤堂君も少し頭を冷やして論を交わそうじゃないか」

大欠伸をして「つまらねえ」と呟いた。庭で稽古の続きをしている沖田を眺める方が、まだ退屈しない。

「山口君」

庭を向いて手枕で横たわる背に、土方が声をかけた。ぼんやりと返す。

「何です」

「君も言いたいことはあるだろう。いつも皆の輪から外れていることもあるまい」

入門から三年半以上が経《た》ち、土方もすっかり皆に溶け込んでいた。肝心の剣についても、幼少から鍛錬していた賜物《たまもの》か、この短期で免許に至っているのだから大したものだ。が――。

「皆が、あんたと同じじゃあねえよ」

こうして外れている方が性に合うのだから、放っておいてくれぬものか。

土方は「ふむ」と頷《うなず》いて、しかし反論した。

「確かに人はそれぞれに違う。だが皆で揃って同じようにしなけりゃ、でかいことなんて、できねえんじゃねえのかい」

よっこらしょ、と身を起こしつつ問うた。

「でかいことって、何する気さ」

「決まってるだろう。攘夷だ」

思わず失笑が漏れた。

「本気かい」

幕府も表向きは攘夷を唱えているが、それは鼻息の荒い連中を黙らせる方便だ。本当に外国を追い払えるなら開国などしなかったろうし、開国してからでも諸々の不釣合いな条約を変えるべく動いているはずだ。

土方は大真面目に「もちろん」と応じた。

「幕府と武士だけに任せていたら確かに攘夷なんてできっこない。だがな、この国には武士の百倍以上の人がいるんだぜ。勇さんや俺みてえに剣を磨いて、皆が揃って毛唐をぶった斬ってやりゃあ、どうなるよ」

それこそ、できるなら苦労はしない。一は首を回しながら返した。

「俺には分からねえや」

「できっこねえって顔だな。ところが、そうでもないぜ。毛唐共の兵はな、ありゃ町人らしい。銭で雇って訓練して、兵に仕立て上げてるんだ。日本でも同じことはできるし、そうしなけりゃあ滅びるまでだ」

西洋のやり方で西洋を駆逐しろと言う。巷《ちまた》で流行りの感情に任せた論とは趣を異にしていた。そこには少しばかり感心したが、やはり興味が湧くでもない。寝惚《ねぼ》けたような応対をしていると、不意に玄関先が騒がしくなった。

「来た、来た来た来た、来たぞ！」

埃《ほこり》だらけの足で、どたばたと駆け込む者がある。先頃からこの道場に出入りしている原田左之助《はらださのすけ》であった。伊予松山からの脱藩者だそうだ。目鼻立ちのはっきりとした美男だが、体はでっぷりとしている。年の瀬の寒風の中、首筋から湯気を立てていた。長く走って来たらしい。

「近藤先生、こいつを見てくれ」

原田が懐から取り出した紙は汗を吸ってじっとりとしていた。それがゆえ、道場の床にぴたりと貼り付く。一と庭の沖田を除き、皆が一斉に目を落とした。

しばしの後、近藤が嬉《うれ》しそうに声を上げた。

「浪士組の募集……。上様の護衛で京に上がるのか」

「そうですよ先生。幕府の公務を仰せつかれば、もう立派に侍だ。武士になれるんですよ」

息を切らせながら原田が捲《まく》し立てる。近藤は黙りこくって、しばし考えていた。が、やがて胡座をかいた自らの膝をパンと叩いた。

「総司、山口君。こっちに来て、これを見てみろ」

道場主に言われて応じぬ訳にもいかぬ。沖田と並んで輪に加わり、文字を目で追った。

年明けの文久三年（一八六三年）二月、将軍・徳川家茂《とくがわいえもち》が京へ上る。公武一体となって攘夷を敢行すべしという公卿衆の要請を受けてのことらしい。しかし昨今の京都市中には「天誅《てんちゆう》」を称した闇討ちが後を絶たぬため、護衛のために浪士を募集するというものであった。

一が「ふうん」と漏らすと、山南が苦笑した。

「まあ、体のいい厄介払いだがね。分かるだろう」

開国後の混乱ゆえか、或《ある》いは京の「天誅」があるゆえか、江戸市中でも辻斬《つじぎ》りが散見されていた。そうした騒ぎの元凶であろう浪士を江戸から遠ざけ、将軍の護衛として捨石に使うのが浪士組なのだ。なるほど、幕府にとっては一石二鳥である。

近藤を見れば、眼差しがぎらつき、頰が紅潮していた。敢《あ》えて問うてみる。

「参加なさるんですか」

近藤は力強く頷いた。

次いで一は皆の顔を見回す。武士の身分が欲しい土方はもちろん、山南、永倉、原田、藤堂、井上、皆の顔にも「是」と大書されていた。ただひとり、沖田の顔だけが常と変わらない。

「試衛館は？」

再び問うと、近藤は即座に返した。

「当然、閉めることになる。少なくとも京でのお役目がある間はな」

やはりそうなるだろう。一は二度頷いた。

「じゃあ俺も行く」

江戸に残ったところで、また父から別の道場に行けと言われるだけだ。退屈を持て余すのが見えているなら、動いた方が幾らかましである。そういう理由だが、居並ぶ面々は「わっ」と歓喜の声を上げた。

沖田が肩を組んできて、嬉しそうに言った。

「京に行ったらさ、一緒に汁粉でも食いに行こうよ」

「断る。ひとりで行け」

突《つ》っ慳貪《けんどん》に返したが、心中では嬉しくも思っていた。人付き合いが良くない自分ではあるが、試衛館の門弟たちとはそれなりに気心も知れている。

近藤は満面の笑みで発した。

「では、天然理心流・試衛館は揃って浪士組に参加する。募集の触れに書かれているとおり、出立は年明けの二月だ。向こう一ヵ月と少ししかない。皆、支度をしておくように」

そして沖田と、纏《まと》わり付かれている己に目を向けた。

「総司は姉上夫婦に、山口君はお父上に、近いうちに話しておけよ」

「早速、帰って話します」

肩に回された沖田の腕から逃れたくもあって、一は立ち上がった。既に外は橙色《だいだいいろ》の日差しが斜めになっていた。

五

日暮れの寒風が町家の路地を吹き抜け、ひょう、と音を立てる。風は辻に至ると落ち葉を取り込んでつむじを巻いた。あと十日ほどで新春だが、未《いま》だ冬の気配は衰えない。はあ、と息を吐きかけて、一は手を擦り合わせた。

山口の家は神田小川町、平川堀と御茶ノ水の中間辺りにあった。外堀を渡って市ケ谷門を抜ければ、番町《ばんちょう》界隈を抜けて行くだけの近道である。だが敢えてその道を取らず、町家伝いに神楽坂へと抜けた。外堀のさらに外をぐるりと回って帰るのは、父と長く話さぬように帰宅の時を遅らせるためであった。

父の頭は古いと、一は思う。

試衛館の面々ではないが、今は危急存亡の時である。世が大きく動こうとしているのだ。それを感じないのか、或いは知らぬ振りをしているのか、父は兄に対して「生涯、主家に忠節を以《もっ》て仕えよ」と口を酸《す》くしていた。黴《かび》の生えた御家人株にしがみ付いているのだ。そういう人であるから、如何《いか》に将軍の警護とはいえ御家人の次男が浪士と同道することを快く思うはずもない。

外堀沿いに歩を進めつつ、一は独りごちた。

「江戸にいても、ずっと御家人の次男坊だ。つまらねえだろ」

父には浪士組参加の是非を委ねず、言うべきことだけ言うつもりでいた。

しばらく進むと、神楽坂界隈の寺社が見えるようになった。ここから先は左手に神田上水近くの町家が広がっている。

その中のひとつの辻に人だかりができていて、通りを塞いでいた。多くは浪士らしいが、ちらほらと御家人や旗本の子弟らしき姿も見える。またかと思ったが、帰宅を遅らせるための見物にはちょうど良い。一は足を止めた。

人混みの中央には二尺ほどの高さの台が置かれている。少しすると、そこに三人が上がった。中央のひとりは浪士だろう。残る二人は身なりからして旗本だ。

「皆々、聞け。今やこの国は未曽有の危機に晒《さら》されている」

浪士は言葉の抑揚がいくらかおかしい。西国訛《なま》りだろうか。

「本日、我らはこのような物を手に入れた」

言いつつ高々と掲げたのは試衛館で見た物と同じ、浪士募集の触れ書きであった。

「攘夷を敢行せよという天子様の思し召《おぼめ》しは有難きことこの上ない。されど大樹公《たいじゅこう》が上洛し、朝廷と一《いっ》になってというのには疑問を呈したい。そもそも幕府に何ができよう。黒船に恐れを生《な》して神州の門を開き、天子様の宸襟《しんきん》を悩まし奉った元凶なのだ。斯様《かよう》な弱腰に頼るべからず。我らこそは勤皇の志士として攘夷の刃を磨き――」

辻説法は続く。土方のように一風変わった考え方があるでもない、通り一遍の論であった。

「つまらねえ。ただの馬鹿か」

溜息《ためいき》に混ぜて吐き捨てる。あまり時間は潰れなかったが、もうたくさんだ。

「ごめんよ。通してくれ」

一は周囲の人波を掻《か》き分け、再び家路に就いた。

路地を抜け、小石川後楽園の裏手を通って外堀沿いへと通じる道を進む。神田上水の取水堰《しゅすいぜき》近く、関口水道町の町家に差し掛かった。

上水沿いの人気のない道で、背後から呼び止められた。

「そこの者、待て」

辺りには己以外の人影などない。一は歩を止めて振り向いた。

五間（一間は約一・八メートル）ほど後ろに二人組の影があった。既に日も没して面相は良く見えぬが、出《い》で立《た》ちは分かる。声の若さと併せて考えれば、旗本の次男坊か三男坊と言ったところだろう。

「俺かい」

すると、ひとりがくすくす笑った。

「小娘のような声で強がるな」

つまり向こうは己に対して悪意、害意を持っているということだ。訳が分からない。

「俺が何をした」

もう一方が口を開いた。

「おまえ、我が同志を愚弄しておったな。見過ごし難い」

西国らしき訛りである。ああ、と思い出した。

「さっきのあれか。つまらねえから、そう言ったまでだが」

「毛唐共から天子様と神州をお守りせんという崇高な志の、何がつまらぬ」

「そこら辺の奴《やつ》らと同じことを吼《ほ》えていやがるからさ」

「それほどに皆が同じ思いだということだ」

虫唾《むしず》が走る。脇を向いて唾を吐いた。

「つまり……誰かの言葉を自分の考えだと勘違いした受け売り野郎だな。そうでなけりゃ、人と違うことが恐《こわ》い腰抜けだ」

「何を！」

二人は腰の物に手を掛けた。応じて一も鞘《さや》を摑む。

「抜くのかい」

当然という風に、二人はすらりと刀を抜いた。向かって左側の男が地に草履を摺る。

「ならば聞く。おまえはこの世情をどう考えている。何をどうしたい」

大声で迫ってきた。脅しのつもりだろうが、恐いとは思わなかった。

「さあね」

掛け値なしにその言葉が全てだった。自分が何をしたいのか、何のために生きているのか、それが分からなくなっている。もっとも向こうは、はぐらかされたと思ったらしい。いきり立ったことは、今にも斬り掛かるぞという構えからも分かった。

一は二人を睨《にら》み据えた。

「俺はただの馬鹿じゃあねえつもりだ。少なくとも動く。おめえらが言葉遊びでいい気になっている間に、浪士組に入って京に行く」

「こともあろうに幕府の犬となるを望むか。されば……」

じりじりと摺り足で近付く。二間ほど近付いた辺りで――。

「天誅だ！」

怒声を上げ、一気に踏み込んで来た。

だが遅い。沖田や永倉、山南らを見慣れている目には、蠅《はえ》でも止まりそうな動きに映った。一は左足を後ろに回して身を翻し、腰の物を抜きざまに相手の刀を払った。キン、と硬い音が寒空に響く。

そこに、もうひとりが斬り込んだ。

「ふんっ！」

たった今、刀を振るったばかりである。防ごうとして戻したものの、わずかに遅れた。相手の切っ先が右手の袖を裂き、肘の近くに熱い感覚が走る。思わず二歩を飛《と》び退《の》いて、構え直した。月明かりの下、ちらと目の端に映った右袖が黒ずんで映る。

傷を負い、ぶるりと身が震えた。二人はそれを見て満足そうに肩を揺する。向かって右側、傷を付けた方の男が、嘲るように切っ先を揺らした。

「どうした。恐いか。だが、もう遅いぞ」

然《しか》り、恐い。それなのに口からは「クク」と笑いが漏れた。

刀傷、その行き着く先には死が待っている。嗚呼《ああ》しかし、この「恐ろしい」という思いの何と甘美なことか。

「……違うものなんだな」

木刀の稽古と真剣での果たし合いは、全くの別物であった。唯一、沖田の稽古だけがこの場に通じているだろうか。だが今の己は、それすら凌《しの》ぐ鋭敏な刺激を覚えている。そのことに胸が高鳴る。血が騒ぐ。

二人が再び間合いを詰め始めた。あと少し、それで斬り掛かって来る。

途端、脳裏に鋭く浮かぶものがあった。

蜘蛛の巣に掛かった羽虫が狂おしく翅を動かし、逃れようと必死になっている。六歳の己に希望を抱かせた、あの美しい光景が鮮やかに蘇《よみがえ》った。

一は、ぶつぶつと呟いた。

「俺は、羽虫じゃねえ」

相手の目が驚愕を孕《はら》んだ。が、それがどうした。呟きはなお口を衝いて続く。

「同じ本気なら……」

今になって右腕の傷に痛みを覚えた。呼吸が荒い。昂《たか》ぶっている。死は、今まさに己の隣にある。恐い。羽虫が暴れている。死にたくない、これほどまでに俺は生きている。羽虫は嫌だ。必死に、懸命に輝け。思い出した激情――。

「蜘蛛だ！」

気が付けば、弾かれるように前に出ていた。白刃が月光を跳ね返し、青い空気に弦月が走る。刀を通じて、柔らかく重たい手触りが伝わった。

「あああっ！」

二人のうちの左側、最初に刀を振るった男が左腕を押さえて声を上げた。右側、己に傷を負わせた男が、その様を見て愕然《がくぜん》とする。

「斬りおった……」

そうだ。俺は斬った。人を、肉を。

体が熱い。その分、冬の寒さを痛烈に感じる。総身に強烈な歓喜が走る。

「……面白え」

ひと言を呟き、目を剝《む》くように二人を見つめた。

左の男の切っ先が、がくがくと動いた。恐怖しているのか。どうだ、楽しいだろう。

おまえは今、本気で生きているのだ。

「はは」

小さな笑い声と共に右足を踏み込み、袈裟《けさ》懸《が》けに振り下ろした。

鉄のぶつかる鋭い音が耳に響く。全てがゆっくりに見える。得物を叩き落とされて仰《の》け反る男が目に映る。

間合いが開いた。

振り下ろした勢いを借り、柄《つか》から右手を離して左手をぐいと引く。右足を蹴って左足を深く踏み込み、真っすぐに得物を突き出した。一撃は、過たず相手の右肩を貫いた。

そこから先は何も分からなかった。無我夢中の一語に尽きる。

我に返った時には、目の前に血まみれの骸《むくろ》が転がっていた。二人いたはずだが、もうひとりは逃げてしまったようだ。

己の右手がしっかりと血刀を握っている。それを腰の鞘に戻し、自らに言い聞かせるように小声を出した。

「やっと見えた。俺は」

このために生まれて来たのだと確信して、ほう、と息を吐いた。

ふと足許《あしもと》の骸に目を落とす。

「天誅か」

斬り掛かる際にこの男たちが口にした言葉を思い出し、一は駆け出した。捕り方が来ることを恐れたのではない。

走り、息を切らせながら独りごちる。

「浪士組……いいぞ」

京に赴けば公務として治安維持が求められよう。即《すなわ》ち浪士組とは、天誅を騙《かた》る闇討ちの連中と斬り合うための肩書きに他ならなかった。

とっぷり暮れた町家の路地に、もう人影はない。頼りない月明かりが照らす道を、一はひたすら走った。

行き着いた先は試衛館だった。町道場の粗末な門は既に閉まっていたが、よじ登り、乗り越えて中に入る。勝手を知った敷地の中、建物の脇を通って転がるように庭へと駆け込んだ。

近藤、土方、沖田、山南、永倉、藤堂、井上、原田——道場には皆の顔があった。

「近藤先生」

息を切らせて呼びかける。皆が一斉にこちらを向き、そして向くなり顔を強張《こわば》らせた。

だが知ったことではない。胸に渦巻く思いに任せて言葉を継いだ。

「……人、斬って来たよ」

喜悦が溢《あふ》れ出す。この面持ちに誰もが戦慄する中、沖田だけは穏やかな笑みを寄越していた。

六

その晩、一は試衛館に泊まることになった。

まずは傷の手当てをするべく、藤堂が走って蘭方《らんぽう》の町医者を呼んだ。医者が来る頃には一も落ち着いていて、そうなると痛みもより強く感じるようになった。

三畳間で医者と向き合い、斬られた腕を診せる。肘の辺りから手首に向けて縦に四寸ほどの傷になっていた。手指を結べ、開けと、言われたとおりにする。医者は「ふむ」と頷いた。

「筋も神経も切れていない。掠《かす》り傷《きず》だが、早く治すには縫った方がいいな。まずこの薬を」

差し出された小さな杯《さかずき》には、黄色み掛かった液体がほんの少しだけ入っている。一はそれを舌先でちょろりと舐《な》めた。妙な味に、しかめ面になった。

「何だ、これ」

「縫う時の痛みを消す麻酔だ。全て飲め」

言われたとおりにする。ぴりぴりと舌を刺す味は、酒でもあればごまかせそうに思えた。

少しすると医者は濡《ぬ》れた綿で傷口を拭った。

「滲《し》みるか」

「あんまり」

満足そうな笑みが寄越された。

「麻酔も効いてきたか。縫うとしよう」

「さっきの薬、ありゃあ何でできてんだ」

縫い針と糸の支度をしつつ、医者は「分からん」と言う。

「呆れた先生だ」

「私の師匠筋が秘伝としている薬を回してもらっていてな。朝鮮朝顔の実を使っていることだけは聞いた。もっと飲めば昏睡《こんすい》して痛みを全く感じないようになる。量が過ぎれば死ぬ薬だけに扱いは難しいが、傷を縫うだけなら何度もやったことがある。そう恐がるな」

　一は軽く噴き出した。斬り死にならば望むところだが、確かにこの薬で死ぬのは御免だった。

　話している間に傷口の痛みは全く感じなくなった。医者はそれを確認して六針縫った。

「十日もしたら糸を抜いても大丈夫だろう。それまで酒は控えるようにな」

　それ以上は何も言わず、医者は帰って行った。あれこれ事情を聞かれなかったのは、近藤が根回しをしていたのだろう。

　返り血を浴びた着物を道着に換えると、近藤の居室へと向かった。土方もいて、一々を問われた。そもそも人を斬ったというのは本当か、事情は何か、相手は死んだのかと。医者への口止めに余計な銭を使わせたかも知れぬと思うと、包み隠さず話す以外になかった。

　全てを聞き終え、土方が難しい顔で近藤を向いた。

「どうやら相手は京の天誅かぶれだな。それなら何とかなるんじゃねえか」

　近藤は少し考えて首を横に振った。

「いいや。山口君の言を信じるなら相手は旗本だ。どうやっても大ごとになる」

　そして山南を呼び、ことの次第を山口の家に報《しら》せるよう命じて走らせた。一の身柄をどうするかは父の意向を無視できないと言う。

近藤や土方はそわそわと、己はぼんやりと待つこと一時《いっとき》（約二時間）ほどで山南が戻った。走り詰めで乱れた息のまま、道場に集まった皆の車座に加わって口を開く。

「山口君、心して聞け。夜とは言え君は顔を見られている。相手の片方は逃げているのだし、このままではまずい。江戸を離れて名も変えろ。お父上の旧知が京で剣術道場を構えているから、そこへ向かうようにとの仰せだった」

懐から取り出された書状にある「吉田《よしだ》道場御中」の宛書きは、間違いなく父の手であった。それと山南の顔を交互に見て、一は目を見開いた。

「浪士組の話、どうなるんだよ」

永倉が「馬鹿を言うな」と応じた。

「上様の警護をして京に上るんだぞ。浪士組は過去の罪を赦免するという話だが、さすがに人ひとり斬った直後では、罪を逃れるためと思われるだけだ」

原田もこれに続いた。

「同じ罪でも俺や永倉さんの脱藩とは訳が違う。言うとおりにしとけよ」

近藤や井上、藤堂は「致し方なし」という顔である。沖田は、ただ残念そうにこちらを眺めていた。最後の砦《とりで》とばかり、一は土方を向いた。

「なあ土方さん。浪士組は京に上った後も上様を守るんだろう。だったら天誅の奴らと斬り合いになるぜ。この中で人を斬ったのは俺だけ――」

「うるせえぞ」

言下に遮られた。頼りないものが胸を満たし、口が半開きになる。

しかし土方は苦笑して続けた。

「いいかい。おめえさんも浪士組も行く先は京だ。俺たちが向こうに着いたら、京都市中の賛同者として訪ねて来りゃあいい。山口一じゃあねえ、別の名でな」

一は、ほっと息をついた。

「そうか。……分かった」

浪士組に加われるのであれば文句はなかった。将軍を警護したいのではない。公武一体の攘夷に関わりたいのでもない。鍛え上げ、磨き上げられた力を以て殺し合う――闘う。己が身を危険に晒し、死の恐怖と引き換えに感じた生の喜びを再び味わいたかった。

二日後、旅支度を整えた一は夜に紛れて江戸を去った。「斎藤《さいとう》一」と名を改め、これまでの己とは別の男として。

二　壬生の狼

一

江戸を発《た》ってから一ヵ月余り、文久三年（一八六三年）の二月末となっていた。

吉田道場は試衛館と同じく、主に町人を相手にする道場であった。剣術、薙刀術《なぎなた》、軍学を三つの柱と為《な》す聖徳太子流を教えている。一は剣術師範として寄寓《きぐう》していた。

試衛館よりやや広いかと見える稽古場の一面に門弟が広がり、申し合いの地稽古が行なわれていた。一もその中で、ひとりと相対している。

「斎藤君」

廊下から声がかかった。道場主・吉田勝見《かつみ》である。手招きに応じて稽古を中断し、道場を後にした。

吉田に従って居室へと招かれる。入るなり訊ねられた。

「もう二ヵ月か。ここの居心地はどうだ」

「悪くはありません」

「では、ずっと師範を続ける気はないか」

それに対しては即座に首を横に振った。

「最初にお話ししたとおり、浪士組が京に着くまでのつもりです。匿《かくま》ってもらいながら、すぐに出て行くのは後ろめたくはありますが」

「しかしな。私はお父上から、くれぐれもよろしくと頼まれている。君は腕も立つし、良い師範になれると見ておるのだが」

人を斬った日は家に帰らなかった。父に仔細《しさい》を報せたのは山南敬助である。或いは浪士組のことも話したのだろうか。そうでなくとも吉田には、己から浪士組の件を話している。江戸に文を送って確かめる暇は十分にあっただろう。

「父に頼まれたのですか」

問うてみると吉田は口籠もった。だが、すぐにそれが「然り」という回答だと悟って、開き直ったように背筋を伸ばした。

「仮にも御家人のご子息だ。こともあろうに浪士などと」

「穀潰《ごくつぶ》しの次男坊です。浪士を見下すなど笑い話でしょう」

吉田は残念そうに嘆息を漏らした。

「どうしてもか。良い師範が欲しいというのは本当なのだが」

「俺は太子流を学んでおりません」

「構わんよ。流派に拘《こだわ》らず、ただ強いことを是とする君の姿勢は、どの道場でも通用する」

　切々と語る姿を見ると心苦しい。それゆえに俯《うつむ》いて、しかし掬《すく》い上げる眼差しを向けた。

「先生は人斬りを育てる気がありますか」

　さすがに、この問いには絶句していた。一は静かに続けた。

「強ければ流派なんかどうでもいいってのは、そういうことです」

　しばしの沈黙の後、吉田は重そうに口を開いた。

「その浪士組が京に到着した。二十三日だそうだ。私と君が枚方《ひらかた》まで出稽古に向かっている間のことだな」

　枚方から戻って一夜を明かし、今日は二月二十九日である。もう六日も過ぎているのだ。一は身を乗り出した。

「今、どこに」

「君のかつての師、近藤氏《うじ》がどこにいるのかは分からん。京の西、壬生《みぶ》村の寺や郷士の家に分宿しているとだけ聞いた」

「それが分かれば十分です」

　一礼し、座を立った背に声がかかった。

「すぐに行くのか」

「今まで匿ってもらった恩義は感じています。当面はここで門弟に稽古を付けて、夜になったら浪士組の宿をひとつずつ訪ねて回るつもりです」

背中で返し、道場へと戻った。

その晩から早速、壬生村へ出向いた。十条にある道場から壬生までは往復一里半（一里は約四キロメートル）ほど、夜道を歩けば一時近くを要する。

まずは壬生村の会所へ行ってみた。二条城の南、京を囲う地とは言え寒村である。会所も粗末なもので、百姓家を少し大きくしたぐらいの構えでしかない。

ここに試衛館の誰かがいれば最善だったが、生憎《あいにく》そういうことはなかった。近藤の在所を訊ねてみても、分からぬと返される。そもそも宿舎は細かく決められておらず、個々の都合で勝手に移ることもあるそうだ。

ならばと、旧知を訪ねたいから宿所を全て教えてくれと頼んだ。これはすぐ明らかになった。

浪士組の取締役は新徳寺に入っているらしいが、近藤のような町道場の主が取締役と同宿とは考えにくい。ひとまず新徳寺は後回しにして良さそうで、まずは三十人が入る中村邸を当たることにした。

だが訪ねてみると、少し様子がおかしい。浪士らしい者がいる気配もなく、星明かりの下でひっそりと静まり返っている。

「御免。ちと、お伺いしたいことがある。何方《どなた》か」

声を上げること数度、門の脇にある木戸を開け、使用人らしい若い男が顔を見せた。

「何ですの、もう夜も遅うおまっせ」

「相すまぬ。人を探している」

用件を伝えると、気の抜けた声が返された。

「はあ。近藤はんて方は、おられんはずですわ」

「そうか、邪魔をした。他を当たる」

会釈して立ち去ろうとすると、先の男が「待ってくださいな」と声をかけてきた。何かあるのかと振り向くと、男は首を横に振りながら続けた。

「今日はどこへ行っても、誰もおらんと思います。浪士組の皆さん、大事な話やて新徳寺に集まってはるんです」

「大事な話とは？」

「そこまでは知りません。あんな人らのことなんか」

知りたくもないという口調であった。一時とは言え浪士の宿と決められて、迷惑しているらしい。男の様子に噴き出して、一は壬生を去った。重要な談合だと言うのなら、新徳寺に向かっても門前払いが落ちである。

談合の内容とは何か。近藤らはどうしているのか。思いながら翌三十日の晩も壬生へ向かい、郷士の四出井《しでい》家を訪ねた。昨夜とは打って変わって、夜も更けんという時分になお門が開け放たれている。どうしたことだろう。昨晩の中村邸と同じように人を呼び、近藤らがここにいないかを問うてみた。

「土方でも、山南でも。沖田、永倉、藤堂、井上、原田といった名はないか」

四出井家の使用人は、左の掌《てのひら》を右の拳でぽんと叩いた。

「井上はんてお方なら、いらっしゃいます」

「本当か」

食らい付くように相手の肩を摑んだ。使用人は気圧されていたが、門の向こうにせかせかと歩を進める男に気付くと、救われたように目を遣った。

「ちょうどいらっしゃった。井上はん、お客はんです」

応じて歩を進めた井上は、こちらを見て居丈高に呼ばわった。

「客とは、おまえか。誰だ。何用か」

井上源三郎ではなかった。一は失望して頭を下げた。

「相すまぬ。井上違いだったようだ」

途端、胸座《むなぐら》を摑まれた。

「斯様な時に……何か良い報せでもあるのかと思えば、人違いだと」

殴りかからんばかりに苛立ち、夜陰に爛々《らんらん》と目を輝かせている。面倒なことになった。

そこへ、門の外から入って来た数人がある。男たちは井上某とは正反対に浮かれ、酔っているらしい。

「何だ井上。いつまで、かりかりしておる」

「ほら、酒の追加を買って来たぞ」

井上某はこちらの胸座を離し、毒気を抜かれたように目を逸らした。

「おまえらと一緒にするな」

吐き捨てて、相変わらずの不機嫌で立ち去る。酔った男のひとりが一の肩に腕を回した。

「おまえさん、災難だったなあ」

「いえ。何かあったのですか」

馴《な》れ馴《な》れしい態度を鬱陶しく思いながら問う。相手は酒臭い息で、げらげらと笑った。

「帰るんだよ、江戸に」

「は？」

ぽかんと口が開いた。浪士組が京に到着してから十日と経っていない。将軍・家茂の護衛だけでなく、在京中の治安維持も役目のはずだ。こうまで早く返すなど、何がどうなっているのか。仔細を問うてみると、江戸への帰還こそ昨晩の談合であるということだった。

「浪士組を企画された清河八郎《きよかわはちろう》先生がな、皆で取って返すと決めたのだ」

面持ちを強張らせ、一はなお問うた。

「何のために」

「攘夷だ、攘夷。我らで紅毛人を追い払うのだ。まあ此度《こたび》の京見物は、先んじて渡された褒美のようなものだな」

そう言って皆で笑う。まるで物見遊山という風であった。

一は小さく舌打ちをした。どうやら清河八郎なる男は、初めからそのつもりだったらしい。

浪士組の二百三十余が江戸に戻ってしまえば、将軍の護衛がいなくなる。京都守護職や所司代、町奉行所が同じ人数を割くことなどできぬだろう。幕府が追加の護衛を派遣するにも、かなりの時を要する。早急に攘夷を確約して勅を受け、浪士組と共に東帰せねば、将軍は丸裸だ。

つまり清河は、どうしても攘夷を実行せねばならぬ立場に将軍を追い込もうとしている。幕府に献策し、金を出させて集めた浪士を根こそぎ奪った挙句、自らの要求を通そうとは、何という策士か。

「すまぬ。先を急ぐゆえ」

酔っ払いの手を逃れ、一は四出井家を去った。

闘うための肩書きが欲しいだけの己と違い、近藤はようやく手に入れた武士の身分でひと働きしたいはずだ。梯子《はしご》を外された形での帰還を是とするはずがないし、試衛館の面々も近藤に従うだろう。そう信じてはいたものの、焦りは募った。

二

三月一日、郷士・八木邸を訪ねた。取締役が入った新徳寺の近くという立地だけに、一絡げで後回しにしていた家である。焦るがゆえに人を呼ぶ声も荒くなった。

「御免、誰か。人を探している」

「はいはい、どちらさんで」

出て来た初老の男は、使用人とは思えない身なりであった。咳払《せきばら》いして態度を改める。

「こちらの家の方ですか」

「はい、当主の八木源之丞《やぎげんのじょう》と申します」

当主自らとは恐れ入った。深々と頭を下げて挨拶をする。

「吉田道場の斎藤一と申す者です。こちらに近藤勇という方が寄宿してはおられませんか」

「ああ。近藤はんなら、確かにうちにおられますが」

ついに行き当たった。一は勢い良く顔を上げた。

「お取次ぎを。斎藤が訪ねて来たと言えば分かるはずです」

八木は気の毒そうに応じた。

「それなんですが、今はお出かけです。皆さんお揃いで、何かこう、苛々しておられましてな」

「待たせていただきたいのですが」

「はあ、しかし……いつ帰って来るか分からんのです。昨日の晩もお揃いでお出かけになって、ひと晩中戻られませんでした。悪いことは申しません。お言伝《ことづて》しますから、今日はお引取りいただいて、明日またいらしてください」

少し思案して、一はこれを受け入れた。事情は分かったのだし、会わせぬというのでもない。

「ではよろしく頼みます。明日、また同じ頃合に参りますので」

「はいはい、斎藤一はんでしたな。確かに」

安堵《あんど》した顔の八木を残し、道場へ戻った。

一は翌朝一番で吉田勝見に仔細を話し、今日を以て最後の稽古にさせてほしいと申し出た。かねて胸中を聞いていた吉田は、渋い顔ながらもこれを認めてくれた。

夕刻、吉田に挨拶して道場を去った。少ない荷物は先んじてまとめてあり、最後の稽古から四半時《しはんとき》（約三十分）の後には壬生への道に歩を進めていた。

八木邸に至ったのは、昨晩より半時（約一時間）以上早い宵五つ（二十時）だった。門前で名乗って来訪を報せる。迎えに出たのは近藤でも、試衛館の誰かでもなく、また八木源之丞であった。

「すみませんなあ。皆さん、またお出かけなんですわ」

「言伝を頼んだではありませんか」

咎める言葉に、嫌そうな面持ちが返された。

「お伝えしましたよ。今日は斎藤はんに、近藤はんからのお言伝があります。四条の南、光縁寺に来られるべし。以上です」

壬生の八木邸からは五町（一町は約一〇九メートル）ほどの距離である。一は礼を述べ、少しでも急ぐべく走った。

そう時を置かずに光縁寺へと到着するが、夜とあって門は閉められ、人影もない。しばしその場で待って何度も見回したが、誰かが来る気配すらなかった。しんと静まり返ったままである。

「遅かったのか」

既に皆は、どこぞへ移動してしまったのではあるまいか。軽く頭を振る。

「早すぎたのかも知れん」

二つの思いに、そわそわと落ち着かぬ。門前を行ったり来たりするものの、ついに誰も姿を見せなかった。半時ほどを過ごし、一はまた呟いた。

「何か……おかしい」

清河の陰謀、苛立った浪士と物見遊山の浪士、夜に寺へ来いという近藤の言伝――。

何かが起きようとしている。その予感を胸に空を仰いだ。雲に覆われ、月明かりが遮られている。遠く東、四条祇園《ぎおん》の盛り場は空もぼんやり明るいが、この辺りは闇夜と言って間違いない。

不穏なものが胸を満たす一方、何故か血の騒ぎを感じた。江戸で人を斬った晩のように、ぞくぞくと背に迫るものがある。

一は意を決し、提灯《ちょうちん》の火を消して歩き始めた。寺の周囲から小路を縫い、辺りを虱《しらみ》潰《つぶ》しに調べて進む。暗闇に目を凝らし、耳を澄まして、何ごとも逃すまいとした。

四条堀川の辻に差し掛かる。さてどちらに進むかと思った時、荒々しい怒声が耳に届いた。

「卑怯者《ひきょうもの》が」

聞き覚えのない声であった。歩を止めて耳を澄ます。すると誰かが、ぼそぼそと話したらしい。聞き取れぬ言葉に続いて、また先の声が響いた。

「見過ごせと言うのか、山南君」

低く澄んだ太い怒声は、確かに山南と言った。ひとつ東の辻を左に折れた辺りから、うっすらと灯《あか》りが漏れている。一はそこを指して走った。

曲がり角から見やれば、数人の姿が提灯を取り囲んでいた。

「畏れ多くも勅命を奉じて江戸に帰るのだ。おとなしく道を開け、今後手出しせぬと誓えば不問に付してやろう。さもなくば……」

四半町ほど向こう、囲まれているのは三人か。提灯の脇に見えるひとつの影が、取り囲む者たちに抜き身を向けていた。ひとり、二人と囲みを解いていく。そうした中、道の中央にいる恰幅《かっぷく》の良い長身だけが動こうとしない。

「まずい」

このままでは斬られる。ぴりぴりと渡ってくる殺気に頬を引き締め、一は駆け出した。

「おまえらごときが、尽忠報国の士・芹沢鴨《せりざわかも》を斬れるのか」

先と同じ声が張り上げられる。言い終わらぬうちに、提灯の脇にあった白刃が躍った。

「ふんっ」

一は、恰幅の良い男——芹沢の左手をすり抜けざまに抜刀した。芹沢を狙った刃と激しくぶつかり、鋭い音が耳に刺さる。暗闇から走り込んだ新手に、相手は目を白黒させていた。

「君は」

三人を取り囲んでいた中から、耳に慣れた山南の声が聞こえた。一は「クク」と笑いを漏らして、たった今剣を合わせた相手を睨んだ。

「こっちのお人は抜いてねえだろ。それを斬るって言うなら、代わりに俺が相手してやるぜ。ほら……闘おうか」

囲まれていた三人が小さく唸った。尻込みしたのだ。己に対して、だけではない。先に庇《かば》った芹沢が瞬時に殺気を発したからである。すぐ隣にいると、首筋に焼き鏝《ごて》でも当てられたかのような熱を感じる。

「抜かなくても、てめえらを殺すことはできる」

言いつつ、芹沢は懐から何かを取り出した。ちらと横目に見ると、それは長さ一尺もあろうかという鉄扇であった。

「山岡《やまおか》よう。てめえの手足を叩き折って、胸のそいつを取ってから頭を割ったっていいんだぜ」

半歩、退いた者がある。提灯でも、刀を構えていた者でもない。首から天鵝絨《ビロード》の袋を提げていた。これこそ山岡とやらか。

重苦しい空気の中、山岡が不意に提灯を奪って投げ付けてきた。芹沢の鉄扇が叩き落とす一瞬のうちに、三人は駆け出していた。

「逃がすか」

後を追うべく一は走り出した。その肩を、一団の中にいた山南敬助が掴む。

「斎藤君、待て」

細身に似合わず力は強い。足を止め、じろりと睨んだ。

「なぜ止めるんだ」

山南は大きく頭を振った。

「さすがに、いかん。今の……山岡鉄舟《てっしゅう》だ。聞いたことぐらいはあるだろう」

山南と同じ北辰一刀流の剣豪である。舌打ちで応じた。

「負けるとでも言いたいのかい」

「それは分からん。だが首に提げた袋だ。浪士組募集の朱印状が入っている。血で汚せば、こちらが幕府への叛意《はんい》を示したことになってしまう」

バチン、と響いた。振り向いて見れば、恰幅の良い色白の巨漢が細い目をさらに細め、憤怒《ふんぬ》の形相で鉄扇を握っていた。扇を開き、また閉じた音だと知れた。

「山南君、それが弱腰だと言うんだ。君が余計なことを言わねば、皆が尻込みすることもなかった。今頃は清河を斬り捨てていただろうよ」

「しかし芹沢先生、叛意を問われれば我らも獄門です。尽忠報国の志を果たせぬことになってしまうでしょう」

芹沢はひと頻《しき》り唸り、忌々しそうに「ふん」と鼻息を抜いた。

「仕方ねえか。逃がしちまったんだからな。ところで」

こちらに目が向く。一は会釈して返した。

「斎藤一です。訳あって先に京へ至り、試衛館の皆を待っていました」

「そうか。君は山南君と違って面白そうだ」

芹沢は呵々《かか》と大笑した。

「まあ、こうなった以上は帰るしかない。近藤君と合流しよう」

そう言って、すたすたと歩き出す。すぐにこれを追う者が四人いた。いずれも見たことのない顔である。

「さあ」

仔細は分からなかったが、山南と、やはりこの集団にいた藤堂に促されて一も後を追う。総勢八名で堀川通を南に向かい、仏光寺通と交わる辻を指した。

そこには近藤が、そして土方、沖田、永倉、井上、原田が潜んでいた。山南や藤堂とは闇討ち騒動の中でなし崩しの再会となり、喜び合うこともなかった。だが近藤たちはこちらの顔を見て一様に驚き、また喜んでくれた。

皆が揃って八木邸に向かう道すがら、ことのあらましが語られた。

浪士組を私物化しようという清河八郎に対し、試衛館一派と芹沢一派は叛旗を翻した。幕府に雇われた身で将軍家を脅すようなやり方は、君臣の道、ひいては勤皇の面でも筋が通らぬと。

「そこで清河を闇討ちしようとしたんだが……まあ、あのとおりだ」

山南が語って聞かせる。一が「ふうん」と応じる傍ら、近藤が重々しく口を開いた。

「しかし芹沢先生。顔を見られ、しかも名乗ったのでしょう。報復があるやも知れませんぞ」

「あったら、返り討ちにするまでだ」

「仕損じた以上、向こうも警戒する。我らにとっては不利なこと、この上ない」

芹沢がいささか当惑した顔を返す。一は含み笑いで口を挟んだ。

「報復、ないと思いますよ」

皆が一斉に向く。近藤と芹沢の顔を交互に見て続けた。

「先生たちを探して壬生を走り回りましたが、江戸へ帰るのを快く思わん奴もいましてね。清河って野郎にしてみれば、寝た子を起こしたくはねえはずだ」

皆が得心顔になり、芹沢がぎらりと目を光らせた。

「ならば機先を制するに如《し》かずだ。俺に考えがある」

そして豪快に笑った。闇討ち、人斬りという極限に身を置いていたというのに、少なからず酒が入っているらしかった。

三

一が見越したとおり、清河は報復の動きを見せなかった。帰還に不満を抱きつつ従っている者を刺激せぬよう、だんまりを決め込んでいる。そこに隙があった。

数日後、芹沢は近藤を京都守護職の会津藩主・松平容保《まつだいらかたもり》に遣わした。供は土方のみである。二人が出た後で一は「何のためか」と聞いてみた。だが芹沢は薄ら笑いを浮かべるばかりだった。

夕刻、近藤が八木邸に戻った。

「芹沢先生、当たりですぞ」

声音に喜色を弾けさせながら、どたばたと邸内に入る。昼間から酒を呑んでいた芹沢は上機嫌で手を叩き「よし」と立ち上がった。

「八木殿」

大声で呼ばわりながら、どかどかと廊下を踏み鳴らす。芹沢一派の新見錦《にいみにしき》や平山五郎《ひらやまごろう》はもちろん、近藤や土方、山南、永倉も後に続いた。

何が起きるのかと思いつつ、一は縁側から中庭を眺めていた。沖田は相変わらず、暇があれば木刀を振っている。傍らでは野口健司《のぐちけんじ》と平間重助《ひらまじゆうすけ》、原田左之助が八木家の調度品を持ち出し、試し斬りと称して壊していた。井上と藤堂は今日の飯炊き番である。

「構うこたあねえさ」

邸の主《あるじ》・八木源之丞の居室から、芹沢の笑い声が響く。次いで、入った時と同様に騒々しく部屋を出て来た。

「八木殿、紋付を二人分借りるぞ。いいな」

「そら、まあ。けど芹沢はんと近藤はんが同じ紋を付けて参上なんて、お笑《わら》い種《ぐさ》ですわ」

八木の言を無視して、芹沢は声高に呼ばわった。

「皆、聞け。近藤君が話を付けて来てくれた。明後日、俺と近藤君で会津松平公に建白書を提出する。京に残る浪士組の身柄を預かってくれるよう請願するのだ」

一は「へえ」と目を向けた。沖田は興味がなさそうな顔だ。試し斬りをしていた三人は喜色満面で「おお」と声を上げげる。

しかめ面の八木が溜息混じりに発した。

「聞いてないいんやからなあ。まあ、よろしゅうおますわ。紋付はお貸ししますけど、駄目にせんようお願い……」

そこまで言って庭の様子に目を剝いた。

「って言うてる傍《そば》から！　またうちの物を壊してるんですか。ああもう、こないだ新しくしたばっかりの盆栽台が」

慌てた様子で雪駄《せった》も履かずに庭へ下りる。

「それに、これ！　火鉢まで持ち出して、刀傷付けて。誰ですの」

咎める口調が激しくなった。野口、平間、原田が互いに顔を見合わせる。

「あんたらなあ。高いんやで、これ。ほんま、どうしてくれよう……」

咳払いが聞こえた。

「俺だ、俺だ」

芹沢が頭を掻きながら、台所の方へと逃げ出していた。一同どっと笑う中、八木は泣いても泣ききれぬという顔だった。

一も、くすくすと笑った。

闇討ちの晩にはひと際剣呑《けんのん》な空気を発していた芹沢だが、日頃は気さくな男であった。事態を動かす合間の暇潰しにと、珍奇な絵を描いては八木家の子らに見せ、相手をしていたりもする。

ふと見れば、沖田がこちらに笑みを向けていた。

「一君、楽しそうだね」

「まあ……な。芹沢先生ってお人は、よく分からん」

芹沢はかつて水戸藩尊攘派「天狗党《てんぐとう》」に名を連ね、人斬りを繰り返していたらしい。一派の四人、新見、平山、平間、野口とは、その頃からの知己だという。浪士組への参加も、攘夷こそが彼の言う「尽忠報国」の道だと信じているからだそうだ。

もっとも一にとって芹沢への興味は、思想云々《うんぬん》とは関係がない。闇討ちの晩に感じた殺気、己とも沖田とも違う空気が心地良かったから、そしてこういう人柄——良きにつけ悪《あ》しきにつけ人を巻き込む力があるからである。これまで道場で腕を磨くばかりだった試衛館一派が闇討ちという手段を是としたのも、芹沢に触発されたのに他なるまい。

翌日になると、どこで耳にしたのか、京への残留を希望する三人が八木邸に加わった。合わせて十七名は三月十日、浪士組の京都残留に関する建白書に名を連ねた。この建白は受け入れられ、京に残る浪士の全てが会津藩預かりと定められた。

三日後の三月十三日、清河八郎率いる浪士組は江戸へと返した。これに反対して京に残ったのは、八木邸に集結した十七名だけではない。別の宿所を宛てられていた殿内義雄《とのうちよしお》、家里次郎《いえさとつぐお》以下の七名も同様である。松平容保は「浪士組のうち京に残る者を全て預かる」と決したのであるから、必然的に殿内らも「同志」であった。

三月十五日、これらが揃って左京黒谷《くろだに》の金戒光明寺《こんかいこうみょうじ》、会津藩本陣に出向いた。容保に目通りし、また会津藩に挨拶をするためである。寺とは言え造りは城そのものであった。

謁見の後、浪士たちは一室を借りて最初の談合を行なうに至った。

殿内がのんびりと発した。

「まず京に残った浪士組の方針だが、当面は諸事の成り行きを見守ることとする」

当然という風に断言する。一は近藤や芹沢の後ろに座していたが、正直なところ、かちんと来た。

「待った」

すぐに芹沢が声を上げた。剣呑な怒気が瞬時にその巨軀《きょく》を覆う。

「どうして貴公が決め付ける。我らは同志ではないのか」

怒鳴り散らす声にも、殿内は何ごともないかのように皆を見回した。

「異存は、ないな」

「おい。たった今、俺が異存を申し立てたじゃねえか」

芹沢は右膝を起こし、傍らの刀に手を掛けた。返答次第では斬り捨てんという剣幕である。殿内と並んで座る家里が面倒臭そうに声を上げた。

「君は誰だ。それと」

顎をしゃくって近藤を指す。

「そこの、口の大きいのは」

何とも小馬鹿にした態度であった。芹沢はついに激昂《げっこう》し、がばと立ち上がった。

「水戸天狗党、芹沢鴨。これなるは天然理心流四世、近藤勇だ」

家里は嘲笑するように頬を歪《ゆが》め、なお問うた。

「で、それは誰だ。今までに何の実績がある」

これには芹沢も、あんぐりと口を開けるばかりだった。そもそも浪士組に実績云々を求める方がおかしい。何も返せぬ芹沢に向け、家里は朗々と語った。

「これなる殿内氏は下総結城藩《しもうさゆうきはん》の命にて、昌平黌《しょうへいこう》に学んだ賢人である。かく言う当方も、この京の儒者・家里新太郎の従弟に当たる者でしてな。これまで国事に関し、多くの議論を尽くしてきた次第。世の動き易からぬ今、殿内氏のようなお方が方針を決めるのが当然だろう」

「聞き捨てならん。おまえらが舌三寸を動かしている間に、天狗党は血を流して奔走してきたんだぜ。学者馬鹿は引っ込んでいろ」

やりとりを聞いて、殿内はせせら笑うように発した。

「芹沢君と言ったか。私が学者馬鹿なら、君ら天狗党は暴力に訴えるしかできぬ蒙昧《もうまい》だな。それに私は浪士組の取締役から、京都残留者の取り纏《とまと》めを任されている」

「……言いたいことはそれだけか」

芹沢の左手が刀の鯉口《こいぐち》を弾いた。柄に右手が掛かる。いざ抜かんとする手を、しかし摑んだ者がある。左隣の近藤であった。

「芹沢先生、いかん」

「離せ、近藤君。こいつら、斬り捨ててやる」

極限の怒りゆえか、芹沢の言葉もかえって静かである。しかし近藤は退かなかった。

「いかんと申しております」

「会津公に建白したのは俺たちなのだぞ。そもそも」

「それでもです！」

近藤が一喝して遮った。

「その会津公のご在所を、私闘の血で汚すおつもりか」

事態は抜き差しならぬ。斬り合いの匂いに、一の胸は騒ぎ始めていた。左手は既に刀の鞘を握っている。

しかし、そこで自らの身に異変が起きた。

「く……っ。う……」

腹を押さえて身を丸める。右手に座った沖田がそれだけで全てを察し、大声を上げた。

「ちょっと待った。急な腹痛《はらいた》を起こしたのがいます」

張り詰めた場の空気が緩んだ。一は沖田と土方に担がれ、広間から引き摺り出された。

去り際、沖田が皆に声をかけた。

「すみませんね、話の腰を折って。あ、芹沢さん。斬り合うなら俺も呼んでください。実戦、やってみたいんで」

三人は別室に下がった。土方が、ふう、と息をつく。

「斎藤君、もういいぞ。あれで皆も頭を冷やしたろう。上手《うま》い芝居だった」

「……芝居じゃねえ。痛えんだよ、本当に」

土方は困惑顔になった。

「じゃあ、さっさと厠《かわや》を借りに行けよ」

沖田が「あはは」と笑った。

「一君と何年付き合ってるんです。出す物を出せば治るとか、そういう単純なものじゃないのは分かってるでしょう。しかし困ったな。何か薬でもあれば……」

そう言って、思い出したように浮かれ声を上げた。

「そうだ土方さん。あれ、持ってませんか。石田散薬」

「え？　いや、確か荷物の中にあったが。効かねえぞ、あれは」

「何もないよりましです。熱燗《あつかん》で飲むんでしたよね」

腹を痛くしたら飲んでみろと言われていたが、ずっと拒んでいた薬である。ここぞとばかり嬉しそうな沖田の姿が癪《しゃく》に障った。

「さあ土方さん。俺、ここの台所で酒をもらって来ますから」

亀の子のように身を丸めること、どれほどか。戻ってきた沖田が手にする徳利を見て、土方は呆れ返ったように言う。

「本当に酒をもらって来たのか。守護職の公邸だぞ、ここは」

「そういう薬だって言ったら、笑っていましたよ」

とにかく、と一は石田散薬を含まされた。黒い粉末は、およそ今までに見たどんな薬よりもいかがわしい。藁《わら》にもすがる思いで酒と共に飲み下した。

しばし時が流れる。驚いたことに腹痛はじわりと退いていった。一は身を起こし、額の脂汗を拭った。

「治まってきた」

「凄《すご》い。いつもよりずっと早い」

沖田が目を丸くする。思いは同じで、一も軽く頷いた。

「いい薬じゃねえか、土方さん」

「こいつが何かに効いたなんて、俺には覚えがねえ。気の持ちようだろうよ」

土方はそっぽを向いた。そのとおりかも知れぬのだが、普段の半分ほどの時間で痛みが治まったのは事実であった。

「あの後どうなったかな。斬り合い、あるんですかね」

沖田の興味はもう別のところに行っている。相変わらず捉えどころのない男だとは思うが、先に紛糾していた談合がどうなったかは確かに気になった。

「良いな。おかしな気を起こすなよ」

戻ろうかとした頃、家里の声がした。数名が立ち去る足音が聞こえる。終わったらしい。

三人は連れ立って談合の部屋へ戻った。近藤がこちらを見て「もう大丈夫なのか」と問う。安堵と疲労に満ちた顔をしていた。

沖田が芹沢の前に座った。

「話、どうなったんです」

「どうもこうも。奴ら、俺たちに従えの一点張りだ。危急存亡の時と言いながら、悠長に様子見だと？　ふざけるなってんだ」

掌で小鼻を拭いつつ、近藤が応じた。

「よく堪《こら》えてくださった、先生」

芹沢は面白くもなさそうに返す。

「君の言うとおり、ここで奴らを斬り捨てるのは、まずかろうしな。だが……」

「ええ。……正直なところ、私も腹に据えかねました。奴らの言い分は筋が通らん。最も憎むべきは、それです」

芹沢の眼差しに幾らかの狂気が宿った。近藤の視線が、それと交わる。狂気が伝播《でんぱ》し、互いに呼応して高まっていく。

「やるか」

近藤が「はい」と頷く。沖田が顔を明るくする。土方が固唾を呑む。一の中に妖しい火が灯《とも》った。

「平山、野口。殿内を探っておけ」

芹沢は自らの一派に声をかけた。二人は眼差し鋭く頷くと、すぐに広間を出て行った。

四

三月二十五日、先に挨拶に出向いたことへの答礼に、会津藩士が壬生を訪れていた。芹沢・近藤以下はこれらを八木邸からほど近い壬生寺に招き、名物の壬生狂言を見物していた。殿内一派の七人は国事談合のためという理由で参じていない。芹沢と同席するのがよほど嫌なようだ。

大念仏堂の舞台が篝火《かがりび》に照らされ、宵闇に映える。金糸や錦、紫の煌《きら》びやかな衣装と面を着けた者が音曲に合わせて無言で舞う。演目は「桶取《おけとり》」と言うらしいが、一にとってては興味がない。それよりも、いつ「行け」の合図が出るかの方がはるかに重要であった。

欠伸を噛《か》み殺しながら舞台を眺めることしばし、演目が終わった。皆で拍手をすると、寺の鐘が宵五つ半（二十一時）を告げた。

「いやいや、噂《うわさ》には聞いていたが実に見事なものだ」

芹沢が右手の杯を干し、興が乗ったとばかり、高らかに掲げる。来た――。

末席に控えていた一と沖田、そして平山五郎がすっと立つ。三人は互いに目配せして席を離れた。

寺の門を出て坊城通を北に一町ほど、四条通に入る。そこを東、祇園に向けて歩いた。

提灯で道を照らしつつ先導する平山に、一は問うた。

「殿内の奴、無理にでも呼んじまった方が早かったんじゃねえのか」

平山は小さく笑った。三十五歳と年嵩《としかさ》のせいか、或いは天狗党で場数を踏んでいるせいか、左目に眼帯を当てた顔は余裕綽々《しゃくしゃく》と見えた。

「芹沢先生がそうしろって仰《おつしや》るんだ。従うさ。それに会津藩は金の出どころだからな。仲間割れを見せたくなかったんだろう」

沖田は「ふうん」と気のない風であった。

「それよりも平山さん、何人殺《や》るの。七人？　俺、斬り合いは初めてなんだよね。三人でそれだけ相手にするのも楽しいけど、ちょっと骨が折れそうだなあ」

平山は前を向いたまま「いいや」と返した。

「そもそも殿内って奴は、普段から自分の一派と共にいる訳じゃない。格が違うとか何とか、まあ本陣で見たとおりの傲慢な奴でな。一緒にいたとしても家里ぐらいだろう」

つまり、多くても二人を斬れば良いということだ。三人いれば釣りが来ると、一は口元を歪めた。

壬生寺を出て四半時足らず、四条大橋とその向こうにある祇園の灯が見えてきた。殿内の談合は夜四つ（二十二時）からこの界隈の茶屋で行なわれるらしい。鴨川の対岸へと橋を渡りきり、河原に下りて提灯の火を消した。

夜も更けなんとする今から祇園に向かう者など、ないに等しい。だが潜むこと少し、ひとつの灯りが橋を渡って来た。

「行くぞ」

促され、一と沖田は後に続いた。三人で橋の欄干の陰に入る。

「念のため顔を見ろ。人違いで殺すなよ」

平山に釘《くぎ》を刺され、一と沖田は苦笑を返した。

提灯が向こう五間の辺りまで近付くと、顔つきや体つきが明らかになった。十日前に会津藩本陣で見た殿内義雄に間違いない。家里も一派の者も連れず、ひとりであった。

沖田が、ふらりと歩を進める。

「殿内さん」

「誰だ」

「沖田総司ですよ。会津藩の本陣でお目にかかったでしょう」

殿内は暗がりで急に声をかけられ身構えていたが、少し安堵したように「ああ」と応じた。

「近藤君の門下だったかな。私に何の用だ。確か八木邸の面々は狂言見物などと、くだらぬ遊びにうつつを抜かしているはずだが」

そう言って、今度は得心した風な声を出した。

「或いは君も頼りない師に嫌気が差したか。剣のみで国が変わるなら苦労はせんと、芹沢君も近藤君も分かっておらぬようだからな。国士はまず、明日のこの国をどうしたいという高邁《こうまい》な理想を明確にし、論を尽くして人を動かすべきだ。君がそれに気付き、私に教えを請うと頭を下げるなら受け入れてやらんことも――」

「良く喋《しゃべ》るねえ、あんた」

沖田に遮られ、殿内が息を呑んだ。さもあろう、最前の人懐こい声音とは一変している。冷たく響く言葉は、さながら初夏の夜に吹いた一陣の寒風であった。

すらりと音がして、沖田の剣が抜かれる。

「何を……」

半歩退いて掠れ声を上げる殿内に、沖田は「はは」と渇いた笑いを向けた。

「抜きなよ。待っててあげるからさ」

殿内の大小には柄袋が被《かぶ》せられていた。今の京にあっては不覚悟とも言える。慌てて袋の紐《ひも》を解く様を馬鹿にするかのように、沖田は右手の切っ先をゆらゆらと宙に泳がせていた。

「そりゃ！」

暗がりの中、一の右手から不意に声が上がった。平山が駆け出し、抜刀するなり殿内の左手に斬り付けていた。殿内は「ひっ」と声を上げ、手首を押さえた。掠り傷らしい。

「沖田君、何をやっている」

平山の怒鳴り声に、殿内はすっかり動転したらしい。踵を返し、逃げ出そうとしている。一は舌を打ち、自らも駆け出して抜刀した。

慌てふためいた者と覚悟を決めた者では、駆け足の速さもまるで違う。一は易々と殿内を追い抜いた。

「ふんっ」

真正面に回り込み、袈裟懸けの一刀を見舞う。左の肩から胸の中央までを深々と斬られ、喉を割られた殿内は、声を上げることもできずに仰け反り、苦しそうに身をよじった。

「やっ！」

殿内の背後から沖田の声が上がる。刹那の後、悶絶《もんぜつ》する頭を白刃がかち割った。それきり殿内が動くことはなかった。

一と沖田はそれぞれに刀の血を払い、鞘に戻す。

「うん。人を斬るって、こんな感じなんだ。……でもなあ」

納得顔を見せたかと思えば、ぼやくような声を上げる。そういう沖田の向こうから、抜き身を提げたままの平山が歩を進めて来た。

「沖田、どうしてすぐに斬らなかった」

静かな怒りの問いかけに、しかし沖田はありありと不満を湛《たた》えた目を向けた。

「平山さん。俺、あんた嫌いかも知れない」

それきり沖田はぷいと顔を背け、四条大橋を壬生へと進んだ。

「おい待て、何だそれは。斬る相手に隙を見せたのだぞ。おまえは」

声を荒らげる平山に、一は憮然《ぶぜん》と言い放った。

「つまらねえんだよ。ただ斬るだけなんてのは」

言い残して沖田の後に続く。二人の胸中が分からぬとばかり、平山は絶句していた。

「八木に戻って酒でも呑むか、総ちゃん」

声をかけると、沖田は既にいつもの顔に戻っていた。

「汁粉がいいな。着替えて食いに行こうよ」

「夜中に店なんか開いてねえ。明日にでも、ひとりで行け」

言葉を交わしながら進む。背後には平山の駆け足が続いていた。

殿内の死は辻斬りとして片付けられたが、家里は真相を見通していたらしい。高飛車だった態度はこの日を境に一変し、芹沢と近藤にものを言うことがなくなった。

以後、京に残った浪士組は自らを「誠忠浪士組」と名乗った。芹沢の発案である。

三　芹沢局長

一

京に入った将軍・家茂が、四月中に大坂城へ移ることになった。攘夷に関する朝廷との交渉を幕閣に任せ、話が決着するまでの滞在である。これを受けて芹沢以下七名は先んじて大坂に入り、四月二日の晩まで自発的な警備に当たっていた。

いったん京へ返す四月三日の昼、浪士組の六名は今橋の両替商・平野屋にあった。

「御免よ」

芹沢が巨軀を揺らして店に入り、新見、平山、野口、平間、そして近藤門下から連れられていた沖田と一が続く。身なりの良くない侍の集団に踏み込まれ、店先にいた番頭らしき男が怯《おび》えたように息を呑んだ。

「ええと、どちら様で」

「誠忠浪士組、筆頭局長の芹沢鴨だ」

帳場の脇にどかりと腰を下ろす。番頭はやや仰け反って応じた。

「あ……はあ。で、その誠忠浪士組というのは、どういう、あの……」

会津松平公お預かりと言っても全くの無名である。そんなことぐらい承知しているはずだが、芹沢は「知らぬとは何ごとか」と居丈高に声を張り上げた。

「安んじて商売に精を出せるのは誰のお陰だと思っていやがる。会津公お預かりの下、不逞《ふてい》浪士を取締まる我らあってのことじゃねえか」

「あ、あの。大坂には町奉行所もですな」

芹沢は懐から鉄扇を取り出し、番頭の座る膝の前で床板をバンと鳴らした。

「町奉行所が頼りになるか。攘夷資金を名目に強請《ゆす》りを働く奴らは後を断たねえだろう」

「いやまあ、それはそうなんですが」

「だからよ」

目をぎろりと見開いて番頭に顔を寄せ、芹沢はにんまりと笑った。

「俺たちに、取締りのための資金を頼む。五十両でいい」

番頭は震える声で抗議した。

「そんな。不逞の輩《やから》と同じじゃおまへんか」

「何だと」

芹沢は鉄扇を振り上げ、帳場の文机《ふづくえ》を叩き割った。番頭は「ひっ」と短く声を上げてさらに仰け反る。店先にいた丁稚《でっち》たちに至っては恐れて外へ逃げ出していた。

「ただ銭だけが欲しいだけの奴らと一緒にするな。俺たちは実際に取締りをしてるんだよ。それに五十両だって、くれって言ってる訳じゃねえ。借りるだけだ」

「そ、その……皆さん、借りるだけって言うて、返してもろうためしが、ですな……」

「商人は先を見越して銭を使うもんだろうが。これは大坂のため、皆のためだ。それを聞けねえってことは……平野屋は阿漕《あこぎ》な商いをしておりますと言っているようなもんだぜ。さあ、出すのか出さねえのか、はっきりしろ。俺は気が短えんだ」

番頭はすっかり慄《おのの》いて、否《いな》とも応とも返せずにいる。芹沢は舌打ちし、引き連れた皆に向けて顎をしゃくった。

「やれ」

ぎょろりとした目に喜色を湛え、新見が「はは」と笑いながら刀を抜いた。平山、野口、平間もこれに続き、手当たり次第、そこらの調度品に刀傷を付けていく。

「やめて……何しなさるんでっか」

「うるせえ。せえの！」

四人掛かりで戸棚をひっくり返し、あれこれの帳面を破り捨てる。沖田が嫌そうに眺め、一は顔を背けた。

「ほんま、やめとくんなはれ。出します、出しますから！」

芹沢は「ふふん」と鼻で笑った。

「初めから素直にそう言やあいいんだよ。さてと、それじゃあ百両、貸してもらおうか」

「え？　さっき五十両って」

「遅れた分の利息に決まってるだろう。両替屋のくせに、そんなことも知らねえのか」

「ご無体な！」

「いちいち、うるせえな。さっさと出せ。証文は……まあ俺の顔でいいか」

やはり返す気などないらしい。

無理やり毟《むし》り取った百両を懐に、芹沢以下は悠々と平野屋を後にした。今橋から船場の辺りをぞろぞろ歩く中、芹沢が「ところで」と肩越しの眼差しを寄越す。

「沖田、斎藤。どうして手伝わなかった」

並んで歩く二人に、静かな声音を向ける。沖田が「ううん」と唸って返した。

「だって、誰も刀を向けて来ないですから」

一は小さく肩を揺らした。二人を見て芹沢が苦笑する。

「まあ、おまえらはそういう奴だな」

誠忠浪士組は筆頭局長の芹沢以下、近藤と新見が局長を務めている。味噌《みそ》っかすの扱いは家里以下の六名のみであった。芹沢一派と試衛館一派は不仲ではないが、やはり古くからの知己で固まっていることが多い。もっとも一と沖田だけは、こうして芹沢に連れ回されることがままあった。気に入られているらしいのは、斬り合い——闘いへの観念に相通ずるものがあるためか。

とは思えど、さすがに今日のことには閉口していた。

「百両、どうするんです。酒代は会津藩からの給金で賄えるでしょうに」

一がぼそりと問うと、芹沢は豪快に笑った。

「平野屋に言ったことは嘘じゃねえさ。この金はよ、取締りのために使うんだ」

どういうことかと思いながら見返すと、あたかも子供が嬉しいことを隠している時のような笑みが返された。

「まあ、楽しみにしていろ」

そう言って、帰京の支度をするべく、宿所の常安橋《じょうあんばし》会所を指した。

大坂から京に戻って三日が過ぎた。

家里一派を除く浪士組は会津藩預かりとなった後も壬生の八木邸に居座り続け、ここを屯所として使っていた。徐々に隊士を増やした今では向かいの前川邸も強引に接収している。

昼下がり、八木邸の奥の間から芹沢の嬉しそうな声が上がった。

「おうい。皆、集まれ」

酒が入っているのはいつものことだが、今日は上機嫌である。個々に宛がわれた部屋や庭から「何ごとか」と人が集まった。

床の間を背にして中央に芹沢、その左右に近藤と新見が座る。三人のすぐ前には副長の土方と山南が並び、余の者はその後ろに座った。芹沢の傍らには愛用の二升徳利に加え、いくつもの大きな風呂敷包みが置かれていた。

皆が揃うと芹沢は、さも重大事を発表するかのように居住まいを正す。そしてひとつの包みを解いて一枚の旗を取り出し、高々と掲げた。赤地に白抜きされた「誠忠」の文字、下の方には白い山型のだんだら模様があしらわれている。

「どうだ。俺たちの隊旗だぞ。それと……」

麻布を一枚取り払い、その下にあった派手な羽織を拡《ひろ》げて見せた。

「揃いの羽織だ。隊士は増えたが、人数分ある。これを着て京や大坂の市中を警護する。不逞浪士共に、ひと目で俺たちだと分からせてやるためだ」

掲げられた羽織は浅葱《あさぎ》色の地に、袖口には隊旗と同じく白のだんだら模様であった。

「三人の局長は色が違う。白地に黒のだんだら模様だ。どうだ、いいだろう」

皆一様に黙ってしまい、しばし口を開く者がなかった。芹沢は少し慌てたように言葉を継ぐ。

「いや……おまえら、何か言うことはねえのかよ」

山南が困ったように返した。

「着ていれば確かに、ひと目で分かるでしょう。しかし……」

「しかし、何だ」

山南は「察してくれ」という風に言葉を濁す。一の右隣で、沖田が不満そうに発した。

「何これ、格好悪い。だんだら模様なんて、どうしてこんなのにしたんです」

皆が驚愕の目を向ける。芹沢は拗《す》ねたように応じた。

「だんだらって言ったら赤穂浪士だろうよ。知らねえのか、沖田」

「知ってるから言ってるんじゃないですか。今どき赤穂浪士もないもんだ。ねえ土方さん」

急に話の矛先を向けられ、土方は口籠もりつつ、しかし沖田の意見を後押しした。

「まあ……浅葱色ってのもなあ。武士にとってはさ、その、死に装束だしな」

「ねえ、そうでしょう。一君もそう思うよねえ」

沖田は隣に座る一に同意を求めた。今度は皆の視線が己に集まる。どれも「下手なことを言ってくれるな」という顔をしていた。ついつい含み笑いになる。己の絶句と皆の絶句は全く違うらしい。

「俺は、いいと思う。特に色が」

だんだらはさて置き、切腹の時に着る死に装束の色というのが気に入っていた。

「市中警護だぜ。闘って、いつ死ぬかも分からねえ身の上だ」

芹沢は心底嬉しそうに身を乗り出した。

「そうだろう。いや、斎藤は分かってくれると思っていた」

皆が「致し方ない」という諦め顔になっているのに、沖田はなお納得しないらしい。口を尖《とが》らせて問うた。

「ひょっとして、これのために平野屋を襲ったんですか？　こんなのに使うぐらいなら――」

「だからよう、警護のために使うって言ったじゃ――」

「いやいやいや芹沢さん、ちょっと待った！」

沖田の言を芹沢が遮り、それをまた近藤が遮った。血相を変えている。

「襲ったとはどういうことです。我らの立場が悪くなるようなことを、なさったのではないでしょうな」

「借りただけだ。借財だ、借財」

「返す当てはあるのですか。まったく、あなたという人は……」

「取締まりの実を上げれば、会津公がもっと金を回してくれるだろうよ」

近藤は俯き、眉根を寄せて黙ってしまった。沈黙を破ったのは沖田だった。

「そういうのを、当てがないって言うんですよ」

このひと言で芹沢の目が据わった。勢い良く右膝を立て、左手に刀の鞘を摑む。

「うるせえぞ。着るのか着ねえのか、どっちだ」

一の背に、ぞくりと心地良い悪寒が走った。酔った勢いではあろうが、四の五の言うなら斬り捨てるという気迫は本物である。近藤もそれを察したのだろう。渋々といった風ではあったが、局長用の羽織を取って身に纏った。

「似合うぜ、近藤」

芹沢はげらげらと笑い、大徳利をがぶりと呷《あお》った。

「そこで、話しておくことがある」

先の子供じみた姿とは似ても似つかぬ、閻魔《えんま》のような眼差しであった。この目は——。

「家里にもこの羽織を見せてやった。奴は着ないつもりだ。つまり、同志の俺たちを裏切るってことだなあ」

やはりこの目は見つめていた。人の死を。

芹沢はまた酒を呷り、口元を軽く拭ってから続けた。

「裏切り、即ち失策だ。腹を切らせる。新見、近藤、土方。それと平山、沖田、斎藤。俺と一緒に家里の介錯《かいしゃく》をしろ」

芹沢は爛々と目を輝かせ、こちらを見据えた。

「なあ沖田、斎藤。人斬りができるぜ」

しかし一は即座に断った。

「家里は論客でしょう。介錯……に、七人もいらねえよ。腹を捌《さば》く刀がこっちに向くんなら話は別ですがね」

沖田もこれに続いた。

「俺も二ぃ抜けた。切腹って名目で膾《なます》斬りにする訳でしょう、それ。楽しくなさそうだから皆に任せます。あ、羽織は着ますよ。仕方なくだけど」

新見が二人に驚愕の目を向ける。平山、野口、平間に至っては、表情を凍り付かせていた。四人の顔には「殺されるぞ」と書いてある。だが芹沢と刃を交えるなら望むところだ。どれほど楽しい闘いになるのかと頰が歪んだ。

芹沢は軽く噴き出し、また酒を含んだ。

「そうかい。まあ、確かに家里に手向かいさせる気はねえさ。おい永倉、原田。沖田と斎藤の代わりに介錯に加われ」

名を呼ばれた二人が顔を強張らせ、ごくりと固唾を吞んだ。芹沢一派の四人はそれぞれ、先とは別の驚愕を見せていた。今のやりとりで一と沖田が許されたことが信じ難い風であった。

四月二十一日、将軍・家茂は大坂に移った。誠忠浪士組は京・大坂での警備の実績を買われ、揃いの羽織で警護の列に加わった。

家里次郎は四月二十四日、滞在中の大坂で命を落とした。「介錯」を務め、返り血を浴びて宿所に戻った近藤以下の顔つきは、それまでとは確かに異なるものになっていた。芹沢に巻き込まれて道場剣術から一歩を踏み込んだのだと知れた。

二

大坂城にあった家茂は五月下旬、江戸への帰還を決めた。細かい事情を一は知らない。近藤や芹沢、或いは土方や山南に聞けば教えてくれるだろうが、知ろうとも思わなかった。

ただ、浪士組はそれでも京に留まると決した。一にとっては有難いことで、京に留まる理由だけは訊ねてみた。近藤は「江戸で攘夷の動きがあれば、すぐに東下する」とだけ返した。

将軍東帰の支度が進められる中、六月一日、壬生の屯所に駆け込む者があった。永倉の旧知で先月浪士組に加わった島田魁《しまだかい》である。六尺近い長身の背を丸め、二重瞼《ふたえまぶた》の端に流れる汗を拭って大声で捲し立てた。

「大坂で騒ぎが起きました。八名ほどが『天下浪士』などと不遜な名乗りで暴れておるのです。恐らくは不逞の輩でしょうが」

芹沢は舌を打った。

「町奉行所は何をしていやがる」

「相手は刀を振り回していましてね。覚悟の据わらぬ町方の手には余るのでしょう」

話を聞いて、一は身を乗り出した。

「どうします」

芹沢が、にやりと返した。

「行くか」

近藤も厳しい面持ちで頷いた。浪士組にとって大坂の取締りは管轄外だが、自主警備を繰り返してきた経緯がある。それでなくとも親藩・会津お抱えの身の上なのだ。既に将軍が東帰を決めているとは言え、未だ膝下《しっか》にある町を捨て置く訳にはいかなかった。

その晩、芹沢・近藤以下十名は新見と土方に屯所を預け、壬生を発った。そして翌二日の朝に大坂へ到着すると、ただちに市中での聞き込みを行なった。町衆から風体を聞き出して主謀者らしき二人の人相書きを作り、また、居場所を船場南組に絞り込む。次に行なうべきは旅籠《はたご》での聞き込みであった。

芹沢は平山と野口、永倉、島田を率いて東側から一軒ずつ調べて回る。一は沖田、山南、井上と共に近藤の指揮下に入り、同じく西側からの調べに加わった。不審者を逃さぬよう、逗留《とうりゅう》の客が寝静まってから、夜を徹しての捜索であった。

「間違いないか」

「はい。この人相書きに良う似てますわ。浪人はんやとは思ってましたが、まさか、あの騒ぎを起こしたお人とは……」

　とある旅籠の番頭が、青い顔でそう発した。明け方近く、近藤以下はついに「天下浪士」を追い詰めた。

　証言に従って踏み込み、四人部屋のひとつに至る。近藤は大きく息を吸い込んで、粗末な襖《ふすま》を蹴破った。

　降って湧いた喧騒《けんそう》に、寝こけていた二人が泡を食って跳ね起きた。何が起こったのかという顔に、近藤は刀を抜いて突き付けた。

「誠忠浪士組の御用検《あらた》めである。神妙に縛に就け」

　相手は大坂市中で刀を振り回していたような輩である。斬り合いになるかと思って、一も腰の物に手を掛けていたのだが、意に反して二人組は即座に平伏した。

「お、お手討ちはご勘弁を。手向かい致しませぬゆえ」

「我ら、勤皇の志士にあやかってみたく、その……」

　鯉口をパチンと鳴らし、沖田が抜きかけていた刀を戻した。

「ああ嫌だ嫌だ、格好悪い。どうします近藤さん。俺、こんなの斬って刀を汚したくないなあ」

　近藤も刀を戻し、忌々しそうに言った。

「捕らえて尋問の上、奉行所に引き渡すか」

一は大きく溜息をついて頷く。山南と井上も、平伏する二人を蔑んだ目で見下ろしていた。

五人は芹沢らと合流し、常安橋の会所に入った。拷問にかけるまでもなく、捕らえた二人はあっさりと名を明かした。この分なら余の六名についてもすぐに口を割るだろう。当初の方針どおり町奉行所に引き渡すと、十名は休息を取ることにした。一昨日の晩に壬生を出てから一睡もしていないとあって、皆がすぐに寝息を立て始めた。

会所の広間で雑魚寝《ざこね》をしていると、夕刻、話し声が耳に付いて目を覚ました。

「まあ、そういう訳です。誰か来てもらえんかと、思うとるんですけれども」

「なるほど。それでは少しお待ちを」

会所の玄関から大坂訛りが聞こえる。相手をしていた山南が戻り、広間の皆に声をかけた。

「皆、起きて。奉行所から出頭の要請です」

既に目を覚ましていたのは、一の他には近藤のみであった。山南が呼ばわりながらひとりずつ肩を揺すっていく。疲れたところへ酒を呑んで高鼾《たかいびき》だった芹沢は、近藤が起こした。

「あの二人は色々と白状したそうですが、召し取った時のことを併せて聞きたいそうです」

山南の説明を聞いた芹沢は、それなら召し取った近藤が出頭するのが良かろうと言う。道理に適った意見に近藤も頷き、井上を伴って奉行所に向かった。

騒ぎが収まると、芹沢は小袖の襟を摘《つま》んでぱたぱたと動かし、手の甲で額を拭った。

「やれやれ。それにしても暑い」

夏本番の六月である。今の今まで十人の男が寝ていたせいか、然《さ》して広くない会所の広間は何とも言えぬ臭気に満ちていた。

「そうだな。よし」

芹沢は何やら嬉しそうな顔になった。

「外に出るか。船で夕涼みと洒落込《しやれこ》もう」

山南が驚いて返した。

「近藤さんが公用だというのに、遊びに行くのですか」

「相変わらず、つまらん奴だな。まあ、嫌ならここに残っていればいい。おい野口、ひとっ走り京屋に行って船を手配しておけ。俺もすぐに行く」

芹沢旧知の中で最も若い野口は、こうして使い走りをさせられることが多い。命じられるとすぐに会所を後にした。

「さあて、ゆっくり歩いて行くか。来たい奴だけ付いて来い」

芹沢に近しい平山は当然のこと、沖田と一もこれに従った。そして永倉と島田も席を立つ。山南は面食らったように声を上げた。

「おい、行くのか。島田君も」

永倉は、にやりと笑った。

「目付が必要だろう。なあ島田君」

「俺はまだ芹沢さんを良く知りませんしな。良い機会です」

ひとり残されるのを嫌ったのか、結局のところ山南も来ることになった。釈然としない風な顔をちらりと見て、一は軽く噴き出した。

三

淀川の八軒家浜にある船宿・京屋は、浪士組が大坂に滞在する際の定宿のひとつである。先に走った野口は既に屋形船を手配していて、芹沢以下が到着するとすぐに出船となった。急な手配にも拘らず、屋形の中に並んだ八人の膳には造りや小鉢など五つの肴《さかな》が支度されていた。

芹沢は上機嫌で杯を干した。

「今日の捕り物はご苦労だった。誠忠浪士組も少しばかり名を上げたろう。いずれ大店《おおだな》が、こぞって資金を出しに来るぞ」

沖田は鱸《すずき》の洗いを摘み、口をもごもごさせながら応じた。

「平野屋みたいなことを繰り返してたら、上げた名も落ちますよ。近藤さんも怒ってましたし」

「うるせえな。山南みてえなことを言うなよ」

多分にばつの悪そうな芹沢の姿を見て永倉がくすくすと笑い、平山は手を叩いた。山南は厳しい面持ちで頷きながら酒を舐めている。

一も一杯だけ呑んだが、どうにもそれ以上は進まない。少しすると屋形の外に出て、夕闇の川面《かわも》に眼差しを泳がせた。水の上を渡る夕べの風が心地良い。

「斎藤君」

声に従って振り返る。山南も宴席を外れ、屋形の外に出ていた。

「どうした。皆と呑まないのか」

一は川面に目を戻した。

「ここんとこ、つまらねえと思ってさ」

ぽつぽつと語った。京で取締りを続ければ、不逞浪士との斬り合いができると思っていた。ところがこれと言った事件もない。殿内や家里を斬ったことも、闘いとは程遠いものであった。

「今日の捕り物も当てが外れた」

山南は「分からんでもない」と言って、くすくすと笑った。

「江戸で人を斬った口の君は、何と言うかな、それまでの冷めた風とは違って血の通った感じがした。或いは殺しを楽しむ奴かと危ぶんでいたが、そうか、少し違うんだな」

己の思いを正しく受け取ってくれている。一は微笑《ほほえ》んで、しかし、すぐに目を閉じた。

「闘いてえ。一歩間違えば、てめえこそ死んじまう……そういう瀬戸際に身を置いてこそ熱くなれるんだよ。あの感じを味わいたくて京に来たのに」

山南は「しかしな」と返す。

「俺たちが京にいるのは取締りのためだけじゃない。朝廷は引き続き攘夷を求めていなさるのだし、幕府もこれを蔑《ないがし》ろにはしていない」

「それは、どうでもいい」

ふう、と大きな溜息が聞こえた。

「前に土方君が言っていたことを覚えているか。西洋の軍は町人を雇って兵に仕立てている、この国でも同じようにっていうあれだ。俺もそう思う。誠忠浪士組はいつまでも個々の闘いに拘っていてはいかんよ。隊士を増やして軍に仕立て上げる。芹沢さんが言うのとは違うが、実を上げねばな。君も助勤だろう。平隊士ではないという自覚を持って欲しいものだ」

浪士組は四月に将軍警護の列に加わって以来、少しずつ名を売り、隊士を増やし始めている。一も沖田や永倉と共に副長助勤に任じられ、幹部のひとりとなっていた。

「今ひとつ――」

ぴんと来ない。言おうとした時であった。

「う……っ」

声が呻《うめ》きに変わった。息が詰まる。きりきりと腹が痛む。

「おい、どうした」

山南はやや慌てたものの、すぐに事情を悟ったらしく、障子を開け放った屋形に大声で呼ばわった。

「大変だ。斎藤君の、あれが出た」

屋形の中から沖田が飛び出した。手には燗酒の徳利を持っている。

「一君、石田散薬は？　荷物に入れてただろ」

「……会所に置いてある」

沖田は頭を掻いて「参ったな」と呟く。芹沢も出て来て腕組みをした。

「こりゃあ、船遊びどころじゃあねえな。おい船頭、岸に着けろ。病人だ」

船は急遽《きゆうきよ》、手近な浜に向かった。一同が下船したのは淀川北岸の鍋島河岸《かし》であった。

一は山南と沖田に支えられて陸に上がった。船に揺られているより多少は楽だが、足許が覚束《おぼつか》ない。その様を見て芹沢が「ううむ」と唸った。

「会所まで引き摺って行くのは無理か。野口、ちょっと走って斎藤の荷物を持って来い。

俺たちは……ここからなら住吉楼が近いか。そこで介抱している」

　これに従い、野口は常安橋会所へ、他は北新地へと向かった。

　淀川から西へ流れる蜆川《しじみがわ》の難波小橋を渡る。沖田や山南が、堪えろ、頑張れ　もう少しだと一を励まして進む。そこへ——。

「あ痛っ」

　島田が小さく声を上げた。痛む腹を押さえつつ、一は目を遣った。浪士組の一団は力士と思しきひとりの大男と擦れ違っていた。島田は怒りを孕んだ目を向けながら、足を持ち上げて手を当てている。力士の方は何ごともなかったかのように行き過ぎようとしていた。

　芹沢が怒鳴り声を上げた。

「相撲取り風情が誠忠浪士組の足を踏むとは、無礼じゃねえか。しかも、気付いてすぐに謝りゃあ許してやるものを、知らん振りとはどういう料簡《りようけん》だ」

「芹沢さん」

　制止すべく山南が声をかける。しかし呼びかけが終わらぬうちに、芹沢の鉄拳が力士を殴り付けていた。顎へのたった一撃だけで、身の丈六尺を超える偉丈夫は白目を剝いてのびてしまった。

「ふん。たわいもない。行くぞ」

山南は芹沢にあれこれ言っていたが、ひと言「うるせえ」と睨まれ、憤懣《ふんまん》やる方ないという風ながらも諫言《かんげん》をやめた。

北新地の中でも住吉新地と呼ばれるところに、茶屋・住吉楼はある。一はその二階に運び込まれ、畳に身を横たえた。厠へ行くかと問われたが、そういう痛みではない。ただ両手で腹を押さえ、額に脂汗を浮かべた。

待つことしばし、野口が荷物を運んで来た。襷掛《たすきが》けに背負う風呂敷包みは、着替えと石田散薬だけの軽いものであった。

包みから薬を取り出し、震える手で口に含む。永倉が運んだ熱燗の酒と共に飲み干すと、再び身を横たえた。あとは時が過ぎるのを待つのみ。何も考えてはならぬと目を閉じた。

四

いつの間にか眠っていたらしい。ふと目を開ければ、一が横たわる傍らは宴席になっていた。

「よう斎藤、もう大丈夫か」

こちらに気付いた芹沢に声をかけられ、自らの腹を擦《さす》った。痛みが綺麗《きれい》に退いている ことを確認して身を起こし、一はこくりと頷いた。

芹沢は愉快そうに笑った。

「夕涼みを台なしにしやがって。でもまあ、腐れ相撲取りをぶん殴って、すっとしたが」

「また近藤さんが怒りますよ」

杯を傾けつつぼやく沖田に向け、芹沢は心外そうに返した。

「相撲取りに舐められて市中警備ができるかってんだ。なあに、大したことにはなるまい。見たろう、俺が一発で伸《の》しちまったのを。騒ぎ立てることもできやしねえ――」

胸を張る芹沢の背中、通りの側から不意の喧騒が湧き起こった。

「壬生浪《みぶろ》、出て来んかい」

「木っ端侍が大坂相撲に喧嘩《けんか》売って、生きて帰れると思うなや」

「けったいな羽織着て、いちびりよって」

沖田が身を乗り出し、階下の通りに目を向けた。

「ええと。何人いるんだ、これ」

一も立ち上がり、沖田と並んで見下ろした。力士と思しき者がざっと三十人はいる。しかも皆が皆、手に八角棒を携えていた。

「奴ら、踏み込む気だ。なあ芹沢さん。店に迷惑をかけちゃあ、いけねえよな」

にやりと笑い、畳の上にある自らの刀を取って窓から飛んだ。二間もの高さがあったが、詰め寄った力士の肩を蹴り、勢いを殺して通りに降り立つ。蹴飛ばした力士は仰向《あおむ》けに倒れ、したたかに頭を打ったらしい。ぶつけたところを擦りながら身を起こした。

「このど腐れが」

一は「クク」と笑って刀を抜いた。

「やるんだろう。いいぜ」

力士たちが一斉に棒を構える。店の階段を荒く踏み鳴らし、浪士組の皆が外に出て来た。

「いてまえや！」

ひとりの声を合図に、力士たちは棒を振りかざした。一を目掛け、三本が叩き下ろされる。

しかし、遅い。否、ゆっくりに見えた。

右手からの一本を、芹沢の鉄扇が受け止める。一は左に身を翻して正面からの一撃を避け、その勢いのまま、もうひとりの腹に肩から飛び込んだ。先にかわした棒が地面を叩く頃、体当たりを食らわせた力士は棒を取り落としていた。右側では芹沢が、力士の腹を小脇差で抉《えぐ》っている。恐怖に引《ひ》き攣《つ》った叫びを耳に、一はぶるりと身を震わせた。

「殺したれ！」

力士たちがいきり立って得物を振り上げた。平山と野口がそのうちの二人に斬り付ける。たった今踏み込んできた力士は、胸を傷付けられて逆に二歩飛び退いた。

乱闘となった人波の中、棒の一撃をかわし、刀を振るいながら、一の胸は痺れる思いに満たされていた。

これを求めていた。強力無双の力士たち、刀の一本など容易《たやす》く折るだろう八角棒を相手に、自らを危地に追い込む。それでこそ震えるような喜びを感じられる。

「らっ！」

袈裟懸けに斬り込み、相手が飛び退く。そのまま左手に刀を預け、引き絞って突き出した。腰の辺りを穿《うが》った刀は刃が上を向いている。動きの中で力士の肉が刃に乗り、ひとりでに殺ぎ落とされて傍らに飛んだ。

「芹沢さん、斎藤君、いかん！　皆、やめろ」

山南は声を嗄《か》らして必死に制止しているが、激昂した力士はそれすら構わず打ち据えようとしていた。

「やっ！」

掛け声ひとつ、一の突きが力士の腕を掠める。山南を狙っていた棒があらぬ方へと飛び、他と相対していた沖田のこめかみを叩いた。

沖田は瞬時、頭を押さえたが、すぐに静かな笑いを漏らした。

「ふうん、そうなんだ。殺す気なんだね」

言いつつ、横薙《よこな》ぎに刀を払う。力士がざっと飛び退き、一間に満たぬほどの間合いが開いた。

「敬さん。黙って殺される気かい。逆にさ……ぶっ殺してやんなよ」

芹沢の対極、氷のような殺気を発して、沖田は力士の群れに飛び込んだ。

甘美な恐怖に身を委ね、一は心の命ずるままに斬った。芹沢が、沖田が刀を振るう。

永倉と島田がこれに続く。平山は手傷を負いながらも奮戦していた。

ひとり、二人と斬られて地に転がるようになると、力士たちは次第に逃げ崩れ始めた。

当初は止めにかかっていた山南も、執拗《しつよう》に狙われるうちに激昂したものか、背を見せた者を追って斬り付けていた。

浪士組は大坂の力士を圧倒した。

五

常安橋の会所に近藤の怒声が響く。

「しかしな、芹沢さん。相手には人死にが出て、手負いも山ほどいるそうじゃないか。せっかく取締りの実を上げたと言うのに、その晩に騒ぎを起こすなど何を考えておられるのです」

「何度も同じことを言わせるんじゃねえ。悪いのは向こうだ」

「それが通用するとお思いか」

「悪くもねえのに頭を下げろってのか」

芹沢は鉄扇でバンバンと畳を打ち鳴らし、大徳利から酒を流し込んだ。近藤は胡座をかいて背を丸め、右の掌を額に当ててぼやいた。

「総司や斎藤は……まあ、さて置き。山南と永倉が付いていながら、どうしてこうなった」

それに応じたのも芹沢であった。

「島田は最初に無礼を受けた。やり返して当然だ。斎藤や沖田は店に迷惑をかけまいとした。俺や平山、永倉、山南も、奴らが手を出すから仕方なくだ。何か間違っているか」

どうあっても退かぬという構えに、近藤は深い思案顔で井上を見やった。

「源さん、会津公に遣いを頼む。俺は芹沢さんの言い分を口上書にして、もう一回、奉行所に行って来る」

松平容保への書状と東町奉行所への口上書、各一通を近藤がしたためる傍ら、芹沢はずっと酒を呷っていた。

近藤の根回しは功を奏した。会津藩からの口添えがあったものか、その後、大坂東町奉行所が浪士組を咎め立てることはなかった。

四凶行

一

大坂で大乱闘を繰り広げてから数日後、思わぬ客が壬生を訪れた。大坂相撲を統率する小野川秀五郎《おのがわひさごろう》である。屯所——八木邸の玄関から若い隊士が来訪を報せると、芹沢は剣呑な空気を隠しもしなかった。いずれ遺恨を以て乗り込んで来たのだろう、ひと言でも文句を言おうものなら斬り捨ててやると息巻いていた。

芹沢と近藤、新見が奥の間に入り、障子が閉められる。乱闘に加わった面々は、庭で剣の稽古をする振りで成り行きを見守っていた。

一も同じである。沖田と木刀を向け合いつつ、時折、奥の間の障子に眼差しを向けていた。

「面！」

鋭い掛け声ひとつ、沖田に頭を叩かれた。面具は着けていない。

「おい、酷《ひで》えじゃねえか」

頭を押さえて抗議すると、沖田はふてぶてしく言い放った。

「斬り合いの最中に余所見《よそみ》しているからさ。そんなに気になるかい」

「そりゃあ、まあ」

「最初に暴れたのは君じゃないか」

「……だからだよ」

迅速な根回しによって、大坂東町奉行所からの咎めはない。しかし松平容保には大きな借りを作ることになった。近藤はこの一件が浪士組の急所になりかねないと危惧していたし、もし容保が浪士組を処分するとあらば、乱闘の口火を切った己は真っ先に槍玉《やりだま》に上げられる。

「意外と気が小さいんだな」

言われて、じろりと睨んだ。

「切腹や斬首ならいいが、除隊にでもなったら堪らねえ」

斬り合うための肩書きを失う方が、つまらなく思えた。沖田も同じことを考えたか、言葉に詰まる。だが、すぐに薄笑いで返した。

「俺たちが何か考えたって、どうにもならないよ。いざとなりゃあ会津藩に討ち入りして、存分に斬り合って死んじまえばいい」

「芹沢さんみてえな言い分だな。俺が闘いたいってのは、そういうんじゃねえ」

発したところで、近藤の高らかな笑い声が響いた。もうひとつ、耳慣れぬ哄笑《こうしょう》は小野川だろうか。何とも和やかな空気と思われた。

やがて手荒く障子が開けられる。出て来た芹沢は実に不機嫌そうで、庭には一瞥《いちべつ》もくれず、すたすたと立ち去ってしまった。新見が無言で後に続く。竹刀を握っていた平山と野口、平間も稽古をやめ、慌ててこれを追った。

次いで、近藤に導かれて小野川が部屋を出た。老齢に達した痩せ型の男だったが、かつて力士だっただけあって見上げるほどの上背であった。

小野川を玄関まで送り、近藤が戻って来る。そして庭に向けて満面の笑みで呼ばわった。

「喜べ。先日の一件、大坂相撲の側から詫《わ》びを入れに来てくれたぞ。これにて会津公のお手を煩わせることもなくなった」

庭にあった者たちが「おお」と声を上げる。近藤は満足そうに続けた。

「ついては今宵《こよい》、和解の宴を設けてくれるそうだ。皆、顔を出すようにな」

一は安堵して軽く腹を擦った。こちらを見る沖田の目は少しばかり「やれやれ」というものを含んでいた。

その晩、浪士組の面々は祇園の茶屋に招かれ、一もこれに参じた。しかし芹沢一派は誰ひとり来ていない。宴席の奥に近藤と並んで座った小野川が杯を傾けつつ、残念そうに言った。

「芹沢はんは来られませんのか」

近藤は大きな体を小さくして応じた。

「申し訳ござらぬ。詫びは聞くが馴れ合う気はない、などと不遜なことを言うものですから。無礼があってはならぬと思い、当人の好きにさせせました。子供のような人で困っております」

すると沖田が「あはは」と屈託なく笑った。

「芹沢さんたち、今日は島原の花町で遊ぶそうですよ」

土方がじろりと睨む。その顔には「余計なことを言うな」と大書されていたが、沖田は見ていないのか、なお言葉を継いだ。

「平野屋から毟った金の残りがあるから羽振りがいいんです。来なくても気にすることないですよ、小野川さん」

小野川は軽く目を見開いた。

「平野屋……。そう言えば百両取られたって嘆いとりましたな。あれ、芹沢はんでしたんか」

近藤はなお小さくなり、土方は般若《はんにゃ》のような表情になっている。その顔に気付き、沖田はきょとんとしていた。一は目を逸らして酒を舐めた。

小野川は「ふむ」と思案して口を開いた。

「浪士組、銭に困っておられますんか。会津公から給金は出とると聞きましたが」

近藤は額の汗を拭い、あたかも許しを請うように応じた。

「確かにそうですが、どうしても足りませんでな。公用で京や大坂の取締りを続けるにしても、資金……いえその、茶屋で遊ぶのも、その伝手《つて》で不逞浪士の報を得るためでして」

小野川は膝を叩いて大笑いした。

「何や、それならお助けしましょう。ここんとこ京は天誅のせいで物騒になっとりまして、興行も大変なんですわ。その警備を浪士組に任せて銭を回すように、京都相撲と相談しときましょ」

「おお。是非。お願い申し上げる。不足しがちな資金を得られるとあらば、芹沢局長も乱暴を働かぬようになるでしょう」

近藤の声には喜色と安堵が見て取れた。

二

小野川の助力によって、浪士組と大坂相撲、京都相撲の関係は良好であった。

ただしそれは近藤以下に限られる。近藤が小野川と昵懇《じっこん》になり、資金の提供を受けるに至ったことで、芹沢はなお臍《へそ》を曲げた。結果、隊の資金が潤うようになってからも芹沢の金策は止《や》むことがなかった。むしろ以前よりも頻繁に、荒っぽく、しかも多額の金を商人から巻き上げているらしい。近藤との口論も日に日に増えている。

七月になったばかりのある夜、一は島原の茶屋で遊女を抱き、夜遅くに戻った。芹沢の部屋から障子越しにぼんやりと灯りが見えた。

「宵っ張りはお互い様か」

独りごちて自らの部屋に向かう。すると庭の隅、厠の方から歩いて来た者と行き当たった。山南である。

「遅かったな」

それに答えようとしたところ、芹沢の部屋から女の甘い嬌声《きょうせい》がひと際大きく響いた。

一は声の方を向いた。

「またお梅《うめ》さんか」

梅は年の頃二十二、三という女である。呉服商・菱屋《ひしや》の妾《めかけ》であったが、芹沢が菱屋での買い物に金を払わなかったため、五月の半ば頃から取り立てに来ていた。ところが度重なる催促を鬱陶しく思ったか、芹沢は梅を手籠めにしてしまった。

山南は眉をひそめて長く息を吐いた。

「今では自ら抱かれに来るのだから、女というのは分からん。芹沢さんも芹沢さんだ」

「あんたも俺も花町で女を抱くじゃねえか。とやかく言えねえよ」

苦笑して返すと、山南はむっつりと応じた。

「ここは屯所だ。女を引っ張り込む場所じゃない。だいたいあの女、近藤さんの留守を狙って来るんだから性質《たち》が悪い」

おや、と思って問うた。

「近藤さん、どうしたんだ」

「小野川親方にお呼ばれだ。何でも、困ったことが起きたらしくてな」

「俺に関わりのあることかい」

「前にも言ったが、君は幹部だぞ。隊のこと全てに関わりがある」

どうやら大坂での乱闘とは無関係らしい。それなら何でも構わぬところだった。

「どういう話になったかだけ、後で教えてくれ」

軽く手を振って立ち去り、自室に戻って身を横たえた。

小野川の話が何であるか、明らかにされぬまま二日が過ぎた。

その晩、芹沢一派は島原へ繰り出した。近藤はこれを待っていたかのように幹部隊士を集め、島原を避けて祇園へと連れ出した。

酒宴の支度が整えられた茶屋の広間では、小野川が待っていた。

「浪士組の皆さん、またお目にかかりましたな。今日はお願いしたいことがありますんや」

後を引き継ぎ、近藤が誇らしそうに面持ちを緩めた。

「大坂相撲と京都相撲が合同で興行をすることになった。その警備を我ら浪士組にお任せくださるとのことだ。大口の依頼だぞ」

どういう顛末《てんまつ》かという皆に向け、小野川と近藤が詳しくを語った。

京力士に小結の揚ヶ霞《あげかすみ》という者がある。そろそろ一線の力士としての引き際を迎え、大坂相撲の年寄株を買った。しかし、その代金が支払われていないという。

「芹沢さんと同じだな」

一の左隣で沖田がくすくすと笑う。近藤は聞き流して話を続けた。

「大坂相撲とは昵懇だからな。俺が京都相撲に掛け合って仲裁した」

近藤は揚ヶ霞の年寄株取得を白紙に戻すよう申し入れた。京都相撲はこれを受け入れたが、大坂相撲に対しては違約金を払わねばならない。興行の合間であるため、手持ちの銭では支払えぬそうである。そこで近藤は浪士組が一時肩代わりすると決め、京都相撲に恩を売った。

「仲裁の礼に、壬生寺でも二日間の興行をしてくれるそうだ。大坂と京が一緒の興行なら大入り間違いない。警備の謝礼、京都相撲からの利子、合わせて四百両になる」

胸を張り、浪士組勘定方の河合耆三郎《かわいきさぶろう》を向いた。

「河合、すまんが京都相撲に貸し付ける百両を先んじて用立ててくれ」

「はい。隊にあるのは六十両ぐらいですが……まあ、何とかしましょう。いやあ。せやけど近藤先生は商人《あきんど》としても一流ですな」

河合は商家の倅《せがれ》から隊士になったという一風変わった経歴を買われ、浪士組の勘定方を任されていた。多額の銭を動かすのが嬉しいのか、何とも口が滑らかだ。

「何をするにも、まずは銭です。市中取締りも、土方先生や山南先生が仰せのような軍を作るにも、ですな。鉄砲を揃えて誰でも戦えるようになれば、攘夷も夢ではなくなります」

一は口元を歪め、向かいの席で声高に喋る河合の姿から目を逸らした。

小野川を迎えての宴は和やかに進んだ。資金を工面すると確約した河合の功績である。その河合が皆に酒を注《つ》いで回った。一は沖田に絡まれつつ、愛想笑いで杯を受けた。

半時もした頃、河合は座を立った。厠に行くと言う。一も肩に回された沖田の腕を引き剝がして立ち、傍らに置いた刀を腰に佩《は》いた。

「俺も小便だ」

「斎藤先生もですか。ほんなら、ご一緒いたしましょう」

酒で顔を真っ赤にした河合は、厠に向かう間も上機嫌で、あれこれとよく喋った。一はにこやかに頷いていた。

店の建物から出て厠のある裏庭に出る。

「斎藤先生、お先にどうぞ」

「そうかい」

一はまた、にこりと笑い――。

腰の刀を抜いて一気に振り下ろした。一瞬早く尻餅をついて逃れた河合は、しかし小便を溢れさせ、袴《はかま》を濡らしていた。

「な、な……何し、しなさるん、ですの」

「なるほど、おめえにとって刀は飾り物らしい。……が、鉄砲を持っても俺を殺せるかな」

刀を収め、一は厠に入った。

用を足して外に出ると、河合の姿は見えなくなっていた。屯所に帰ったのだろうと考えて広間に戻った。

すると、店の者だろうか、知らぬ顔が宴席に駆け込んでいた。首を傾《かし》げ、足を止めて見守る。先の男に連れられ、すぐに近藤と土方が出て来た。二人とも弱りきった顔であった。

「まったく、あの人は。毎日騒ぎを起こさねえと気が済まんのか」

吐き捨てる土方に、近藤が頭を下げた。

「すまん、歳。小野川親方をお迎えしている以上、俺はここを離れられん」

「分かってるよ」

土方は小走りに、店の者と共に立ち去った。見送ってうな垂れる近藤に、一は声をかけた。

「何があったんです」

近藤は顔を上げた。額には青筋を立てている。

「芹沢さんだ」

今夜は島原の茶屋で暴れているらしい。贔屓《ひいき》の芸妓《げいぎ》に酒席を断られて逆上し、その芸妓と仲居ひとりの髪を切り落としてしまったという。

極限の怒りゆえか、近藤の顔は蒼白《そうはく》になっていた。一も釣られて渋面になった。

「その女、しばらく稼げねえな」

近藤は頷き、忌々しそうに眉間を押さえた。

「店からいくら吹っ掛けられるか。河合に、もうひと働きしてもらわにゃあならん……」

小便を漏らしていた情けない顔がちらつく。悪いことをしたかな、と思って咳払いした。

「相撲興行のこと、しばらく芹沢さんには言わん方がいいでしょう」

「当たり前だ」

近藤は両の掌で自らの顔をぴしゃりと張り、ぎこちない笑顔を作って宴席に戻って行った。一もこれに続いて戻ったが、既に酒を楽しむという気分ではなくなっていた。

三

蛮行を繰り返す芹沢に嫌気が差したか、近藤は七月の半ばに前川邸へと居を移した。八木邸と前川邸、二ヵ所の屯所にある隊士は、それぞれに分宿する局長に近しくなければ肩身の狭い思いをする。芹沢派、近藤派の色分けが生まれざるを得なくなっていた。

八月、大坂相撲と京都相撲は合同で興行を打った。全七日間のうち初めの五日は八坂神社の祇園北林で行なわれ、今日——八月十二日から残り二日は壬生に場所を移しての開催となる。近藤派は揃いの黒紋付に白い縞《しま》の袴を着け、連日の警備に当たっていた。

「いいか。主役は飽くまで相撲だからな。我らは粛々と警備に当たるのだぞ」

壬生寺の境内に設《しつら》えられた土俵の前、粗末な紋付の一団に向け、近藤が訓示を述べている。沖田が、うんざりしたように呟いた。

「祇園の興行から、毎日同じことを言わなくてもな」

一は平らかに応じた。

「言ってやるな。頭が痛えんだよ」

京や大坂に於《お》いて、浪士組も少しは名を知られてきている。ただし悪名であった。浪士組と言えば芹沢鴨、芹沢と言えば粗暴にして非道というのが京雀《きょうすずめ》たちの見方なのだ。

近藤の訓示は続く。

「客は相撲と同時に我々をも見物に来ると思え。努めて行儀良く、警備に精を出すように。この興行を成功させれば浪士組は大いに名を上げるだろう。いいな」

皆が揃って「おう」と返す。それを合図に隊士たちは個々の持ち場へと散って行った。

一が東の花道近くに立った頃、観客が入り始めた。ものの四半時で境内の客席は大入満員となる。土俵と客席に目を光らせるが、不審な者は見当たらない。立ち見まで出てきているから油断はできぬが、そちらは平隊士たちの持ち場である。

取組は夕七つ半（十七時）に始まった。夕餉《ゆうげ》の頃とあって、客席では弁当を拡げ、酒を酌み交わしながらの観戦である。警備の役目は観客同士の諍《いさか》いや喧嘩を見張ることに切り替わった。

だが、客の行儀も良いものであった。力士に拍手喝采する者はあれど、粗暴な振る舞いは見られない。良くも悪くも、武名を知られ始めた浪士組が警備をしているせいだろうか。

取組は進み、宵五つ（二十時）には大関同士の一番を以て全ての対戦が終了した。

浪士組の面々は境内から参道へと移り、家路に就く客を誘導する。五つ半（二十一時）頃には全てを送り出した。

「皆、ご苦労だった。今宵の興行も成功だ」

近藤は安堵の表情であった。そこに小野川が歩み寄り、満面の笑みで手を取り合う。

「近藤はん、お疲れ様です。いよいよ明日を残すのみですなあ」

「総じて無事というのが何よりです」

「これで浪士組の名も――」

高まることだろう。小野川が言いかけた時、慌しく境内に駆け込む者があった。

「え、えらいこっちゃ。大ごとや！」

近藤が歩を進めかけたが、土方がこれを制して口を開いた。

「おめえさん、誰だい。取り込み中なんだが」

「わてでっか。甚六、言います。手先の五平太親分の、小者ですわ」

手先とは関東で言うところの目明かしである。つまり甚六は下っ引きということだ。

「京の町に騒ぎがあったのか」

山南が幾らか緊張した面持ちで問う。甚六は、ぴょこぴょこと何度も頷いた。

「とにかく大ごとなんですわ。おたくはんの芹沢局長が、市中で火付けを働いとるんです」

その場にいた全ての者が驚愕し、色を失った。

「何……だと」

茫然《ぼうぜん》自失という風に、近藤がゆっくり歩を進める。甚六は何か言おうとして咳《せ》き込み、顔を真っ赤にしながら事情を説明した。

「ま、まずですな、場所は大和屋です」

土方がぴくりと眉を動かし、山南と眼差しを交わす。

「こないだ、天誅を下すって名指しされていた店だな」

七月二十三日のこと、豪商・八幡屋卯兵衛《やわたやうへえ》が殺された。現場に残された斬奸状《ざんかんじょう》には生糸問屋・大和屋を始め、四つの大店への天誅が予告されていた。しかし今なお、大和屋に賊が押し入ったとは聞かない。

山南は腕組みをして俯き加減に言った。

「大和屋が不逞浪士に金を払って命乞いをしたって噂もある。だとすれば芹沢さんは……」

土方は得心がいったとばかりに唾を吐いた。

「それなら俺にも資金を寄越せ、か。だが断られて逆上した。そんなところだろう」

沖田は嬉々《きき》とした顔で一歩を踏み出す。一も口元を歪めてこれに続いた。他の皆は顔を強張らせて動こうとしない。

「近藤さん」

一がひと声かけると、近藤は小野川に向き、深々と頭を下げた。

「申し訳次第もござらぬ。こんな騒ぎを起こしたとあっては、明日の千秋楽は取り止めにせざるを得ません」

　そして顔を上げて隊士に向き直り、怒髪天を衝く勢いで荒々しく怒鳴った。

「もう我慢ならん。歳、山南、行くぞ」

　だが、他ならぬ小野川がこれを止めた。

「あんたは、まだ出たらあきまへん」

　近藤は心外そうに返した。

「なぜです。浪士組の筆頭局長ともあろう者が、この壬生興行に当て付けるように市中で暴れておるのですぞ。我ら浪士組も小野川親方も面目を潰しました。しかも大和屋は御所に近い。止めに行かねば会津藩に迷惑をかけましょう」

　小野川は「待った」と大きな掌を見せた。

「そこの二人……」

　言いつつ、こちらに目を向ける。

「沖田はんと斎藤はんでしたな。あんた方、芹沢はんを殺す気ですやろ」

　見抜かれていた。相撲は元々が神事である。だが力士は神主ではない。四股を踏むのは醜《しこ》――邪鬼を踏み殺すためであり、それだけの膂力が求められてきた。桁外れの力がぶつかり合えば、取り組みの中で命を落とす場合もある。そうした稼業に長く身を置いた勝負師ならではの視線が、炯々《けいけい》と光っていた。

近藤は、だから何だと言いたげな、苛立った声で応じた。

「討ち取るも已《や》むなし。筋を通すためです」

「無理ですな」

言下に断じられ、近藤は絶句した。小野川は続ける。

「芹沢はんに痛め付けられた側のわしらが、何でわざわざ頭を下げたのかを考えてください。死んだ者、怪我《けが》した者、わしはこの目で確かめました。人を殺すことに迷いっちゅうもんがない。そういう傷でしたわ。こら敵わん、仲良くせなあかん。芹沢はんには、そう思わせるだけの凄みがあります。ご無礼ながら、近藤はんたちとは踏んだ場数が違いますな」

これを聞いて一は口を挟んだ。

「あの騒ぎには山南副長以下、俺と沖田、それに永倉と島田も加わっていました。近藤局長も土方副長も、覚悟は決めているはずです」

しかし小野川は残念そうに頭を振った。

「まあ沖田はんと斎藤はんは、それほど心配しとりません。けど、普段どおりの顔をしてなさるのは、お二人だけやおまへんか。他の人はどうです。気を張りすぎて、がちがちで……あきまへんわ」

素手で人を殺《あや》められる力を持つのが力士である。そういう者を拳の一撃で容易く伸してしまった怪物――芹沢と闘うために何が必要かを、何とも見事に指摘された。

近藤、土方、山南、皆に号令を下すべき立場の三人が、揃って苦悶《くもん》の表情を見せた。

小野川は少し安堵したようであった。

「それに浪士組は会津藩のお抱えですやろ。何でもかんでも自分から手を挙げる、ちゅうのはどうかと思いますすな」

「と、言いますと」

問うた近藤に、小野川は諭すように言った。

「近藤はんも芹沢はんも会津藩のご下命を奉じる身です。それがお下知もないまま殺し合う姿を晒すなんぞ、不細工なことですわ」

浪士組や大坂相撲の面目は丸潰れになったが、会津公の顔にまで泥を塗ってはならぬ。

このひと言で近藤は肩の力を抜いた。

「分かりました。会津藩に従いましょう」

「それがよろしいですな」

一時は騒然となった壬生寺が、ようやく落ち着きを取り戻した。下っ引きの甚六には丁寧に礼を言い、会津藩に報せてくれと――既に知っているだろうが――頼んで立ち去らせた。

力士衆が引き上げると、浪士組も前川邸の屯所に戻った。それから近藤以下は一睡もせぬまま過ごした。一はずっと縁側に腰掛けて過ごし、時折庭で木刀を振って眠気を飛ばした。

大和屋の全てを壊し、焼き尽くし、芹沢の凶行はようやく終わった。事件の翌日、八月十三日の夜更けのことである。会津藩から出動命令はついに下されなかった。

十四日の明け方、芹沢が三十人以上を引き連れて屯所に戻った。

前川邸裏門近くの庭にあった近藤は、ぞろぞろと歩を進める音を聞き付けると、坊城通へ飛び出して行った。一や沖田、土方、山南、永倉らも後を追った。

近藤は芹沢を捉《つか》まえ、静かな怒りと共に詰め寄った。

「芹沢さん、ちょっといいか」

「何だよ。ひと仕事終わって俺は眠いんだ。後にしてくれ」

近藤は大声で捲し立てた。

「何がどう、ひと仕事なのです。あんた、ご自分が何をしでかしたか分かっているのか。勤皇の隊であるはずの誠忠浪士組が、こともあろうに御所の間近で火付けなど！」

阿修羅《あしゅら》の如き面相を目の当たりにしても、芹沢は悪びれもしなかった。

「馬鹿を言うな。大和屋は不逞浪士に銭を渡していやがったんだぞ。皇国を転覆する意思があるのは明白じゃねえか。そんな腐れ商人を野放しにする方が、よほど危ねえってんだ。だからこそ俺は禍根を断った。それのどこが悪い」

「……本気で言っているのか」

「ああ、うるせえ。とにかく少し眠らせろ。話は後で聞いてやる」

芹沢は大欠伸と共に八木邸に消えた。左手が、ずっと刀の鞘に添えられていた。

通りに出た皆に向け、近藤は憮然として言った。

「おまえら、ご苦労だった。少し休んでいいぞ」

声には諦めの色が濃く滲《にじ》み出ていた。

皆が見守る中、近藤も前川邸に入って行った。少しすると激しい物音が聞こえた。何かを蹴飛ばしたらしい。

一はひとつ欠伸をして目脂《めやに》を擦《こす》り落とした。

「なるほどな」

小野川の言うとおりだ。あれほどの勢いで嚙み付きながら、近藤は逆に気圧されていたのだと悟った。

大和屋の焼き討ちについて、近藤と芹沢が再びの談判に及ぶことはなかった。何か言っても芹沢は聞かないだろうし、近藤もそれを承知しているがゆえである。

五　新選組

一

相撲興行の千秋楽は中止にせざるを得なかったが、謝礼は当初の約束どおり支払われ、警備に当たった隊士には手当てが支給された。八月十五日、一はその手当てを使って祇園の茶屋にあった。暮六つ（十八時）頃から酒を呑んで女の芸を楽しみ、そして枕を並べた。

「なあ、一はん」

夜具の中で、馴染みの芸妓が肌を寄せる。

「焼き討ちの話、聞かせてくださいな」

「知らねえよ」

「そんなこと言わんで。うち、見に行けなかったんよ」

興味本位なのは理解できるが、少しうるさく思った。

芹沢の無法は今に始まったことではない。だが粗暴な中にもどこか天真爛漫《てんしんらんまん》な風があり、心惹かれる男だったはずだ。それがどうだ。大坂相撲との一件以後、蛮勇の色が極めて濃くなってしまった。遺恨を持つより和解という小野川の判断が間違っていたとは思わない。だが芹沢にしてみれば、殺し合った相手に擦り寄られることが何より気に入らなかったのだろう。近藤についても、敵の掌で踊らされているように見えたのかも知れぬ。

「火はどのぐらい？　明るかったんやろなあ。人死に、どれくらい出たんやろ。ねえ」

問いはまだ続いている。くさくさした気分を変えたくて来たのに、なお気が滅入《めい》るのでは世話はない。乳房の豆に手を伸ばし、きつく抓《つね》ってやった。

「あ痛っ！　何すんの」

「俺は相撲の警備でね。焼き討ちの場にはいなかった」

女は不満げな顔で夜具の中に手を動かし、こちらの股座《またぐら》を指で弾いた。

「痛っ。……おい」

「そんなら、そう言えばええ話やないの。もう知らん」

拗ねて背を向けてしまった。一は苦笑して、その背に胸を寄せた。手を回して乳房を撫《な》でてやると、女は甘ったれた鼻声を漏らした。

「んっ……もう。帰る前に、もう一回してくれはったら、許してあげる」

一は求めに応じた。

女の首筋に舌を這《は》わせ、白粉《おしろい》と汗の混じった甘い薫《かお》りを胸に満たす。乳房に手を遣って焦《じ》らすようにまさぐると、薄紅色の豆が次第に固まっていった。腰をくすぐり、柔らかな腹から臍へと唇を滑らせる。女の声が次第に甲高くなった。

「うちも、してあげる」

体の上下を入れ替え、女が一の脚の間に唇を寄せる。舌の動きはいつにも増して軽やかで、いったん果てたものは見る見るうちに隆々と反り返ってきた。

女はそれを満足そうに撫で、こちらの腰に跨《またが》った。開かれた脚の間には先に抱いた時の名残があり、改めて支度を整える必要がない。

「あ……」

女の短い吐息と共に二人が繋《つな》がった。腰の上の動きに合わせ、下から突き上げる。そのたびに女の口から漏れ出でる歓喜の喘《あえ》ぎは、だんだんと強く、激しく、狂おしいものに変わっていった。

女が腰を前後にくねらせて大きく声を上げ、体を仰け反らせる。ひと滴の汗が一の口元に落ちた。舌を伸ばしてみれば、命の味がした。

女の喘ぎが叫びに変わっていく。

「そこ、そこ……。もっと！」

人で、なくなっている。交わる時の男と女はそういうものだ。快楽に身を委ね、相手の存在を求めるのみ。羽虫を食わねば死んでしまう蜘蛛、蜘蛛に食われれば死んでしまう羽虫——己が斬り合いに求める輝きの裏返しなのだ。ただの獣に成り下がれるひと時は一にとって、生というものの別の真理であった。

女が三度悲鳴を上げ、総身をがくがくと震わせる。頂点に達したことを知り、一も生気を迸《ほとばし》らせた。しばしの後、どちらからともなく、総身に宿った壮絶な力を抜いた。女の胸が一の胸に圧《お》し掛かり、確かな鼓動を伝えた。

どのぐらいそうしていたか、夜九つ（零時）の鐘が遠く渡ってきた。屯所に戻らねばならぬ刻限である。まだ息を弾ませたままの女を床《とこ》に残し、一は身支度を整えた。横たわった白い肩が行灯《あんどん》の薄明かりに映えていた。

「近いうちにまた来てな。一はんが来るの、楽しみなんよ」

商売の上の言葉で結構だ。激情、殺伐、そういったものの対極にある女の吐息こそが必要な日もある。一はうっすらと笑みを浮かべて頷き、忍ぶように部屋を出た。

急ぎ足で壬生へ戻り、前川邸に着いたのは九つ半（一時）を少し過ぎた頃だった。

もう皆が寝静まっているのだろうと思っていたが、そうでもないらしい。幾つかの部屋の襖からは明かりが漏れていて、玄関先では山南が腕組みをして立っていた。

「うん？」

「遅い」

顔を見るなり言われて面食らった。

「何を怒ってんだ。祇園に行くって、下の者に伝えさせたろう」

「焼き討ちの直後なんだぞ」

「芹沢さんと違って、俺は悪事を働いた訳じゃねえ」

山南は憤然とした顔で舌打ちをした。

「君がいない間に話が動いた。来い」

連れて行かれた先では近藤と土方が膝を並べていた。開口一番、近藤は咎めるように問う。

「また女か」

それには答えず、二人と向き合って座った。

「何があったんです」

顔をしかめて黙ってしまった近藤に代わり、土方が口を開いた。

「会津藩から密命が下った。……芹沢さんを始末しろとよ。大和屋の一件をよほど腹に据えかねたらしい」

簡単に言ってくれる、という口調だったが、一は目を見開いた。途端に土方の面持ちが面倒そうなものになる。

「相撲の晩もそうだったが、おまえ、嬉しそうだな」

「あれほどの人と斬り合いなんて、そうそうできるもんじゃねえからな」

「馬鹿」

簡単に退けたひと言に続き、右隣の山南も眉をひそめた。

「あれほどの人だからこそ、そう上手くいくものでもない。それに新見さんや平山さん、平間さんに野口君だって、どれも凄腕なんだぞ」

一は、きょとんとして返した。

「斬り合いに変わりはねえだろう」

何か間違っているのか。目を向けると、山南はゆっくりと二度、頭を振った。

「まともに斬り合うことはできんよ」

どういうことか、粗方《あらかた》が知れて眉根が寄った。

「強い相手だから皆で揃って膾斬り……か。つまらねえな」

「ご下命を果たせなければ浪士組は解散だと言われている。最も確実な手を取らねばならん」

山南の言い分も理解できるが、と俯いて顎の不精鬚《ぶしょうひげ》を撫でた。土方が確かめるように問う。

「自分が芹沢さんと斬り合えば済む、なんて思っているんじゃねえだろうな。勝てば良し、負けて斬り死にしたら、あとは浪士組があろうがなかろうが構わねえと」

見抜かれていたらしい。軽く歪んだこちらの目元を見て、山南がぴしゃりと言った。

「甘い。そのどちらでもなければ……芹沢さんに逃げられたら、やはり解散だぞ」

それは困る。一は山南から視線を外して近藤に向いた。

「十分にある話か。どっちにしても、つまらねえや。ならば隊が残る方がましだ」

しかし近藤は意外な答を返した。

「できれば芹沢さんを斬りたくない。会津公にお許しいただける手がなければ、そうせざるを得んのだが」

「近藤さん！」

土方が「何を言うのか」とばかりに声を上げた。

「そりゃあ今まで一緒にやってきたさ。しかしあの人はもう、どうしようもねえ」

やや疎ましそうな近藤の顔を見て一は悟った。そういうことではないのだろう。土方はどう思っているのか、語気強く続けた。

「相撲の晩にあれほどの騒ぎを起こしたのは、あんたへの当て付けだ。助けてやっても、きっと何も変わりやしねえ」

「じゃあどうするんだ、歳。向こうもこっちも下の隊士まで入れて三十人ちょっとだ」

まともにぶつかって潰し合えば、やはり誠忠浪士組は露と消える。土方と山南もそれは望まないようで、互いに頷き合った。

「まず芹沢さんと下の奴らを引き剝がす」

土方が言う。かねて二人で相談していたのだろう、山南がすぐに続いた。

「これは簡単です。隊士には夜通しの市中見回りを言い付け、芹沢派の幹部は国事談合とでも称して宴席に連れ出せばいい」

しかし、そこで二人は頭の痛そうな顔になった。一は含み笑いで呟いた。

「その先か」

向こうの隊士だけ全てに見回りを言い付けるなど、当の芹沢が是とするはずもない。近藤派も隊士を引き剝がされることになる。

土方は思案顔で答えた。

「幹部だけならこっちの方が多い」

一は半ば呆れて「おいおい」と返した。

「それで勝てるのかい。話が堂々巡りになってねえか」

芹沢派の幹部は、かつて天狗党で人斬りの場数を踏んでいる。近藤派の数が多くとも利があるとは言い得ない。

山南は背を丸め、右の掌で膝を小刻みに叩いた。

「酒に酔わせて泥のように寝入ったところを……いや、無理か」

常に酒の臭いをさせている男を酔い潰すなど、思いも寄らぬことである。

「何か手段を考える。ともあれ斎藤、おまえも心しておけ」

土方は右手の小指で耳を掻きながら発すると、座を立った。山南もこれに続く。近藤の居室に残る気にもなれず、一も自らの部屋に入った。既に夜八つ（二時）近くになっていた。

二

八月十八日、朝餉を終えて道場——前川邸門内の東側にある部屋を道場として使っているだけだが——へ入った一の耳に慌しい駆け足が届いた。

「一大事、一大事だ」

呼ばわる声は探索方の島田魁であった。芹沢の処分命令を明かされた直後だけに、胸騒ぎがする。一は真っ先に玄関へと向かい、皆がこれに続いた。

二十余人が集まった中に近藤の姿を認めると、島田は乱れた息でがなり立てた。

「御所で何かあったようです。九門の全てを諸藩の兵が固め、加えて、三条実美卿《さんじょうさねとみきょう》を始め公家《くげ》の屋敷にも兵の姿がありました」

「何だと。……いや。兵がいた公家の屋敷はどこだ。見て来たんだろう」

近藤に答えて、島田は七人の名を口にした。三条実美、三条西季知《にしすえとも》、四条隆謌《しじょうたかうた》、東久世道禧《ひがしくぜみちとみ》、壬生基修《みぶもとなが》、錦小路頼徳《にしきのこうじよりのり》、沢宣嘉《さわのぶよし》であると言う。

「まさか。いや……恐らく」

近藤はそれきり絶句した。そこへ門の方から歩を進める者がある。芹沢だった。通り一本を隔てただけの八木邸にも、島田の大声は届いていたのだろう。

「こりゃあ政変だな」

言いつつ、玄関の式台にどっかり腰を下ろす。近藤が芹沢に目を落とし、小さく頷いた。

土方や山南、永倉や藤堂など、国事に関心のある者はこれだけで分かったようだが、全員がそうではない。一や原田のように無頼の気質が強い者や、町人上がりの隊士は首を傾げている。これらに向け、芹沢はことのあらましを説明した。

今の主上――孝明天皇は熱心な攘夷論者だが、長く政務の実を執ってきた幕府を蔑ろにする意向はない。ところが先に島田が挙げた七卿は、そうした主上の思いを悉《ことごと》く無視している。昨今では長州藩を始めとする急進的な攘夷勢力と結託し、幕府の頭越しに朝議通達を行なうに至っていたそうだ。

「天子様の思し召しを踏みにじる奴らを放り出す……そういう動きが朝廷の中に出ているってこった。勤皇の隊たる俺たちはその動きを助けるのみ。おい、誰か拍子木を打て」

そのひと言で前川邸の面々は自室に駆け戻り、揃いのだんだら羽織を着て西の裏口から坊城通へと出た。一方、北向きの前川邸の門前では八木邸の隊士を呼ぶために拍子木が鳴らされる。

　出動番五十二人の中から足の速い数人を物見として先行させ、浪士組は一路御所へと出動した。道半ばほどでひとりの物見が戻り、会津藩兵が蛤御門《はまぐりごもん》を固めていることが報じられた。

　会津《あいづ》葵《あおい》の幟《のぼり》が揺れる門に到達するべく参上した」

「誠忠浪士組、御所をお守りするべく参上した」

　芹沢が大声を上げた。

　芹沢にしてみれば、浪士組の名ですぐに警護を認められると思っていたのだろう。一もそう考えていたし、近藤や土方にしても同じようであった。

　だが一瞬の後に目を疑った。会津藩兵が一斉に、芹沢へと槍を向けたからだ。

「浪士組が来るとは聞いておらぬ。身柄の証《あかし》を立てられよ」

　芹沢は瞬時に怒気を発し、懐から鉄扇を出すと、向けられた槍の一本を叩き折った。

「木っ端の分際で、ふざけたことを抜かしやがる。おめえらと違って、俺は会津公にお目通りしたこともある身だ。無礼を言いやがると脳天をかち割るぞ！」

　烈火の如き怒りに任せ、怒鳴り散らしながら、二本、三本と槍を叩き払う。

「身柄の証だと？　俺の顔、この羽織も知らねえ盆暗が聞いた風なことを。おめえらなんぞに御所の警備が務まるか。大樹公・家茂様をお守りしたこともある芹沢鴨だ。四の五の抜かしやがるなら、望みどおりぶっ殺してやる」

そして鉄扇を高々と振り上げる。近藤が羽交い締めにしてこれを止めた。

「いかん。芹沢さん、やめろ！　誰でもいい、上の裁可を仰いで来てくれ」

芹沢の剣幕にすっかり縮み上がった藩兵は、近藤の懇願を聞いてもたじろいだままだった。この期に及んで動かぬことに業を煮やしたか、新見が刀を抜いて横薙ぎに払った。

「さっさと行かんか。さもなくば斬り捨てる」

ここに至って、ひとりが門の奥に下がった。芹沢はまだ罵詈雑言《ばりぞうごん》を吐き続けていて、近藤が必死で宥めている。薄笑いで抜き身を提げたままの新見に向け、土方が苦言を呈した。

「こっちの求めに応じて聞きに行ってくれたんだ。あんたも刀をお納めなさい」

「やかましい。俺が刀を引いたら、この野郎共が突っ掛けて来るかも知れんだろう」

「無礼だと言っているんだ」

「先に無礼を働いたのは、この木っ端共だ」

隊の顔たる局長、副長たちである。醜態だな、と一は目を逸らした。

少しすると、ひとりの男が門まで歩を進めて来て、頭を下げた。かつて会津藩本陣で見た顔、公用方の秋月悌次郎《あきづきていじろう》である。

「藩兵の無礼、許されい。是非とも警護に加わるべしと会津公の仰せである」

公用方は藩兵を束ねる事実上の大将である。秋月を引っ張り出したことで、芹沢はようやく溜飲《りゅういん》を下げたらしい。鉄扇を懐に戻して足許に唾を吐いた。

「分かってくれりゃあ、いいんですよ。持ち場はどこです」

「建礼門と仙洞《せんとう》御所を頼む」

秋月は終始困惑した顔であった。

浪士組は二手に分かれ、警備に加わることになった。敷地の東端、上皇の御所たる仙洞御所の前に皆を整列させ、芹沢が声を張り上げる。

「いいか。俺と近藤はここに詰める。長州兵が押し寄せて来たらすぐに教えろ」

現場は新見以下が御所の庭園を、土方以下が建礼門（南門）を固めることになった。

土方の下で門を守りつつ一は思った。

秋月の態度で分かった。藩兵の言うとおり、浪士組は来ないことになっていたのだ。出動どころではあるまい、そう考えられていた。つまり松平容保は芹沢の始末を本気で考えている。

結局のところ御所が襲われることはなかった。千余の長州藩兵と件《くだん》の七卿は東山の妙法院に集結した後、上意に従って京都から退去した。

三

政変後、孝明天皇は「去る十八日の以後に申し出でたる儀は、朕《ちん》が真実の存意なり」

と声明を出した。都落ちした七卿と背後にあった長州藩の専横を糾弾したのに他ならない。

長州藩を始めとする攘夷急進派は朝敵とされ、入京を許されなくなった。とは言え、彼らの中には退去したと見せかけて市中に潜む者も多い。浪士組の任務はこれらの暗躍を取締るというものに変わった。

八月二十一日、会津藩から正式に京洛の警備を申し付けられると、その晩早速、浪士組は総員を上げて市中見回りを行なった。以後は交代での出動となっている。

市中に潜む急進志士の中には桂小五郎《かつらこごろう》や平野国臣《ひらのくにおみ》のような大物の名すら聞こえている。しかし浪士組を始め京都守護職や所司代も警戒を強めているせいか、志士たちも表立った動きを見せない。潜伏先を絞り込むまではできても、捕縛するには至らなかった。

八月末のある晩、一は非番で前川邸にあった。

既に夜八つ（二時）ぐらいになるだろうか、どうしたことか寝付けない。酒でも呑んでみようかと思っていたところ、不意の叫び声に身を起こした。

「大変、大変です！　お、お助けを」

閉めた門扉をドンドンと叩く音に応じ、平隊士の不寝番が慌しく廊下を駆け抜ける。一も寝巻を脱いで小袖に替えた。袴の腰紐を結び終え、だんだら羽織に袖を通した頃、襖の向こうで土方が声をかけた。

「斎藤、出動を頼む」

返事の代わりに襖を開けると、顎をしゃくって「来い」と示される。従って裏口から坊城通に出たところには芹沢と近藤の他に四人が待っていた。永倉新八、平山五郎、中《なか》村金吾《むらきんご》、山野八十八《やまのやそはち》が浅葱色に身を包んでいる。

一を加えた五人の前に芹沢が進み、荒々しく声を上げた。

「和泉屋《いずみや》に鉄砲を持った賊が押し入りやがった。数は三人らしい。素性は知れねえが、この芹沢の管轄で暴れるたあ、いい度胸だ。おまえらを呼んだ理由は分かるだろうな」

経験豊富な平山と、大坂で乱闘に加わった永倉がいる。中村は永倉に匹敵する手練、山野は常に平山の稽古の相手を務めている男だ。これらが呼ばれた理由はひとつしか考えられない。

命の取り合いになる――その思いに、一は心地良く背を粟立《あわだ》てた。

芹沢に続き、近藤が重々しく言い添えた。

「本当は山南や沖田、平間も加えたいところだが、生憎と今日の見回り番でな。合流するように伝令を走らせたが、まずは平山の指揮で五人が向かってくれ」

五人は「おう」と発し、提灯を持たず、闇に目を慣らしながら走った。

浪士組が警備を申し付けられたのは、北は蛸薬師通《たこやくしどおり》から南は松原通まで、東は鴨川から西は千本通西側の御土居《おどい》までという四辺の内側である。現場の和泉屋は四条堀川にある米屋で屯所からは八町ほど、走ればそう時を置かずに到着する距離だった。

店の構えは然して大きくない。京町家に特有の「鰻《うなぎ》の寝床」であり、通りに面した部分で商いをしているに過ぎなかった。その門口から永倉がそっと中を窺って囁《ささや》いた。

「真っ暗だ。……いや、蛍火みたいなのが見える」

平山は「ふむ」と小声で応じた。

「蛍火……火縄か？　いくつだ」

「ひとつ」

「だとしたら鉄砲は一挺《ちょう》、それも相当に古い。撃たれても怯《ひる》むなよ。後が続かんのだからな」

四人が小さく頷く。平山も頷き返した。

「店の構えからして裏から逃げる手もあるまい。全員で踏み込むぞ」

それぞれの呼吸を聞き、じりじりと中に入る。火縄のぼんやりとした赤まであと五間ほど――。

「誠忠浪士組、御用検めだ」

平山の声に続き、皆で一気に駆け込んだ。

と、乾いた音がパンと響く。発砲したのだ。

「がっ！」

先頭にいた平山が左腕を押さえた。当たったようだ。

一は目尻に笑みを浮かべた。

（……やる気かい。面白えじゃねえか）

刀の鯉口を弾き、走りながら抜き打ちに闇を斬った。刃は何かに当たり、ギン、と鈍い音を立てた。手応えからして刀ではない。鉄砲で受け止めたか。

「らあっ！」

すぐに刀を引き、刃を上に向けて突き込んだ。肉を抉った手触りが、確かに伝わった。刀に乗る臓物の重さを味わいながら腹の中で掻き回すと、汚い絶叫が上がった。

「い、ぎ、あああああああっ！」

「俺は生きているぜ」

呟いて刀を抜き、手と顔に生温かい飛沫《しぶき》を浴びる。目の前にあった影がくずおれ、どさりと音を立てた。

こちらが目を闇に慣らして駆け付けたなら、店の明かりを消していた向こうも同じである。暗い中に、すらりと音がした。味方の刀ではない。

「い、やあっ」

奇声と共に振り下ろされる刀を、一は自らの得物で受け止めた。双方の動きが止まる。

今度の相手はかなり恰幅が良く力も強い。真っ黒な影が芹沢と重なった。

た。

（あの人と）

闘いたい。その欲求が湧き上がった。だがそれは叶《かな》わぬ。仕損じたら、こういう修羅場を取り上げられてしまうのだ。土方や山南に従うしかないと思うと、忌々しさが募った。

「中村」

「代わりに……てめえ、死ねよ」

両手に渾身《こんしん》の力を込め、刃を押し込もうとする相手に抗った。

永倉の声が左脇を駆け抜けて奥へ進み、ひとりが続く。次いで別の者が隣に至った。

「しゃあっ」

山野の声がしたかと思う間もなく、一の刀に掛かる力が軽くなった。向こうの片手が断ち落とされたことを直感した。

「らっ、やっ」

軽くなった刀を弾き上げ、そのまま振り下ろす。闇の中ゆえ誤ったか、刀は何か硬い物——みしりと湿った手触りからして恐らく骨に阻まれている。

「むっ」

鋭い唸り声ひとつ、山野の刀が空気を揺らす。ほぼ同時に目の前の影が膝を突いた。

「この！」

右脇から、先に負傷した平山が駆け込む。突き込んだ刀が相手の喉を貫き、恰幅の良い影はついに動かなくなった。同じ頃、店の奥から裏返った叫びが上がった。永倉が「ふう」と吐いた息で、最後のひとりを仕留めたのだと知れた。

三人の賊は今少しの間、呻き声を上げていた。だが、すぐにそれも弱々しくなり、やがて途切れた。踏み込んだ五人の荒い息だけが聞こえた。

終わった。一は大きく息を吸い、血の臭い——斬り合いの余韻に陶酔する。永倉が中村に寄り添うように歩を進め、近寄って来た。

「平山さん。中村が手傷を負いました」

「そっちもか」

平山は左腕に鉄砲傷を、中村は右の肩口、背に近い辺りに刀傷を負っていた。幸いどちらも軽傷だったが、まずは屯所に戻って手当てをせねばならなかった。

近藤が出した伝令に従って、山南と沖田、平間がここに向かっているはずだ。それらを迎えるために山野を残し、残る四人は現場を去った。

前川邸の近藤には永倉が報告し、中村は手当てを受ける。一方の八木邸では平山が手当てを受け、芹沢への報告は一が行なうことになった。

三人の賊は全て討ち取った。山野が現場に残り、追って駆け付けるだろう皆と共に検分と片付けを行なう。簡単な報告を聞く芹沢の目は爛々と輝いていた。

前川邸に戻ると既に蘭方医が呼ばれていて、道場で中村の手当てをしていた。一は返り血を浴びた羽織を脱いで傍らの隊士に渡し、その光景に目を遣った。

「う……ふう、いっ」

決して「痛い」とは言わぬが、三寸ほどの傷に縫い針が入るたび、苦しげな声と共に身が揺すられていた。四人掛かりでうつ伏せに押さえ付けている。

「もっとしっかり押さえてくれんか。動かれると上手く縫えんわい」

五十路《いそじ》と見える医者が隊士たちに注文を付ける。一は昨年末のこと——江戸で右腕の傷を縫合した経緯を思い出して声をかけた。

「先生、麻酔は？」

医者は、こちらには目を向けずに応じた。

「麻酔……通仙散《つうせんさん》か？　そんな物はない。あれは華岡青洲《はなおかせいしゅう》先生の門下だけだ」

聞き覚えのない名だが、自分の腕を縫った医者も「師匠筋の秘伝薬を回してもらっている」と言っていた。ふうん、と返して立ち去った。

口元に笑みを浮かべ、近藤の居室へ向かう。ちょうど永倉が出て来るところだった。

「報告は終わったよ」

「別のことでね」

開いた襖の向こうでは近藤と土方が膝を並べている。「別のこと」とぼかした言い回しで、用向きを悟ったらしい。一は永倉と入れ代わりに入って襖を閉め、二人の前に腰を下ろした。

「土方さん、ひとつ聞きたいんだが――」

四

九月十三日の夕刻、一は八木邸に芹沢を訪ねた。

「遊びに行きたいんですが、連れて行ってもらえませんか」

「どういう風の吹き回しだ」

出動に於いては共に動いているものの、近藤との不仲は認めているらしい。もっとも芹沢は、近藤派の中でも一と沖田だけは気に入っている。大層驚いたようだが、嫌な顔ではなかった。

「先立つ物がないんですよ」

恥じた風に答えると、芹沢は噴き出した。

「おまえ、また女で給金を使い果たしたか」

「市中警備には必要なことでしょう」

「二十歳《はたち》の若造が言うじゃねえか。まあ良かろう。島原でいいな」

ぱっと眉を開いて見せた。

「そりゃあ、もちろん」

「よし。おまえだけ奢《おご》りで遊ばせたとあっちゃあ、他の奴らがむくれるからな。差しで飲むか」

「構いませんよ」

二人は早速、壬生村の南にある花町へと繰り出した。

見渡す限り田圃《たんぼ》ばかりの道を、芹沢の後に付いて進む。夕暮れ時とあって既に百姓衆も引き上げてしまったようだ。人気のない薄暗がりに身を置くと、この人と闘ってみたいという思いがまた胸をくすぐった。ゆっくりと腰の刀に手を掛ける。

「冗談もほどほどにしろ」

背を向けたまま発する芹沢に、努めて朗らかな声で応じた。

「さすがですね」

「俺とおまえは同類だからな」

どっしりと腹の据わった声音であった。

(この人は)

思って、一は刀から手を離した。

島原の茶屋に入って芸妓を二人呼ぶ。三味線を奏でさせて杯を傾ける間、芹沢はずっと上機嫌だった。燗酒の徳利を次々と空にしていく。

芹沢が二升ほど、一が四合を空けた頃、宴席が襖で仕切られた。

向こうには芹沢が、こちらには己が入り、それぞれ芸妓と枕を並べる。芹沢の部屋からはすぐに女の喘ぎ声が聞こえてきた。激しく動く音、喘ぎから嬌声に変わった甲高い声音を耳にしながら、一も女の艶《なまめ》かしい肌を味わった。

「ねえ旦那」

こちらの芸妓も身悶《みもだ》えし始め、下腹に手を伸ばしてくる。求めに従い、ひとつになった。

（あと四半時でいい）

それだけの間、ここに繋ぎ止めねばならない。こうして隣り合わせで交わっていて、早々に果てるのは恥である。芹沢はそう考えるだろう。自らも女色を好むから分かる。できるだけ長く、しかも激しく、この女と交わっていなければ。

動くほどに、夜具の中に淫靡《いんび》な臭気が満ち、女の息が荒くなっていく。隣り合わせに二人の女が狂乱する声は、けたたましいばかりであった。

極みに達しようかという感覚を二度ほど堪えた頃、隣からひと際姦《かしま》しい声が上がった。少し遅れて野太い唸りが聞こえる。もう良いかと、一も女と共に頂点を迎えた。

双方の女が未だ愉悦の吐息を聞かせる中、二つの足音が廊下を軋《きし》ませた。

「芹沢さん、いいか」

近藤の声だ。芹沢は少し笑い、落ち着き払った声で応じた。

「女と一緒だ。襖越しで足りるだろう」

近藤は「歳」と呼びかけた。土方の小声が続く。

「心して聞いてくれ。会津公から新見さんに切腹の沙汰が下った。御所警備の日、藩兵に刀を向けたのを咎められてな。近藤さんと俺、それに原田が立ち会った。ついさっきだ」

「そうかい」

芹沢は何とも平らかに返した。土方も落ち着いて応じる。

「会津公の上意書、置いて行くぜ」

「いらねえ。持って帰れ」

それきり芹沢は何も言わなかった。息が詰まる。

と、再び女の喘ぎ声が聞こえた。

やがて足音が遠ざかる。聞こえなくなると喘ぎ声も止んだ。

「上意をでっち上げるとは、やりやがる。次は俺って訳か」

ぼそりと、こちらに向けられた言葉であった。一は身を起こして静かに返した。

「やっぱり」

「俺が会津公の腹を知らねえとでも思ってたのか」

「これで改心してくれれば会津公に取り成そうってのが、近藤さんの思いです」

途端、芹沢は――。

「あっはははは！　ははは、あははははは、いやっはははは！」

狂ったように大笑した。双方の女が短く「ひっ」と叫ぶ。

「ははは、ははっ、あは、ははは。……はあ」

大きな溜息を以て笑い声はやんだ。

「忠言ありがとうよ。だが近藤に……俺を食うことができるかな」

芹沢の狂気が伝わって来た。ぞくりと胸に迫る。

(今、ここで)

刀に手を伸ばす。摑む寸前で、また声が届いた。

「その時が来たら、おまえと殺《や》り合いてえもんだ。……食ってやるぜ」

静かな衣擦《きぬず》れの音がした。身支度をしているらしい。狂気の波はさらに強くなっていて、斬り掛かる隙が全くなかった。ぎり、と奥歯を嚙む。

そして去り行く足音が聞こえた。

「その時、か。……来ねえんだよ」

呟くと、女が怯えきった眼差しを向けてきた。

「だ、旦那。その……何の、お、お話やの？」

一は、にやりと笑って応じた。

「知らんでいい。楽しかったぜ」

女の頰をさらりと撫でて床を出る。着物を着直すと自らも店を去った。

翌日のこと――芹沢がまた商家を脅し、強引な金策を行なったと聞こえてきた。

五

九月十六日は朝から篠突《しのつ》く雨であった。

この日、浪士組は昼夜の市中見回りを平隊士に任せ、幹部隊士は島原の角屋《すみや》――芹沢行き付けの茶屋で国事談合を行なった。近藤派は土方、山南、沖田、永倉、井上、藤堂、原田、島田、そして一が列席している。芹沢派も平山、平間、野口、ひとり残らず参じていた。

談合と言っても通り一遍である。京に潜伏している過激浪士の名と、居場所についてどこまで調べが進んでいるかを確認するのみだった。

「まあ、俺たちが正式に市中警備を拝命してから、ひと月も経っていねえんだ。話はこのぐらいだろう」

昼八つ半（十五時）から始まった談合も、半時の後には芹沢のひと言で酒宴に変わろうとしていた。

「おい、誰か酒を持って来い」

皆の目が末席の一と野口に向く。近藤派・芹沢派それぞれで最も歳若い二人は連れ立って座敷を出た。

二階から階段を下り、店の仲居を捉まえて酒の支度を頼む。

「はいはい。もう少ししたら持って行きますんで、ちょっと待っておくれやす」

夕七つ（十六時）を過ぎ、あれこれの座敷を整えている最中である。捉まえた仲居を始め、皆が忙しい頃だ。それを知りつつ一は敢えて言った。

「冷《ひや》でいいから、とりあえず二合だけくれ。持って行く」

野口が面倒そうな声を寄越した。

「何もかも店に頼めば良かろうに」

「あんまり待たせると、おっかねえぜ。とりあえず少しだけ、さ」

いくらか眉をひそめて返すと、野口も「確かに」という顔になる。一は再び仲居に向いた。

「普通のじゃ足りねえ。続きは、まず二升徳利で二本、それから二合徳利を二十ばかり、燗を付けてくれ」

「そんなに？」

「芹沢さん、よくここに来るんだろう」

仲居は少し首を傾げた。

「確かに芹沢先生のお座敷は何回運んでも足りませんけど……。でも、その量やと男手が要りますわ」

「しょうがねえな。二升の方は俺が持って行くよ」

仲居に話を付け、まずは冷酒の二合徳利を野口に持たせて座敷に帰す。一は仲居と共に板場に向かうと、出入り口の外に立って待った。

燗酒を待ちながら、ふう、と大きく息を吐いた。

店が忙しくなる頃と芹沢が酒を欲しがる頃、二つが重なるように談合の席を設えたのは土方であった。店に任せず酒を運ぶという算段も、まずは上手くいっている。

(それにしても)

芹沢は松平容保の思惑を察し、近藤の心中すら知っている。よくこの席に応じたものだ。

(食うか食われるか……ってことか)

新見に無理やり腹を切らせた翌日にも芹沢は乱暴を働いた。いつ殺し合うのか、さっさと掛かって来いと、近藤を挑発するかのように。

「お燗、できました」

板場から声がかかり、一は小刻みに頭を振って胸の内を切り替えた。

二つの二升徳利が載った膳を受け取って運ぶ。階段を上ると店の者の目がなくなった。膳を廊下に置き、すっと懐に手を入れて二つの薬包紙を取り出すと、包まれていた薄黄色の粉を徳利に入れた。

（芹沢さん）

その時が来たら斬り合いたいと言っていた。己とて本来ならそれを望む。だが先に米屋で斬り合いを演じ、再びあの歓喜を味わってしまった今、浪士組をなかったことにしかねない道はどうしても選べなかった。

（すまねえな。あんたとは殺り合えねえ）

こういう手段を取らねばならぬことに心中で詫び、皆の集まる座敷に声をかけた。

「お待たせしました。酒です」

運び入れた膳の二升徳利二つを目にして、平山が驚いて言った。

「大きいな」

「こいつは芹沢さんの分でね。皆のは二合徳利で後から持って来ますから」

宴席の中を進み、芹沢の前に至る。

「どうぞ」

目の前にひとつを差し出してやると、芹沢は半合の猪口《ちょこ》を空にしてこちらに渡した。

「ご苦労。おまえもやれ」

「はい」

二升徳利から、なみなみと酒が注がれる。一はそれを一気に呷った。

(味、匂い、色、大丈夫だ)

口元を拭う。芹沢は「はは」と笑った。

「いい呑みっぷりだ。もう一杯いくか」

「もちろん」

こちらがもう半合に口を付けると、芹沢も徳利からぐいぐいと呑んだ。ひと息に二合ほども流し込んだのではなかろうか。「ふう」と息を吐き、近藤に向く。

「よう。俺が酔い潰れたら、斬るかい」

近藤は大きな口を真一文字に結び、顔を強張らせる。芹沢はまたひと口を含み、げらげらと笑った。

「冗談だ、冗談。俺が酒で潰れる訳がねえだろう」

近藤は「悪い冗談だな」と苦笑を見せた。

最近のぎすぎすした空気が嘘のように、酒宴は和やかに進んだ。一も自らの席に戻り、以後は普通の酒を呑んでいる。

だが――。

半時もせぬうちに猛烈な眠気が襲い掛かって来た。意識を保つのを苦痛にすら思いながら、堪えて目を開け続ける。一時ほど経った頃か、芹沢が声を上げた。

「おい、野口」

何やら耳打ちしている。野口が頷いて座敷を出た。

「芹沢さん、どうした」

近藤の問いに、芹沢は大欠伸の後で返した。

「お梅を呼んだだけだ。ってことで、俺ぁ先に帰るぜ」

すくと座を立ち、背を向けて軽く手を振りながら去って行く。平山と平間もこれに従って店を後にした。

足音が聞こえなくなると、一はどさりと畳に転げた。土方がこちらに歩を進めて言う。

「ご苦労だったな。だがよ、本当に効いてんのか、あれ」

「俺の何倍呑んだか……。どうなってんだ、あの人は」

懐から先の薬包紙を取り出す。土方はこちらの目の前にしゃがみ込み、その紙を取って島田に向いた。

「間違いねえんだろうな」

「ええ、確かに通仙散です」

通仙散——一が江戸で人を斬った後、腕に負った傷を縫うのに使った麻酔薬である。少しなら痛みを感じなくなるだけだが、量を増やせば昏睡し、さらに増やせば死に至る。

探索方の島田が薬種の商人に化け、この秘伝薬を使う蘭方医の元に出入りして盗み出した物であった。

近藤が緊迫した声で発した。

「斎藤の様子を見る限り、薬には十分な効き目がある。だが……確かめないとな」

「分かった。俺が行く」

土方が頷き、座敷を去った。見送る近藤の眼差しには落ち着きがない。一は朦朧《もうろう》とする意識の中で言った。

「近藤さん。どんな形であれ芹沢さんを斬るなら……食わなきゃならねえよ、あの人を」

それきり眠りに落ちた。

六

目を覚ますと見慣れた天井があった。前川邸の自室に相違ない。ふらりと身を起こす。あれからどうなった。頭が締め付けられるような痛みを覚え、右手でこめかみを押さえた。

部屋を這い出る。夕日で橙色に濁った空の下、ゆっくり立って、感覚を確かめながらそろそろ歩いた。母屋東南の自室から北の玄関に歩を進めると、わっと歓声が聞こえてきた。

声に従って道場に入る。土方と山南は晴れやかな顔、沖田は屈託のない笑顔で迎えた。

「一君、気が付いたのか。丸一日、寝込んでるんだものな。もう起きないかと思ったよ」

酒では潰せぬ男に薬を盛った。その後は近藤の指揮の下、土方と山南、沖田、原田らが八木邸に踏み込み、一派を斬る手筈《てはず》になっていた。

「総ちゃん……。ってことは」

沖田は「うん」と頷いた。

「平間さんは逃げちゃったけどね。芹沢さん、やっぱり薬が効いてたのかな。手応えがなくて退屈だったよ」

「そうか」

長く、長く息が漏れた。良かったとも、残念だとも思う。己は今、どんな顔をしているのか。

「斎藤、おまえの手柄でもあるぞ。あの酒を勧められて躊躇《ためら》わずに呑んだんだからな」

近藤の声を聞いて「おや」と思った。

「ともあれ会津公も、ことのほかお喜びである。これよりはこの近藤の下で一丸となり、誠心誠意、任務に忠実たれ」

やはり違う。芹沢に業を煮やしながらも、どこか気後れしていた男ではない。

「それから、隊に新しい名を頂戴した。会津藩で武芸に秀でた藩士の子弟から選抜される隊の名だぞ」

この声の張りは自信ゆえだろう。まさしく近藤は芹沢鴨という巨魁《きょかい》を「食った」のだ。

一がぼんやりと目を向ける先で、近藤は背後から真新しい板を取り、皆に向けた。

「新選組だ」

長大な表札には墨痕鮮やかに「新選組屯所」と記されていた。道場にあった六十余人が一斉に手を叩いた。

六　剣士の命

一

芹沢の闇討ちから一ヵ月ほど後の文久三年十月、新選組は京坂で大々的に隊士を募集した。

京に於いては声を上げるだけで良かった。あとは京雀が勝手に喧伝《けんでん》してくれる。だが大坂は同じようにはいかない。人が出向いて数日の手間隙をかける必要があり、近藤、土方、山南、そして一が大坂に下ることになった。

一は近藤の荷物と路銀、道中の食糧などを持たされていた。

五十両の金子《きんす》は紙に包んで懐へしまってあり、持ち歩きに苦労しない。一両日分の食糧も大した嵩《かさ》ではなかった。ところが、近藤の荷物がやけに多い。着替えが五着と紋付に加え、重い碁盤が含まれていた。冬を迎えたとはいえ、自らの荷に加えて多くを持つのは中々に骨が折れる。安請け合いしたのが間違いだったか。

「斎藤」

山南が声をかけ、左腕に抱えていた風呂敷包みへと手を伸ばした。近藤の着替えだけでも持ってくれるのは有難い。

右腕の碁盤を抱え直し、ぼそりと呟いた。

「これで幹部ねえ」

少し前で歩を進める山南が、肩越しに嫌そうな眼差しを見せる。一はなお小声で続けた。

「俺でなくても構わないだろうにさ」

しかしこのひと言は十歩も先に届いたらしい。近藤は土方と並んで歩きながら、はっきりと振り向いて睨んだ。

「おまえは幹部の中で一番の年下だ」

「平の隊士を使えばいいでしょう」

「何を言うか」

近藤は胸を反り返らせた。

「大名家を見てみろ。藩公が召し使うのは家老や中老だ。言うなれば藩士の中の幹部だろう」

「近藤さんを大名と同じに考えろってんですか」

「似たようなものだ。新選組も大所帯になった。俺はそれを束ねる局長だからな」

何とも尊大な物言いであった。一は心中で啞然《あぜん》としながら、道の端に目を逸らした。

山南が小声を寄越す。

「近藤さんだって、今回は致し方なく君に荷を持たせたに過ぎん」

やれやれ、という目で頷いた。なぜ「致し方ない」と言うのかは一も承知していた。

新選組の隊士は身分や武芸の有無を問わずに受け入れていた。その理由は、かつて土方が言った「欧米では町人を兵に仕立て上げている」というところにある。土方と山南、隊を実質的に取り仕切る二人の副長がそれと同じ形を目指しているのだ。先頃京で抱えた者も含め、新参の平隊士には鉄砲や槍の訓練を施している最中だった。

「なあ土方さん。山南さんも。本当に戦、するつもりかい」

土方は背を向けたまま、右手を持ち上げてひらひらと泳がせた。

「長州から天子様を守り果せたら、いよいよ大樹公《おお》が総大将になって攘夷だ。毛唐共とやり合うんだぜ。もう薩摩《さつま》さんがやってるんだし、きっと勝てる」

土方が言っているのは、先の政変より少し前に行なわれた薩摩藩と英国の砲撃戦であった。薩摩が英国艦隊を敗走させたと聞こえており、それが土方らの攘夷論に一層の熱を加えている。

山南も続いて口を開き、丁寧に言い添えた。

「君が考えている戦とは別物だがな。町人兵に鉄砲や大砲を使わせて、作戦で勝敗を決める戦争だ。訓練は欠かせんさ」

近藤が、また振り向いて大笑した。

「その時になれば俺は新選組の大将だ。大名諸侯と何ら変わらんじゃないか」

やるべきことは違わぬかも知れぬが、この態度には苦いものを抱いた。芹沢を斬ってからの近藤は全てに於いて自信満々という風だが、その中に何とも言えぬ違和を漂わせている。別人になってしまったという危惧が強い。一は俯き加減に、厭味《いやみ》を混ぜて返した。

「戦ってのは、勝つか負けるか分からんものですよ」

「負けたら俺が腹を切る。皆には責めを負わせん」

今度は腹の据わった声音だった。俯いていた視線を前に向けると、近藤が引き締まった笑みを寄越した。

「まあ、おまえも隊士を率いて暴れてくれ。存分にな」

舞い上がっているばかりではないと知り、一面で納得する。だが胸中には、それとは別にすっきりしないものが残った。

「戦争か」

山南が口にした言葉には、自らが求める闘いとは異質の響きがある。隊を残すために芹沢を葬る道を選んだが、本当にこれで良かったのだろうか。

思いながら終日歩き、日が西に入る頃になって定宿の常安橋会所に到着した。

二

大坂に到着した翌日、新選組は隊士募集を開始した。先に大坂相撲と大乱闘を繰り広げただんだら羽織は、人集めには格好の看板だったようだ。夕刻に至って浪人や町人が五人ほど宿所を訪ねて来た。まだ増えるだろう。

土方と山南が玄関先でそれらの受付をする中、一は近藤に呼び出された。玄関から襖二つを隔てた部屋に入るなり、遣いを命じてくる。

「小野川親方を堀江に呼んである。おまえ、行ってくれ。俺の書状を渡すだけでいい」

「何の書状です」

目の前に座りながら問うと、近藤はこともなげに言った。

「金策だ」

重大事である。なぜ俺が、と思った。

「なら、近藤さんが行かにゃならんでしょう。向こうは大物ですよ」

「馬鹿を言え。大名が金策をするなら、家中の年寄が出向くのが当然だ。新選組で言えば副長助勤のおまえがそれに当たる」

またこれだ。つい厭味が出る。

「殿様は、ふんぞり返ってるのが仕事って訳ですか」

「俺は俺で別の用事がある。ああ、そうだ。持たせていた金子を寄越せ。十両ほど使う」

つまり自らは別途、花町で遊ぶのか。呆れてものも言えない。

近藤が、ほれ、と手を出す。一は懐から紙包みを取り出し、山吹色の束から十枚を渡した。

「残り四十両のうち、おまえは三両使っていい。小野川親方と差しで呑むのには、そのぐらいあれば足りるだろう」

「俺にも上等な女を抱かせちゃくれませんかね」

「さっさと行け。堀江の白髪橋から阿弥陀池に向かって三軒めだ」

犬でも追い払うように手を振る。腹に据えかねるものはあったが、呑み込んで会所を出た。

近藤から指示された茶屋は、常安橋会所から筋ひとつ西の道を南に十五町ほど行った辺りである。到着すると、既に小野川は座敷に入っていた。一はごく短く挨拶した。

「ご足労、恐縮です」

「近藤はんは？」

当然の問いに対し、所用があって来られないとだけ返した。が、眼差しに嫌気を見たのであろう、小野川は少し黙った後にくすくすと笑った。

「どうやら斎藤はん、面倒ごとを押し付けられましたな」

「親方とお会いするのが面倒だとは思いませんがね」

言いつつ、懐から書状を出して渡す。小野川がそれを読む間、支度された膳から手酌で三杯を呑んだ。やがて小野川は書状を畳み直し、自らも手酌で一杯を呷る。

「よろしいでしょう。二百両のご用立て、承知したとお伝えください」

先んじて額を聞いていなかったため、大いに驚いた。如何に昵懇だと言っても、これほどの大金である。

「その……簡単に仰いますね」

「相撲ちゅうのは元々が神事でしてな、相撲取りは天子様にお仕えする神主と同じです。勤皇の新選組にお味方するのは当然ですわ」

小野川は最近の近藤をどこまで知っているのだろう。交渉を任された上はこれで良しとするべきなのだろうが――。

思っていると、「どうぞ」と徳利を向けられた。一が差し出した猪口に酒を注ぎながら、小野川は鷹揚《おうよう》な口調で言った。

「近藤はん、北新地ですか」

「お見通しとは」

「何でも、京屋の深雪太夫《みゆきたゆう》にぞっこんやて聞いてます」

恥ずかしい思いで肩をすくめ、咳払いをした。

「何て言うんですか……腹の据わったところと浮ついたところが、変な按配《あんばい》に混ざっているようでして。親方との話だって、人に任せることじゃないでしょう。遣いを頼まれた俺が言うのも何ですが、今回の金策は断った方がいいかも知れません」

自らの杯を少し舐め、小野川は言った。

「近藤はん、何かあればいつでも腹を切れる男になりましたやろ」

「局長からお聞きに？」

「いいえ。言葉なんぞ、なんぼでも嘘で固められます。けど、この間お会いしたら、近藤はんの物腰がえらい変わっとりましてな。それで察したんですわ。わしも色んな人を見て来ましたからな」

近藤の不行状を知りつつ、こう言ってくれる。言葉の裏に隠された気持ちを重く受け止めねばならない。

「分かりました。副長や俺たち助勤が気を引き締めて局長を支えます」

「そうしとけば、大概おかしなことにはなりませんな」

そう言って豪快に笑った。

会談は半時と少しで終わり、店への支払いを済ませて別れた。女を抱いて帰ろうかと思ったものの、小野川と交わした言葉が頭に残っていたため、真っすぐ宿所に帰ることにした。

だが四半時をかけて戻ってみると、常安橋会所には誰もいない。入隊希望者たちの受付を済ませた後、土方や山南も遊びに出たのだろうか。

いや――。

何かおかしい。最も玄関に近い土方の部屋は襖が半端に開けられ、行灯の明かりも点《つ》いたままになっている。急なことがあって押っ取り刀で飛び出したのではあるまいか。

一は会所を出て左右を見渡した。商いで賑《にぎ》わう船場北浜が近いだけに、まばらながら夜でも人通りがあるのが常だった。

西、北浜とは逆の方から近付く提灯を見つけ、駆け寄って問う。

「新選組だ。何か事件があったんじゃないだろうな」

「み……みみ、壬生浪やあ！」

四十路《よそじ》の男は商人らしい。夜道でいきなり肩を摑まれて驚いたのか、提灯を取り落とし、転げるように逃げて行った。

「糞《くそ》ったれ」

蠟燭《ろうそく》の火が燃え移ってひと際明るさを増した提灯を蹴飛ばす。火袋の紙や骨組みが燃え尽きると再びの闇が訪れた。他に人影はない。

胸騒ぎを抱え、会所の前を行ったり来たりしながら待つこと、どれほどか。今度は東の方から足音が聞こえた。それも駆け足である。

月明かりに目を凝らしていると、やがて暗い中にぼんやりと人影が浮かび上がった。浅葱色を躍らせて走り寄ったのは土方であった。

「斎藤、戻っていたか」

「何があったんです」

「来い」

今来た方へと引き返す土方を追う。駆けながら仔細を聞いた。

船場北組、高麗橋《こうらいばし》に呉服の大店・岩城升屋《いわきますや》がある。そこに六人の不逞浪士が乱入し、押し借りを働いているらしい。山南が直ちに現場へと向かい、土方は近藤に報せに行ったと言う。

「近藤さんは京屋だろう。直接向かったのか」

「来ねえよ。女と、最中だ」

吐き捨てるような言葉に耳を疑った。

「局長が何やってやがる」

一が呟くと、土方は息を切らせながら返した。

「長州でも毛唐でもねえ。不逞浪士ぐらいで手を煩わせるな、とよ。一応、言ってることは正しい。新選組が軍隊になるんなら、大将は軽々しく動いちゃならねえからな」

そうは言いつつ、納得しているではないようだ。さもあろう、何しろ相手は六人である。如何に手練の剣士とは言え、山南ひとりに負わせる荷ではない。

土方は少しばかり柔らかく続けた。

「だから会所に戻った。おまえが捉まって良かった」

八町ほどの道のりを、二人は猛然と走った。

三

大店とあって岩城升屋は間口が広い。十五間もあろうか。夜ゆえにその全てを板戸で閉じているが、一箇所だけ、出入り用の小さな木戸が壊されていた。

「うらあっ！」

店の前に辿《たど》り着くなり奇声が聞こえた。憎々しげな響き、うらぶれた風は山南ではない。

「新選組だ」

乱れた息のまま土方が大喝する。それに続き、一はひとつの板戸を蹴破った。途端、寒風の中に店内の空気が流れて来た。血の臭いがする。

抜刀して右中段に構え、一は踏み込んだ。帳場を取り囲むのは五人、傍らに転げたまま動かぬ者がひとりいる。山南はそれらの向こうで片膝を突いていた。右手だけで前に突き出した刀の切っ先が震えている。

「山南さん」

呼ばわる声を聞くと、囲んでいた中のひとりが振り向き、こちらに剣を向けた。

「壬生浪が！」

「遅《おせ》え！」

刃が振り下ろされるよりも速く、懐に体当たりを食らわせる。駆け込んだ勢いの方が勝り、相手は横向きに倒れた。

「らっ」

切っ先を、転げた者の脾腹《ひばら》へ突き込む。ぼんやりとした行灯の明かりの中に絶叫が上がった。

「てめえら」

土方も続いて踏み込んだ。押し借りの浪士たちはさすがに怯んだらしい。だが、向こうにはまだ四人が残っている。数を頼んだか、一から見て右手の奥にいた者が駆け出して土方に斬り掛かった。

「せいっ」

「何を」

土方は下段に構えていた刀を勢い良く振り上げて一撃を弾き返した。キン、と硬い音の中に男たちの走り去る足音が混じった。

「逃がすか」

一は三人を追って店の外に出た。通りから少し右手に走ると、その先の辻で三方に分かれて逃げる。相当に手馴れているらしい。

「斎藤！」

呼ばわる叫びを耳にして振り返る。先に土方に斬り掛かった男が、上段に構えて背後に駆け寄っていた。

「死ね！」

真正面からの剣を自らの刀で受け止める。走る勢いを借りた一撃に押され、弾き返すことができなかった。

が、押し合う中、相手はすぐにどさりとくずおれた。男が倒れた向こうでは、土方が肩で息をしながら返り血に濡れていた。

一は「ふう」と息を吐き、刀を鞘に収めた。

「土方さん、大丈夫かい」

「走り詰めで、いきなり斬り合いだからな。さすがにきつい」

「山南さんは」

「細かくは見ちゃいねえが、手傷を負っているようだ」

斬り捨てた浪士は追って奉行所に引き渡せば良い。今は山南の方が気懸かりであった。

二人して店に戻り、奥で蹲る山南に駆け寄った。

「山南さん」

土方が呼びかけ、肩に手を置く。ふらりと上げられた顔は青ざめていた。

「傷を見せてみろ」

しかし山南は虚《うつ》ろな目を泳がせ、どさりと倒れてしまった。土方は舌打ちをして言った。

「まずいな。血を流しすぎたか。斎藤、山南さんを背負ってくれ。医者に連れて行く」

頷いて山南の左腕を取り、背負うために薄明かりの下へと導く。

指が、なかった。

左手は親指を残し、残る四本が根元近くで断ち落とされている。

「こりゃあ……」

息を呑む。土方も顔を強張らせたが、うろたえることなく発した。

「今はとにかく医者だ。行くぞ」

山南の左腕を自らの肩に回す。指のない傷口が下を向き、ぼたぼたと血が滴り落ちた。

次いで右腕を取って肩に負うたが、こちらも相当な滑り気があり、刀傷を負っていると分かった。

船場界隈の医者に運び、山南の身を預ける。左手はもちろん、右腕の傷もかなりの深手だということだった。

「助かるんですか」

土方の問いに、医者は厳しい顔を向けた。

「分からん」

他には何も言わぬ。一は小声で訊ねてみた。

「今日は連れて帰れんのでしょう。俺が付き添います」

しかし返答したのは、医者ではなく山南だった。蒼白な顔で震える声を出す。

「会所に戻れ。それが君らの役目だ」

助け出した直後の虚ろな目ではない。しっかりとした意思がある。その肩に土方がそっと手を置き、静かに「ああ」と頷いた。

二人は揃って常安橋会所に戻った。土方の部屋に入り、双方が血塗《ちまみ》れの羽織を脱ぐ。互いに何を言う気にもなれず、ただ黙っていた。

やがて部屋の行灯が頼りなくなる。一はゆっくりと立ち、油を取りに台所へ向かった。

粗末な庭を望む廊下を進もうとした時、背後で玄関の引き戸が開けられた。音を聞いて踵を返し、そちらへと向かった。

「近藤さん」

「おう斎藤。小野川親方はどうだった」

瞬時に怒りが湧き上がった。

「ふざけんなよ、あんた。失策の責任を取って腹を切れ。今ここでだ」

このひと言で、近藤は頭に血を上らせた。

「局長に向かってその言い種は何だ」

「うるせえ。押し借りのことは聞いたんだろうに」

言い合う中、土方がすっと襖を開けた。

「斎藤、よせ」

どうしても納得できない。怒りを滾《たぎ》らせた目を向ける。土方は氷のような眼差しだった。

「近藤さん。山南さんが手傷を負いました。命があるかどうかも分からんし、助かっても、もう剣は握れないかも知れん」

山南の傷をこと細かに伝える。次第に青ざめていく近藤の顔から目を逸らし、一は吐き捨てるように呟いた。

「何で、すぐに向かわなかったんです」

近藤は何も返さなかった。返せなかった、と言う方が正しいのかも知れぬ。

土方が一の肩に、ぽんと手を置いた。

「このぐらい灸《きゅう》を据えてやりゃあ、足りるんじゃねえのかい」

「……山南さんが納得するならな」

一は再び台所に向かい、油を持って土方の部屋に入った。土方も既に戻っていたが、襖は閉めずにある。近藤は相変わらず玄関先で呆然《ぼうぜん》としていた。

一が行灯に油を足す傍らで、近藤がぽつりと漏らした。

「明日」

土方が目を向け、無言で続きを促す。

「明日、見舞いに行って来る」

「ああ。そうしなよ」

岩城升屋を出てからずっと厳しいままだった土方の顔が、やっと少しだけ緩んだ。

翌日、三人で山南を見舞った。医者が言うには、もう命の危険はないそうだ。ただし今しばらくは加療を要するらしい。

説明を聞いた後、三畳間に臥せている山南に面会した。血色は良くないが目は覚めていて、意識もはっきりしていた。

「本当にすまんことをした。このとおりだ。おまえが望むなら俺は腹を切る」

近藤が深く頭を下げる。山南は床に横たわったまま、困ったように返した。

「嫌だな、よしてくださいよ。たとえ近藤さんが来てくれても、こうなっていなかったとは言えません」

「だが俺は……」

「誠忠浪士組の頃からの局長は、もう近藤さんだけなんです。半年かそこらで全員がいなくなったら新選組は終わりでしょう。あなたが考えるべきは、これからの隊をどうまとめていくか、その一点じゃないんですか」

近藤は顔をくしゃくしゃにして、目元を拭った。

「誓って新選組を潰しはせん。山南も力を貸してくれ。俺たちが軍隊になるなら、頭の切れるおまえに作戦を頼まねばならんのだ」

「ええ、喜んで」

山南は何とも爽快な笑みを見せた。この笑顔は近藤を救っただけではない。一の中に残っていた、そして恐らく土方も抱えていたであろう気持ちの澱《おり》を洗い流してくれた。

四

十月の末、近藤以下は先んじて壬生に戻った。山南が戻ったのはそれから十日ほど後、十一月に入ってからである。

屯所に戻った山南の左手にはさらし木綿が厚く巻かれ、玉のようになっている。だが他はこれまでと何ら変わらぬ姿であった。

「敬さん」

玄関先で山南の帰りを待っていた沖田が、勢い良く立って声を上げた。今まで益体《やくたい》もない話に付き合わされていた一も、すっと立って会釈する。

「傷はどうです」

「だいぶ良くなった。ところで、君らに頼みがある。ちょっと近藤さんに挨拶して来るから、先に道場に行っていて欲しいんだが」

一と沖田は思わず顔を見合わせた。山南が苦笑交じりに言う。

「どうした、二人共。鳩《はと》が豆鉄砲を食らったような顔だぞ」

何とも明るい声を聞き、一は少し眉根を寄せる。沖田に至っては普段の飄々《ひょうひょう》とした風が影を潜め、葬式に臨むような顔になっていた。無理もない。試衛館ではよく山南と二人で出稽古に赴いており、弟のようにかわいがられていたのだ。

その沖田が、声を押し潰して問うた。

「道場って、何すんのさ」

「稽古以外にないだろう」

「でもさ」

それきり沖田も口を噤《つぐ》んだ。山南は「はは」と短く笑った。

「左手が使い物にならんのだ。右だけで剣を操れるようにならなければ、いかんからな。

君の荒っぽい稽古ぐらいでないと身に付かん」

　そう言って近藤の居室へと去って行った。

「どうする」

　沖田にぼそりと問われ、一は唸った。

「どうもこうも。本人が、ああ言うんだ」

　重苦しい空気の中で頷き合い、道着に替えて道場へ入った。座って無言で待つ。少し遅れて山南が現れた。道着の袴の腰紐が、実に不細工な結び目を見せていた。

「待たせたな。すまん」

　朗らかに言って、壁に架けてある木刀を取る。そして右手だけで構えた。

　一は念を押すように言った。

「医者が言うには、かなりの傷だったそうだが」

　山南は切っ先を下ろし、少し乾いた笑い声を出した。

「傷は縫ったし、こうして剣を手にしているんだぞ。いつまでも病人扱いにせんでくれ。さあ、どっちから稽古を付けてくれるんだ」

　二人の顔を交互に見る。沖田が木刀を手に、すくと立った。

「無理しないでよ。辛《つら》かったらすぐにやめること。いいね」

　そして山南と向き合う。その姿を見て一は「おや」と思った。何か、おかしい。

沖田と山南は互いに摺り足で間合いを測り合い、相手との距離を保とうとしている。声こそ出さぬが、「あっ」と口を開いた。これは沖田ではない。そう思えた。十、二十、呼吸が繰り返される。山南の木刀が小刻みに震え始めた。

「やっ」

忌々しそうな声と共に、山南は上段に振り被った。

――はずであった。ところが木刀は後ろへと飛んでいた。沖田が払ったのではない。

「……すまん、手が滑った」

引き攣った笑顔で拾いに行く。再び構えた切っ先は、がくがくと動いていた。

「行くぞ！」

今度は中段のまま踏み込み、突きを放とうとする。山南の手から木刀がすっぽ抜けて前に飛び、沖田の左脇を通って床に落ちた。

「敬さん、やめよう」

沈痛な沖田の声を聞き、一は俯いた。たとえ木刀でも、剣を取れば人が変わるのが沖田という男である。ところがこの稽古では、そうした気配の動きが微塵《みじん》も見られなかった。きっと、山南の中に闘いの匂いを感じ取れなかったのだろう。

山南は、ぺたりと座り込んだ。

「どうしてだろうな」

次いで、悲しげな息遣いである。声を上げずに泣いているのが分かった。

「医者に言われた。腕の筋を深く切っていて、縫い合わせても、もう剣は握れないと。信じられなかった。匙《さじ》ぐらいなら持てるし、拳も握れるのに。……でも、この様《ざま》だ。たかが木刀の重さを持ち続けることができない。力が入らない」

俯いたまま目だけを向けると、山南は右手で顔を覆っていた。

「新選組は軍隊になる。町人兵を率いて、鉄砲や大砲を使って、作戦で勝つ。それを目指していたはずなのに。でも……どうしてだろうな。もう俺は……」

血を吐くような言葉を前に、沖田が肩を落として立ち尽くしていた。

「総ちゃん」

呼びかけると、どこを見ているのか分からぬような眼差しが返される。一はすくと立ち、その腕を取って道場を出た。

「山南さん。散歩に行って来ます」

「……ああ」

揺れる声を背中で聞き、一と沖田は前川邸を出た。

しばし西を指して歩き、御土居――その昔京を守るために築かれた土塁に至る。早くも斜めに差すようになった冬の陽光の下、二人で枯れ草に腰を下ろした。

沖田は何も言えないでいる。一も言葉を出す気にはなれなかった。

日はさらに傾き、空がうっすらと茜色《あかねいろ》を湛え始める。壬生寺から夕七つ（十六時）の鐘が渡ってきた。

「一君」

ようやく沖田が口を開いた。

「敬さんみたいになったら、どうする」

「……闘っていなけりゃ俺じゃねえ。死んだも同じだ」

「じゃあ、死ぬかい」

人はいずれ歳を取り、闘えなくなる。そうでなくとも、山南の身に起きたことが己に起きぬとは言えない。闘い——自身を死地に追い込んで得られる、極限の生の喜悦。それを取り上げられたら、どうなってしまうのだろう。

一は力なく首を横に振った。

「その時になってみないとな。ただ、山南さんは俺とは違う。あの人には頭で働く道が残されてるんだ。誰かが」

言葉を切り、左手に座る沖田を見た。

「誰かが付いてりゃ、おかしなことにはならねえ。そう思いたい」

沖田は「うん」と弱々しい声で応じた。顔には寂しげな笑みが浮かんでいた。

七　池田屋

一

年明けの文久四年（一八六四年）は二月二十日を以て改元され、元治元年となった。

「しゃあっ！」

四月半ばのある日、前川邸表門の左手にある道場で奇声が上がった。三畳、六畳、二十畳と三間続きの中で、撃剣、槍術《そうじゅつ》、柔術など、それぞれ熟達した者が新規の隊士を鍛えている。今は永倉が剣の稽古を付けており、一は二十畳の隅で沖田と並んで見学していた。

「やあっ」

新入りの隊士が、どうにかこうにか形になった面打ちを繰り出した。永倉は木刀を軽く捻《ひね》って相手の得物を滑らせ、一撃を往《い》なす。次いで流れるように横面を叩いた。

「……参りました」

防具を付けていても叩かれればやはり痛い。三月に入隊したばかりの町人上がりが悲鳴を上げなかったのは結構なことだと、一は思った。

ところが、これを見て近藤が声を荒らげた。

「なっとらん。そんなことで皇国を守り果せるものか」

勢い良く立って自ら木刀を取り、中央へ進む。永倉を押し退けて平隊士と相対すると、面から横面、小手、脛打ちと、瞬く間の四連撃を繰り出した。当然、相手は全てをもらってしまった。

「……い、痛」

「ああ？　何だと」

言いつつ、近藤はまたひとつ横面を打つ。かわいそうに、新入りは膝を突いて背を丸めてしまった。

「如何に新選組が攘夷軍になると言っても、まずは京の治安を守る役目がある。鉄砲や大砲ばかり覚えても、それを使う前に命を落としては何にもならん」

なお荒っぽく大喝し、近藤は平隊士の背を三度、四度と激しく叩いた。

この様子を見て沖田が小声を出した。

「近藤さん、荒れてるねえ」

一も、ひそひそと応じる。

「ちょっとばかり厳しすぎるな」

「やっぱり上様の一件かな」

「だろうよ」

この年の一月、将軍・徳川家茂は二度目の上洛を果たしていた。昨年の政変で朝敵とされた長州藩を征伐するためである。だが諸藩の足並が乱れ、話は遅々として進まなかった。

沖田はコンコンと咳をして、またぼそりと口を開いた。

「長州征伐に目鼻が付かないと、攘夷も何もないもんな」

征長の段取りが狂った原因は、公武合体派の雄・薩摩藩にある。

家茂の上洛に冷や水を浴びせるように、同じ一月、薩摩藩の備船・加徳丸が長州藩に焼き討ちされた。本来なら長州こそ批判されるところである。だが矛先は薩摩へ向かった。

そもそも長州が凶行に及んだのには理由がある。薩摩が攘夷を唱える一方で欧米諸国と密貿易を行なっていたことを突き止め、それに憤っての行動だった。昨年から茶や綿の値が急激に上がっていたのは、薩摩がそれらの品を欧米に流していたためである。この加徳丸事件は、征長が進まない原因の一端が薩摩にあることを明るみに出した。

近藤は未だ新入りに罵声を浴びせ、木刀で滅多打ちにしている。一は左手に座る沖田へと目を逸らした。

「文句なら薩摩に言えってんだ」

「本当。いくら苛々してるからって、あんなに叩いたらかわいそうだよね」

沖田の言い分に、いささか呆れた。

「どの口が言うんだよ」

「俺が叩くのは」

言葉を切り、また少し咳をする。

「……俺のは八つ当たりじゃないもの」

どうだか、と思いながら返す。

「それはそうと、さっきから咳が出てるな」

「あ、心配してくれるんだ」

うんざり、という風に沖田から眼差しを外して再び前を見た。

「夏の風邪は馬鹿しかひかねえ。馬鹿が感染《うつ》るのは御免被る」

沖田がくすくすと笑いを漏らす頃、近藤の罵詈雑言はようやく終わった。

「新選組の看板に泥を塗るなよ。性根を据えて臨め」

稽古はなお続いた。だが新参の隊士は多くがずっと怯えたままで、満足な鍛錬を積んだとは言い難かった。

そして翌朝、隊士が四人減った。脱走である。

新選組の名を得た後の入隊者には、市中警護と斬り合いの日々に耐えられずに逃げ出す者が多かった。一時は百人を超えるかという勢いだった頭数も、今では六十人ほどに目減りしている。これも近藤が苛立つ原因だった。挙句、稽古でも出動でもきつく当たり、嫌気が差した者がまた脱走するという悪循環に陥っていた。

もっとも土方は近藤を諫《いさ》めるでもなかった。むしろ自身も「鬼副長」と恐れられるほどに厳しい。使い物にならぬ奴を抱えていても仕方ないという言い分であった。

二

四月二十二日、梅雨の晴れ間となった日の蒸し暑い夜に、屯所へと駆け込む者があった。市中見回りに出ている藤堂平助の下、馬詰柳太郎《まづめりゆうたろう》という平隊士である。

「火付け、火付けです。応援を頼みます」

その声で近藤以下が玄関に詰め掛けた。土方が問う。

「場所は」

「松原通木屋町です。藤堂さんたちが向かっています」

「それから？」

ただの火付けなら新選組の出る幕ではない。息せき切らせて駆け戻ったからには、それなりの理由がある。馬詰は、ぴょこぴょこと二度頷いて続けた。

「報せに来た町人が言うには、道を遮って騒いでいる男がいるそうです。二人とか」

「そりゃまた、おかしな話だな。火を付けたなら、さっさと逃げそうなものだが」

首を傾げる土方に、近藤が怒鳴るように命じた。

「何でもいい。いわくありげな話ならすぐ出動しろ。歳、任せるぞ」

近藤はそれきり下がってしまった。土方は目元をぴくりと動かす。

「松原《まつばら》、柳田《やなぎだ》、来い。おかしな動きをしている野郎共だ。まずは引っ捕らえることを考えろ」

松原忠司《ちゆうじ》と柳田三二郎《さんじろう》、柔術に優れた二人が名を呼ばれた。次いで土方は一を向く。

「斎藤、おまえもだ。総司、永倉、原田も来い。松原たちの手に余るようなら斬り捨てる」

呼ばれた皆が部屋に駆け戻り、浅葱色の羽織に身を包んで坊城通に集まった。

「出動だ」

土方の号令に「おう」と返し、皆で猛然と走った。

松原通は新選組が警備する区域の南限である。また木屋町通は鴨川沿いで、東端であった。両路が交わる界隈は管轄の外れも外れ、屯所からは半里も離れていて、日頃から目の行き届きにくい場所だった。

壬生村の田圃を南に抜け、松原通を東に進む。四半刻（一刻は四半時、約三十分。四半刻は十分足らず）も走った頃には、川向こうの祇園とは別の明るさが空を煙らせているのが見えた。近付くほどに喧騒が大きく聞こえる。野次馬が作る人垣の手前に来ると、土方が大声を上げた。

「新選組だ。どけ」

声を聞き、町衆が「ひっ」と声を上げる。

「壬生浪や」

「どいて、どいて！　道空けんと斬られてまう」

先頭の土方から数歩先で、人垣がぱっくりと二つに割れた。駆け付けた皆がそこに飛び込む。

人の群れの向こうでは藤堂以下の四人が剣を振るっていた。往来を妨げていたという二人は燃え盛る町家を背にして、積み上げた木箱で両脇を固めている。

「いやっ」

藤堂の一撃を、不審浪士は易々と弾いた。手練の打ち込みとは言え、来る方向が正面に限られるなら応じるのも難しくない。

「藤堂！」

土方が声を上げる。藤堂の鋭い目が細面の中で喜色を湛えた。

永倉は一と沖田、原田に目を遣ってから土方に言った。

「加勢します。松原と柳田に木箱を任せて囲みましょう」

「よし。やれ」

土方のひと声で、向かって左の男を永倉と原田が、右を一と沖田が牽制《けんせい》した。松原と柳田は不審者の脇を固める木箱を退《ど》かしにかかる。

――が。

「くそ……何が入っとるんじゃ」

松原は青々と剃《そ》り上げた頭を真っ赤に染め、ひとつの木箱を重そうに持ち上げる。放り捨てて道に落ちると、二尺四方の箱は壊れた。中には、これでもかと漬物石が詰め込まれていた。

一は背後に問うた。

「斬っていいか」

「まだだ」

土方の返答を聞くと、浪士たちがにやりと笑った。一は舌を打ち、じり、と前に出て切っ先を近付ける。

「ぶっ殺しちまえば早いのによ」

「ぎりぎりまで待て」

捕らえるという方針を堅持している。浪士たちは刀を構えたまま何ができるでもない。

一は「おや」と思った。

牽制されているからには、この二人が身動きできぬとて道理である。だが気に入らない。両脇に積まれた木箱を退かしに掛かっているというのに、焦る素振りが微塵も見られないのだ。ただの狼藉者《ろうぜきもの》ではない。漠然とだが、そう感じられた。

やがて松原と柳田が共に木箱を半分ほど打ち捨て、横合いからも賊の胸から上が見えるようになった。土方は改めて、騒ぎを起こした二人に声を向けた。

「これで、やりやすくなったぜ。さあどうする。縛に就くか。さもなくば……」

すると二人は、たった今までの抵抗が嘘のように、刀を捨てて平伏した。

「このとおり、降参しますけん」

「何なりと調べてください」

土方の声が憎らしげなものに変わった。

「松原、柳田。藤堂も手を貸せ」

二人の賊は瞬く間に搦《から》め捕《と》られた。現場を町方と火消しに委ね、新選組は捕縛した二人を引いて屯所に戻った。

出動した皆や探索方の面々が見守る中、中庭で尋問が始まる。後手にきつく縛られて座らされた二人に、土方が木刀を向けた。

「早速だが、おめえらはどこの誰だ」

「わしら長州藩邸の門番です」

ひとりがあっさりと答え、もう片方が続いた。

「去年から藩への風当たりが強すぎる。それに腹を立てて火を付け申した」

永倉が、じろりと睨んで口を挟んだ。

「土方さん、嘘ですよ。こいつらの身なりを見てください」

「分かってる。門番如きが……」

言いつつ、向かって右の男の腕をしたたかに叩いた。

「絹の着物なんぞ着られるか！」

顔を歪める男の隣で、もうひとりが慌てたように発した。

「本当じゃけん。門番や」

「うるせえ！」

土方はその男の額を叩き据えた。

「あれだけのことをしでかして、簡単に口を割りやがる。怪しいなんてもんじゃねえ」

肩を二度、激しく打つ。

「ご、ご無体な」

土方は「ふうん」と薄ら笑いを浮かべた。

「どうあっても白を切るか。……おい、山崎《やまざき》」

二人を囲む後ろから、目の細いのっぺりとした色白が歩を進めた。昨年から探索方に加わった山崎烝《すすむ》である。

「好きなようにして良いので？」

土方が「やれ」と顎をしゃくると、山崎は平隊士に向け、浪士たちの上半身を裸に剝くよう命じた。そして一升徳利から酒を含み、二人の肌に吹き掛けていく。

「ひと晩、庭の隅にでも座っていてもらいましょうかね」

山崎は、ぞっとするような冷たい笑みを残して立ち去った。

今の時節、庭の隅は藪蚊《やぶか》の棲家《すみか》と化している。酒の匂いが蚊を呼び、翌朝には体中を食われていることだろう。

「えげつねえな」

呟いて、一は沖田を見た。いつもと少し様子が違った。

「総ちゃん、どうした」

「え？」

やや虚ろな目であった。

「顔色が悪い。……いやまあ、それはいつものことだが」

「少し疲れただけだよ。戻ろう」

沖田の笑みに促され、自室に帰った。

明くる朝、昨晩の二人が再び庭に引き出された。案の定、全身が蚊の毒に冒され、でこぼこになっている。隊士が総勢で取り囲む中もどかしそうに身悶えしていた。

山崎が進み出でて柔らかく語りかけた。

「痒《かゆ》いだろう。でも掻けない。辛いところだ。口を割ったら掻いてやってもいいんだが」

「誰が……」

腫れ上がった口元を窮屈そうに動かして拒む。すると山崎は目に喜悦を湛えた。

「まあいいさ。掻いてやろう。おい」

平隊士に持たせた物――鉄の熊手を取り、思い切り背を掻き毟った。

「い、ぎ、あやあああああああああッ！」

「ほら。ほら。もっと掻いてやるよ」

何度も、何度も、熊手の鈍い爪で二人の肉を抉っていく。悲鳴は絶えることがない。

次いで山崎は粗塩を持たせ、傷口に摺り込んだ。ひと際大きく絶叫した後、ひとりが悶絶し、もうひとりが泣き声で嘆願した。

「も……もう、許して、くれ。話す……」

ぽつぽつと漏れ始めた供述は、驚くべき話であった。

二人は長州藩士であり、昨晩の騒ぎは陽動のためだったと言う。

「新選組の管轄……一番の外れで騒ぎを起こして、目を引く。長州の志士が……京に潜り込む。鬼の、いぬ間に」

一は「なるほど」と呟いた。守護職の会津藩や所司代の桑名藩に比べ、新選組の隊士は数が少ない。隙を作りやすいと考えたのだろう。

土方は傍らに唾を吐き捨てた。

「つまり俺たちは踊らされたって訳か。おい。今までにも、いくつも小さな騒ぎがあったな。あれも同じか」

「長州が、やったことは……目的も、同じ」

「何人が京に入ってやがる」

「昨日は二十人。今までのを……合わせると、二百五十か六十。いずれ、あんたらを……」

つまり、それだけの数を六十そこその隊士で相手にせねばならぬのだ。居合わせた皆の顔から一斉に血の気が引いた。

一は違った。胸がざわつく。歓喜が背を伝い、脳天に上って来る。隣にいる沖田も同じような心持ちなのではあるまいか。思いつつ、にやりと笑みを浮かべた。

土方はそうした様子を咎めるように一瞥して、二人の賊に向き直った。

「良く白状した。楽にしてやる」

言うが早いか刀を抜き、先に悶絶した方の首を刎《は》ねた。

供述した方は山崎の手で中途半端に首を断たれた。首筋から激しく血を噴き出させて痙攣《けいれん》するように動いていた身は、そう時を置かずに骸となった。

三

五月、将軍・家茂は何らの成果を上げることなく東帰した。幕府勢力の混乱を以て、征長の勅許が出なかったためである。

攘夷どころか征長もままならぬ。それ以前に、京に潜む急進志士が何をしでかすか分かったものではない。新選組は探索方の山崎や島田に志士の潜伏先を探らせ、厳重な見回りを毎夜繰り返していた。

六月一日、生温《なまぬる》い風が強く吹く晩のこと。

「追え、逃がすな」

近藤が荒々しく声を上げ、隊士二十人が猛然と駆けた。追っているのは熊本藩の急進派として名を知られた宮部鼎蔵《みやべていぞう》である。御所の東を通って南北に伸びる寺町通が四条通と交わる辺り、四条寺町界隈で偶然に発見したものであった。

宮部は夜陰に身を隠すべく提灯を放り捨てて逃げた。どうやら左手に折れ、綾小路《あやこうじ》通を西へ逃げたらしい。それを見て近藤が吼えた。

「行き詰まったな。向こうには永倉がいる。追え」

近藤隊と永倉隊の二手で、区域を切って警備に当たっている。永倉以下が行く手を塞げば宮部は袋の鼠《ねずみ》だ。

「うわ」

前方で人の転げる音がした。

「引っ捕らえろ。手向かいするなら斬れ」

土方の声に従い、一は暗闇の人影に躍り掛かる。手向かいすることを期待していた。

だが、当てが外れた。一の姿を認めると、人影は蹲って頭を抱えてしまった。

「おい。宮部じゃねえのか」

「ち、違います。わしは、み、宮部様の小者で、い、いのいの、伊之助《いのすけ》って言いますんや」

縮み上がった声だった。男の髷《まげ》を摑み、ぐいと上を向かせる。後ろから駆け付けた島田が提灯を向けた。人相書きの宮部とは似ても似つかぬ顔であった。

平隊士に捕縛を任せ、なお通りを進む。しかしそこで出会ったのは宮部ではなく、永倉率いる十五名であった。

「騒ぎがあったと町人が報せて来ました。どうしたんです」

大粒の汗を額に浮かべた永倉に、近藤が苛々した声を向ける。

「宮部はどうした」

「え？　宮部……宮部鼎蔵ですか」

「そっちに逃げた。捕らえたか」

「見かけませんでしたが」

　途端、近藤は怒り狂って声を荒らげた。

「馬鹿者。おまえがもっと早く駆け付けていれば、捕らえられたのだぞ」

　怒鳴り散らし、刀に手を掛ける。永倉はその手元を見据えて半身に身構えた。

「何をするんです」

「失策だ。成敗する」

　しかし近藤の手首は摑まれ、刀を抜くには至らなかった。制したのは原田である。

「よしなよ大将。ただでさえ少ない隊士を減らしてどうすんだ。しかも永倉さんは幹部だぜ」

「おまえら……」

　原田との力比べをすることしばし、近藤は大きく溜息をついて柄から手を離した。

「不問に付してやる。有難く思って、捕らえた小者を連れて行け」

　荒ぶる声を残し、すたすたと歩き出した。

　面持ちに怒りを湛えた永倉と原田の肩を、土方が両の手でぽんと叩く。

「行くぞ。局長をひとりにする気か」

二人は黙って歩を進めた。無言の中に溜飲の下がらぬ思いを感じ取り、一は口の中で呟いた。

「荒れてるねえ」

四月には六十余が残っていた隊士も、五月一杯で大きく目減りしていた。二十人ほど脱走して四十人ちょうどになっている。近藤の振る舞いがますます乱暴になっているのは、そのためだろうか。

脱走者が増えたのは、京に潜伏する急進志士の夥《おびただ》しい数を知って怖気付《おじけづ》いたからだ。加えて連日の出動がある。誰かを捕らえれば土方や探索方が凄惨な拷問を加える。肝の小さな者には耐えきれなかったのかも知れない。

西の坊城通に面した裏口から前川邸に入り、真っすぐ進むと右手に二つの蔵がある。奥にある東の蔵から土方が歩み出で、一や沖田、藤堂、永倉、島田ら、母屋の縁側に座る皆の前に進んだ。

「島田。探って欲しいことがある」

この晩に捕らえた伊之助は町人に過ぎぬが、宮部が京に潜伏するための便宜を図っていると思われた。あっさり捕らえられはしたが、尋問に対しては中々に頑強で、小用あって商家を訪ねただけだと言い張っているらしい。

「その店ってのが四条小橋の薪炭商《しんたん》、枡屋《ますや》だ」

「確かな話なんですか」

「初めに言っていた屋号から言い換えた。これだけは口を割ったと見て良かろう」

「ふむ。場所と屋号が割れているなら、四、五日もあれば細かく調べられます」

「三日で何とかしてくれ。胸騒ぎがする」

どうにも、あやふやな理由である。しかし島田は文句ひとつ言わず「分かりました」と応じ、すぐに平隊士を二人連れて屯所を出た。

三日後、六月四日の夜更けに、島田は十全な成果を携えて戻った。

玄関を入ってすぐの六畳を右に進んだ先、床の間のある十畳は近藤の居室である。ここに集まった幹部隊士を前に、島田の報告が始まった。

まず枡屋は開業して二年の新しい店だが、裕福で家作も広い。店主の喜右衛門はそれほどの店を構えておりながら、三十路《みそじ》も半ばという歳で独り者だそうだ。

「そればかりじゃありません。近所付き合いも皆無とか」

話を聞き、土方は唸った。

「俺も商人の真似《まね》ごとをした身だから分かるが……嫁はともかく、近所と疎遠で商いができるとは思えねえな」

土方は島田から視線を外して近藤と頷き合う。局長の了解を得ると、皆に向き直って言った。

「よし。明日の朝一番で出動だ」

そのまま少し沈思し、やがて再び口を開く。

「捕り方は俺の他、永倉、原田、藤堂、松原。総司と斎藤、島田の三人は源さんに従って、捕り方が終わったら店を検めろ」

皆が「おう」と返す中、一だけが不満を漏らした。

「何で俺は捕り方じゃないんです」

土方は面倒そうに返した。

「おまえや総司がいたら斬っちまうだろうが」

「手向かいするなら斬れってのが俺たちでしょう」

「斬っちまう訳にはいかねえ奴なんだよ」

井上源三郎が斜め前で振り向き、こちらの肩を軽く叩いた。試衛館以来の同志で一番の年長者に宥められては、これ以上文句を言うこともできなかった。

六月五日、夜が白む頃に新選組は出動した。

枡屋と言わず近所と言わず、四条小橋界隈は静まり返っている。そうした中、一は井上と共に裏口を固めた。表は島田と沖田が同じように固めている。

店の中からは幾らかの喧騒が聞こえたものの、枡屋喜右衛門は何とも呆気《あっけ》なく捕縛された。未だ眠っているところに踏み込まれたためだろうか。

「店を検めるぞ」

井上の言に従って無人の町家に踏み込み、丹念に調べ上げた。

ひと組の乱れた蒲団《ふとん》がある部屋は、店主・喜右衛門の寝所であろう。この蒲団を退かして畳を剝がし、床下を検めたところ、いくつもの壺《つぼ》が見つかった。井上と二人で蓋を外してみる。

「この黒いの……火薬じゃねえのか」

一が目を向けると、井上が緊張した声で「ああ」と応じた。

「当たりだな。島田が蔵を調べているが、そっちも怪しい」

案の定、島田と沖田も物騒な物を探し当てていた。山ほどの刀や鉄砲である。また、急進志士とやり取りしたと思われる書状の燃え残りもいくつか発見された。

井上以下は枡屋の土蔵を封じると、すぐに屯所へ戻った。そして戻るなり前川邸の東の蔵に向かった。

「歳さん」

呼ばわりながら歩を進める井上に続き、一や沖田、島田も蔵に入る。

そこには、やはり陰惨な光景があった。枡屋喜右衛門は褌《ふんどし》一本で縛られ、逆さ吊りにされて苦しげな声を上げていた。足には甲から裏に向けて五寸釘《と》が打ち抜かれ、その先に百目蠟燭の火が揺れている。喜右衛門が身悶えするたびに融けた蠟が零《こぼ》れ落ち、足の裏から脛、太腿《ふともも》を焼いていた。

「源さん、戻ったか。この野郎、白状したぜ」

枡屋喜右衛門とは世を忍ぶ仮の名、正体は近江出身の郷士・古高俊太郎《ふるたかしゅんたろう》なる人物だという。

「腐れ志士の飯や銭、それから武器の面倒も見ていたらしい。京に騒ぎを起こして、その隙に御所へ雪崩《なだ》れ込む算段だったそうだ。長州を許して会津公以下の幕府方を朝敵とするように、無理やり勅を出させるんだとよ。強引なことを考えやがる」

「だとすると……これを見てくれ」

井上は顔を強張らせ、枡屋で押収した書状の燃え残りを手渡した。

「烈風を期する……あとは燃えちまって読めねえが。……おや?」

土方は燃え残ったもう一片に目を止めた。

「六月七日……。明後日だ。祇園祭りの日じゃねえか」

井上は大きく頷いた。

「枡屋からは刀と鉄砲の他に火薬も見つかった。とんでもない量だ。そこの『烈風を期する』ってのも怪しいな。最近、風の強い日が多いだろう」

「まさか奴ら、京を火の海にする気か。それも祇園祭りの日に」

急進志士の計画どおりに進めば大惨事は免れない。一の背が、ざわ、と粟を立てた。

体が熱くなっていく。

「土方さん。阻止するんだろう」

「当然だ」

「今度は俺も、踏み込む役目だよな」

「ああ。存分にやれ」

吐き捨てると土方は蔵を後にして、ひととおりを近藤に報告しに行った。

四

ひとりの平隊士が会津藩本陣から戻った。総員が道場に集められる。

道場の一番奥、東側の壁を背にして近藤が座った。左前には副長の任を解かれて総長の肩書きを得た山南、右前には土方が座っている。隊士は六人ずつ並んで列を為し、近藤らと向かい合った。一は前から二列めの中ほどである。

皆が揃ったのを見て土方が声を上げた。

「外道《げどう》共の目論見《もくろみ》は既に伝えてあるとおりだ。今日と明日で、そいつを挫《くじ》かにゃならん。京都守護職の会津公、所司代の桑名公も藩兵を寄越してくれる。俺たちは、いつもの持ち場を探ればいい。ただし、じっくりとだ。怪しい奴が潜みそうなところを虱潰しにする」

次いで土方は細かな指示を下した。

今夜は会津藩と共に捜索を行なう。祇園社の石段の斜向《はすむ》かい、祇園会所に集まった上で、会津藩は二条通から南下、新選組は四条通から北上し、調べ上げて行く算段であった。

「幹部以外は槍と帷子《かたびら》を運びながら会所に入れ。少しずつ、こっそりとな。幹部は散歩でもする振りをして会所へ行くように。目立たねえように、昼過ぎから二、三人ずつ出ろ」

皆が「おう」と返す。土方は「よし」と頷いて、隊の編制を伝えた。

「近藤局長が直々に率いるのは以下の者だ。沖田総司、永倉新八、藤堂平助」

その他に谷万太郎《たにまんたろう》、武田観柳斎《たけだかんりゅうさい》らの名が呼ばれていく。

「次に、この土方が二つの隊を率いる」

その二隊は、それぞれ井上源三郎と松原忠司が隊長に任じられた。一は原田左之助や島田魁、谷三十郎らと共に井上隊に組み込まれた。

「近藤隊は祇園会所から四条大橋を渡って木屋町通から調べる。土方隊はまず社《やしろ》前の縄手通を調べ、三条に至ったら大橋を渡る。そこからは双方とも西へ進み、京の町……碁盤の目を互い違いに縫うように調べ上げる。最後は三条河原町で会津藩と合流、以後の指揮は会津藩に委ねる」

一は、ちらと山南を見た。左手を右の袂に差し込んで腕組みをし、土方の言葉ひとつひとつに頷いていた。なるほど、頭で貢献している。古高俊太郎の尋問からものの一時半で会津・桑名両藩の協力を取り付け、綿密な計画を立てるとは、さすがの切れ者だ。

「先に名を呼ばれなかった者は、山南総長の指示に従って屯所を固めろ。以上だ」

皆が、さっと座を立つ。平隊士はすぐに西の蔵に走り、武具を荷車に積んだ。

一は沖田と連れ立って昼八つ（十四時）頃に屯所を出た。ぶらぶらと散歩を装って京の町を進めば、町衆が自らの生業《なりわい》に没頭するいつもどおりの風景が目に入った。とても、これから騒ぎが起きる町だとは思えない。

すると、コンコンと聞こえた。右手を向くと沖田と目が合った。

「また風邪かな」

ばつが悪そうに沖田が苦笑した。

「しっかりしろ」

それだけ返して一はまた前を向いた。沖田の顔がいつもの青黒さではない。斬り合いになるかも知れぬ夜に臨むというのに、何か澄んで見えるのはどうしたことか。

正体の摑めぬものを胸に孕ませたまま、日の光が杏《あんず》色《いろ》を湛え始めた夕七つ（十六時）過ぎに祇園会所に入る。そして、宵闇の頃を迎えた。

市中の捜索は宵五つ（二十時）から始まる。ところがあと半時で刻限になろうとしているにも拘らず、会津藩士がひとりも姿を見せていない。

祇園会所、玄関を入ってすぐの広間で近藤が「遅い」と唸った。一は眼差しだけを向けた。

ここしばらく苛立った姿ばかり見せていたせいか、平隊士はおろか幹部ですら近藤に声をかけ辛いらしい。見かねたように土方が腕組みを解いた。

「少し落ち着いたらどうだい」

「これが落ち着いていられるか。会津公……いや、公用方はこの事態を何と心得ておられる」

「俺に言われても困るんだが」

近藤は胡座の両膝に手を置き、両肘を張って俯いた。右手が忙しなく膝を叩いている。と、不意に顔を上げた。

「先に出よう」

永倉が「とんでもない」と声を上げた。

「会津藩を無視する訳にはいかんでしょう」

近藤は「おまえこそ何を言う」と返した。

「もたもたして、祇園祭りの市中が火の海になったらどうする。市中警備の任にあるからには、筋を通さねばならん」

「しかし手筈まで決めておいて、それでは無礼じゃないですか」

言い返した永倉に、近藤は胸を反らせた。

「新選組の局長はこの俺だ。おまえら駒は従っていればいい」

一は「まずいな」と眉をひそめた。案の定、原田がこれに嚙み付いた。

「駒たあ、どういうことです。局長がおかしなことをしそうになったら、止めるのが俺たち幹部の役目でしょうに」

近藤は大きな口をへの字に結び、鼻の穴を膨らませるように息を吸い込んだ。大声を出す時の癖であった。

「待った」

土方が口を開き、近藤が発しそうになったひと言を遮った。

「局長の言うとおり、会津藩を待たずに出よう」

近藤の喜色、永倉と原田の不満顔、双方を交互に見ながら言葉が続く。

「新選組の力を示す、いい機会だぜ。きちんと役目を果たして手柄を上げりゃあ、会津公も咎めたりはしねえさ。名が上がれば隊士も増えるだろう」

そうすれば近藤の焦りや苛立ちも治まるはずだ。言外の意図を察し、永倉はいくらか納得したように問うた。

「もし手柄にならなければ？」

「その時は局長が責任を取ってお叱りを頂戴する。そうでしょう、近藤さん」

近藤は虚を衝かれたような顔ながら「無論」と返した。腹の据わった声音を耳に、土方も少し笑みを見せて勢い良く立った。

「では、新選組は会津藩を待たずに出る。探索の手順は昼に示し合わせたとおりだ」

一同が「おう」と会所を駆け出し、祇園社の前に整列した。

「行くぞ」

局長の号令ひとつで捜索は始まった。

近藤隊が四条大橋を渡って木屋町通へ向かう。一方の土方隊は大橋を渡らず、祇園社前の縄手通を北へ進んだ。井上隊と松原隊で手分けして、旅籠や茶屋、商家、果ては構えの大きな町家など、志士が潜伏できそうな建物を片端から検めていく。

夜に入って閉められた商家の戸を叩き、井上が呼ばわった。

「新選組、御用検めである」

町人の家では怪訝《けげん》な顔をされ、刀をちらつかせて黙らせることもあったが、旅籠や商家は名乗りひとつで片付いた。すぐに導き入れるのは、やましいことのない証である。調べるまでもないはずだが、敢えて念入りに全ての部屋を検めることが求められた。

建物ひとつに至るたび、一は斬り合いを期待する。捜索してそれが裏切られても、気持ちが萎えることはない。調べる場所は山ほどある。潜伏する志士の二百五十余という数を考えれば、何軒かは火種を抱えているはずだ。裏切られるごとに次、また次と楽しみは膨らんだ。

縄手通をすっかり検めて三条通に至った頃には、夜四つ（二十二時）も近いと思われた。鴨川対岸の木屋町通から調べている近藤隊に比べ、花町・祇園に属する一画を検める土方隊の方が余計に時間を食っているに違いなかった。

「橋を渡りゃあ、少し楽になるさ」

土方にそう促され、指揮下にある井上隊、松原隊、総勢二十三名が揃って三条大橋に差し掛かった。今から祇園に繰り出すのだろう人影もあったが、鎖帷子と鉢金を着けた物々しい浅葱色の一団を見ると、誰もが驚いて橋の中央を空けた。

そうした中、正面から真っすぐに駆け寄る影があった。

「た、大変、大変やあ！」

声からして若い男だ。だんだら羽織を認め、人影は走る足を止めて橋の上でへたり込んだ。

土方が緊張した声で問うた。

「おめえさん、どうした」

若い男は泣き出しそうな声で答えた。

「み、壬生浪……あ、すんません、すんません！　新選組が斬り合いなんです」

「何だと？　場所は」

「三条の、いけ、池田屋です」

「いつだ。今か。誰と斬り合っている。相手の数は」

矢継ぎ早の問いに、男はぶんぶんと頭を振る。

「そんなにいくつも……。ええと、何や騒がしいなって思うてたら、その、池田屋がですな。あれや、わあわあって声がして、騒がしくてですな。ええと、細かいことは分かりません」

混乱しているのだろう、話が先に進まない。一はつかつかと歩を進め、土方の前で座り込んでいる男の胸座を摑んだ。

「賑やかになったのは、ずいぶん前なんだな」

「あ。……へえ、多分」

頼りにならぬ奴だ。一は舌打ちすると、男を突き飛ばして走った。

「おい、斎藤！」

土方の呼びかけにも振り向かず、走りながら大声で応じた。

「近藤さんの隊には総司や永倉さんがいるんだぞ」

新選組で一、二を争う使い手がいるにも拘らず、騒ぎは長く続いている。つまり相手の数は極めて多い。土方はすぐに察したようで、全隊に駆け足の命令を下していた。

五

池田屋は三条木屋町と三条河原町の中ほど、三条通に南面している。長州藩邸にほど近く、かつては長州藩士の定宿となっていた旅籠であった。

どの辺りからか、一は走る一団の先頭を土方に譲った。一刻も早く駆け付けたいという気持ちと、斬り合いの力を温存しようという気持ちに折り合いを付けるためである。

やがて夜道に喧騒が渡り、二つの提灯が浮かび上がった。土方が大声で呼ばわる。

「近藤さん！」

提灯のひとつが、すう、と動いてこちらを照らした。駆け寄って来る。

「土方さん、よくぞ来てくれました。早速ですが応援を。少しばかり旗色が悪い」

幹部の武田観柳斎である。土方以下は駆け足をやめ、武田と共に早足で池田屋前に向かった。

近藤隊は表口と裏口に各三人を配し、近藤、沖田、永倉、藤堂の四人が踏み込んだという。土方は驚いたように問うた。

「その四人で、まずいのか」

「踏み込んだ中から二人が離脱してもいますし、何しろ数が多いのです」

池田屋前で「畜生」と悔しそうに叫ぶ声があった。藤堂らしい。ひとりの隊士がこれを必死に宥め、抑えていた。

「この暑さです。汗で鉢金がずれたところへ、眉間に一撃をくらったようで」

武田の説明を聞きながら藤堂へと歩を進める。向こう傷から止《と》め処《ど》なく血が流れていた。土方はその前にしゃがむと、藤堂の頭を軽く張った。

「騒ぐな。いきり立っていやがると、血が止まらなくなるぞ」

そして左の肩越しに武田を見上げる。

「もうひとりは」

提灯を右手に、武田は左手で向こうを指し示した。

「あちらです」

返答を耳にして、一は「おや」と思った。藤堂の状態を言っていた時に比べ、陰のある声なのだ。土方は武田から提灯を受け取り、示された方を照らす。

沖田であった。未だ叫び散らしている藤堂と違い、無言で、大きく早く、苦しそうに息をしている。一の頭から、さっと血の気が引いた。

「おい」

駆け寄ってみると、沖田は顔の下半分と右手、羽織を鮮血に濡らしていた。声に気付いてこちらを向いたものの、朦朧としていて、目に映っているものを理解できていないようだった。

「総ちゃん。総司！　どうした」

左の頰を小刻みに叩く。沖田はようやく「ああ」と掠れ声を漏らした。介抱している隊士が早口に告げた。

「急に血を吐いて倒れたそうです。永倉さんが店の中から呼んでくれて、私が担ぎ出しました」

一は、ぎり、と奥歯を嚙んだ。

「おまえほどの男が……」

沖田は苦しそうな声を出した。

「一君、行きなよ。楽しいよ」

本当の斬り合いをする前から闘いというものを直感していた男――沖田のひと言が、凍《い》てつく闘志を再燃させた。小さく、しっかりと頷き、すくと立つ。土方が歩を進めて来た。

「斎藤、行け。俺は松原隊と一緒に周りを固める」

「ああ」

土方の目が提灯の明かりを鈍く跳ね返している。

「長州の鼠共、三十人近くいるらしい」

「面白えじゃねえか」

ぎろりと目を剝き、剣に手を掛ける。すらりと抜いて体の前で横向きに構えると、一は池田屋に駆け込んだ。

入り口左手の土間では「八間」と呼ばれる大型の行灯が煌々《こうこう》と明かりを放っている。右手の帳場には縛られた男があった。恐らく池田屋の者であろう。

一階の騒ぎは収まりかかっているらしい。対して二階では未だ奇声が飛び交い、剣と剣のぶつかる音が渡って来る。

店の入り口に近い表階段と裏口手前の奥階段の間、中庭の向こうに人影が浮かぶ。永倉が誰かを縛っていた。

「永倉さん」

日頃あまり口を利く間柄ではないが、永倉は「頼もしい」という面持ちで応じた。

「斎藤か。二階を頼む」

細かくは分からぬが、近藤がひとりで奮戦しているのは明らかだ。一は大きく頷き、表階段を駆け上がった。

「幕府の犬が！」

怒号から少し遅れて、キン、と響く。

「どぶ鼠の分際で！」

近藤の大喝に続いて、先の怒号と同じ声が絶叫した。六、七間も向こう、奥の間から局長のだんだら羽織が駆け出して来た。

「近藤さん」

「気を付けろ。どこに潜んでいるか――」

言い終わる前に、近藤の右手にある部屋からひとりが躍り出て、叫びながら斬り掛かった。上段から振り下ろされる刀を弾くと、近藤は自らの得物を相手の胴に宛がって力任せに引く。

「往ねい！」

そして、蹴飛ばした。斬られた男は奥階段を転げ落ちていった。

表階段から井上以下四人が駆け上った。一はそれらと瞬時眼差しを交わすと、近藤に加勢すべく駆けた。

四歩、五歩と駆け、左手にある中庭の吹き抜けを過ぎた時、不意に目の前で天井が破れ、二人の男が落ちて来た。屋根裏に隠れていたのか。

「見苦しいぜ」

身を起こしたひとりに袈裟懸けの一刀を見舞う。一撃は空を斬った。相手は後ろへ転げるように避け、左手の部屋に駆け込んだ。

もうひとりは観念したのだろう、刀を捨てて平伏している。

「た、助けて……」

「安心しろ。おめえを斬ってもつまらねえ。源さん」

井上に捕縛を任せ、先に逃げた者を追う。四畳半二つの続き間であった。

「うらあ！」

二間を仕切る襖の陰から、躍り掛かる影があった。部屋の隅にある行灯が倒れ、たった今までぼんやりと明るかった部屋が闇になる。だが――。

「いやっ！」

鉄と鉄がぶつかって火花が散る。何も見えぬからこそか、一の意識は研ぎ澄まされ、相手の太刀筋を捉えていた。

「糞ったれ」

相手は呟きと共に、またも逃げたようだ。一は気配を追った。

「足りねえよ。もっとだ」

部屋を駆け出す。右手の向こうでは井上が先の男に縄を打っていた。余の者は表階段近くの部屋を検めに向かったのか、ひとりである。一の追う男が、これを見て刀を振り上げた。

「源さん」

左手に刀の柄頭を摑み、井上に斬り掛からんとした男を一気に突く。切っ先が背後から左肩を穿ち、ごつ、と鈍い音を立てた。

井上は即座に反応した。右膝を立てて縄を打つ姿勢のまま、腰の刀を抜いて振り上げる。その刀が、斬り掛かった男の腹で止まった。

「むん」

唸り声と共に井上が刃を突き込む。胴を抉られた男は苦しげな息を漏らし、くずおれた。

「逃げるか」

一番奥の間で近藤の声が響く。次いで、どた、ばた、と音がした。増援が来たことで敵わぬと踏んだか、階下の裏口に向けて何人かが飛び降りたらしい。

「斎藤、深追いするなよ。まずは近藤さんを助けろ」

井上の指示に無言で頷き、奥の間に踏み込んだ。八畳の中央では近藤がひとりと鍔迫《つばぜ》り合いをしながら、別の者の手首を踏み付けて押さえていた。

近藤はこちらを認めると、踏み付けていた足を退かして腰を落とした。手首を踏まれていた男が転げて逃げる寸時に、中腰から立ち上がる勢いを借り、鍔迫り合いの相手をこちらへと弾き飛ばす。

「そいつを頼む」

弾き飛ばされた男は、たたらを踏みながら一の方に倒れ込んだ。そして気丈にも、崩れた体勢から一撃を放った。

「甘《あめ》え！」

力の入らぬ剣撃を右へ払い、返す刀で胴を襲う。あばら骨の硬く重たい感触が、ふたつ、三つと伝わる。振り抜くと、男はその場に倒れ込んだ。声ひとつ上げない。

闇の中、たった今斬った相手の息遣いが伝わる。大きく、早く、苦しそうな呼吸の音で沖田を思い出した。

（総ちゃん）

無念だろう。これほどの闘いの中、誰に斬られるでもない、血を吐いて昏倒《こんとう》したのだ。

「あああああっ」

不意に叫び声が上がり、部屋の奥からひとりが斬り掛かって来た。一は横合いからの剣を受け止める。どうやら先に近藤が踏み付けていた男らしい。

「すまん、刃こぼれで仕留めきれん」

近藤の声を聞きながら、一は相手の足を蹴り払った。どう、と音を立てて転んだところへ、ひと太刀を浴びせる。相手は血染めの畳を転がって何とか逃れ、窓から部屋の外へ飛んだ。

（総司……こんなに面白えのにな）

この場に沖田がいないことに寂しさを覚えた。沖田と共に自分の闘いも遠くへ行ってしまいそうな、頼りない思いが漠然と胸に広がった。

「よし……他へ行くぞ」

近藤に促されて我に返り、八畳間を出た。

それからも一は何人もの男と剣を交えた。斬り捨てたのはひとり、手傷を負わせたのは何人だろう。ずっと沖田と共に闘っているつもりで臨んだ。

死んだ者、捕らえられた者、逃げた者——ひとり、またひとりと敵は減って行く。一の刀が刃こぼれして何も斬れなくなった頃、騒ぎはようやく治まった。

近藤や井上と共に池田屋の外に出ると、土方が興奮冷めやらぬ様子で迎えた。

「近藤さん、大手柄だぜ。会津藩と桑名藩からも、やっと人を寄越してくれた」

捕縛した者を引いて先に出ていた永倉が言葉を添えた。

「けれど土方さんが誰も近付けなかった。これは新選組だけの手柄だ」

会津・桑名両藩の武士たちは、池田屋を脱した者を捕縛すべく京都市中に散ったと言う。

土方はこちらに目を向けて問うた。

「斎藤、どうだ。存分に味わったか」

「ああ。だけど……」

沖田は今どうしているのか。周囲を見回すが、姿はない。

「松原の隊から三人付けて医者に遣った。そう簡単に死にゃしねえよ」

土方が溜息に交ぜて告げた。一は「そうか」とだけ返した。

池田屋に集結していた長州志士二十数名のうち、新選組は七人を斬り捨て、十人を捕縛した。市中を捜索していた会津・桑名両藩がさらに数名を捕縛し、事件は終わった。明けて六月六日の昼、町人たちが恐ろしげに見守る三条通を進み、新選組は屯所へと帰還した。

六月七日、祇園祭りは何ごともなく行なわれた。池田屋での大立ち回りが急進志士の行動を押さえ込んだためである。この時から新選組を「壬生浪」と呼ぶ者はいなくなった。

八　闘　と　争

一

屯所のある坊城通からひとつ西、南北に伸びる千本通を越えれば、かつて京の町を守るために築かれた御土居である。一は両手を組んで枕とし、短い草の萌えた急な斜面に身を預けた。土塁の裾に広がる狭い野に眼差しを流せば、夏も盛りの六月二十四日、夕暮れに草の青も黄ばんで見えた。

「影、踏んだ！」

壬生村の子らが歓声を上げ、沖田が「やられた」と笑う。一は小さく独りごちた。

「変わらねえな」

医者に言わせれば、今はまだ沖田の病が何であるかを特定するには早いらしい。だが咳が治まらず再び喀血《かっけつ》するようなら、労咳《ろうがい》の線が濃厚だそうだ。それほどの診断をされていながら、当人は子らの相手をして走り回り、常と変わらずにこやかである。大病を患っているはずがないと高を括《くく》っているのだろうか。

（……いや）

俺ならどうだろう。不治の病を疑えと言われたら、違った生き方になるだろうか。ふふん、と鼻で笑った。闘い——進んで身を危険に晒し、それによって生を実感することが自らの生き方なのだ。死の影が見え隠れしたとて変わるはずがない。

『俺とおまえは同類だからな』

芹沢から言われた言葉が、ふと頭の中に響いた。然り、人柄こそ違えど己と芹沢は魂が同じ方を向いていた。沖田もそうだ。

「なるようになるさ」

ぼそりと漏らして身を起こし、うん、と伸びをする。そこへ、だんだら羽織ひとつが千本通を越えてきた。

「沖田さん、斎藤さん」

平隊士が呼ばわりながら近付くが、沖田は子らとの影踏みに興じていて、軽く目を遣るのみであった。一は右手を挙げて「ここへ」と示す。

「よっ……と」

急斜面から二尺ほどの高さを飛び降りた。隊士はその前まで来て一礼する。

「副長から言伝です。屯所へ戻るようにと」

一は沖田の様子を見やり、然る後に目を戻した。

「分かった。おまえ、あいつを見ていろ」

「え？　あ、はい。でも、お二人を呼べと……」

「後で俺から話す。具合が悪そうな素振りでも見せたら、すぐに連れ戻せ」

沖田の見張りを委ね、一は立ち去った。御土居から屯所までは二町そこそこの距離である。

前川邸表門から玄関へ、次いで正面の六畳間へと進む。右手にある床の間を備えた十畳、近藤の居室で声をかけた。

「入りますよ」

返答を待たずに襖を開ける。近藤と土方が二人で、何やら難しい顔をしていた。

土方はこちらを向くと、まず問うた。

「総司は」

「子供と遊んでる。俺が聞くよ」

やれやれ、という顔ながら、近藤も土方も咎めるではなかった。一は「何の話です」と二人の前に腰を下ろす。近藤が顔を強張らせて重々しく発した。

「長州の奴らが京に上って来た。池田屋の騒ぎを聞き付けて、いきり立っておる」

にやりと歪んだ一の頬を見て、土方が呆れ顔を向けた。

「早まるんじゃねえ。盛りの付いた猫か、おめえは」

「何だよ。斬り合いにはならねえのかい」

「分からねえよ」

　土方が眼差しを外す。ことのあらましは近藤の口から語られた。

　今回は急進派が独断で上京したのではない。長州が藩として軍兵を出したものであった。南の伏見、西南の大山崎、西の嵯峨《さが》、三ヵ所に布陣して京を窺い、公卿や在京の武家に意見書を送り付けているという。

　我ら長州藩は元来が攘夷論で孝明天皇と思惑が一致している。にも拘らず、昨年八月十八日の政変で朝敵とされてしまった。結果、会津公・松平容保らが幕府の安泰だけを図り、攘夷は遅々として進んでいない。斯様な君側の奸《かん》は即時排除し、我らをこそ迎え入れるべし。それが長州藩の主張であった。

「天子様を道具として使いたいだけの賊が、口幅ったいことを抜かしておるのだ」

　忌々しそうな近藤に、一は欠伸混じりに返した。

「理由は、どうでもいいや。その上で何か命じられたんでしょう」

　土方が、じろりと睨んだ。

「……今のところ向こうの軍兵は脅しのためだ。が、そんなものに屈する訳にはいかん。会津公を中心に、こっちも軍を整える。新選組も参陣を命じられた」

一は「はは」と笑った。

「じゃあ早いか遅いかの違いだけで、やっぱり斬り合いだ。総司にはそれを伝えれば？」

近藤は大きく首を横に振った。

「総司は山南と共に屯所に残らせる」

沖田が是とするだろうか。そうは思えど、近藤の沈痛な面持ちを見ると何も言えない。天然理心流四世と塾頭の間柄だったのだ。一は少し俯いた。

「いきさつだけ話します。その先は近藤さんに任せますよ」

そう残して立ち去った。

沖田は夕闇の頃になって戻った。一は長州の武装請願についてのみ告げ、沖田を近藤の居室に行かせた。何を話し、どういう結論に至ったかは敢えて聞かなかった。

二日後の六月二十六日、新選組は会津藩と共に出陣することとなった。屯所西側の坊城通に朝一番で整列する。池田屋の一件で名が売れたせいか、隊士は少し増えているものの、従軍するのは四十名ほどである。

その中に沖田の姿もあった。近藤はこれを見て苦虫を嚙み潰したような顔になり、土方は半ば怒気を発して咎めた。

「おまえは総長と共に留守を守れと言っただろう」

沖田は屈託なく笑った。

「大丈夫ですよ。病気って言っても、今は何も悪くないんですから」

「陣中で悪くなったらどうする。助けてやれるかどうか分からねえんだぞ」

「構いませんよ。その時はその時です」

「総司！」

土方の苛立った一喝に、沖田は肩をすくめた。顔だけ見れば困っているように見える。だが一は、その裏にあるものを察した。ぞっとするほど研ぎ澄まされた心情が、ひしひしと胸に迫って来る。

（こいつ）

思って、土方を見た。怒気を湛えたはずの顔が青ざめ、凍て付いていた。

恐らく沖田は悟っている。医者の見立ては確定されていないが、労咳——不治の病なのだと。少しずつ命を削り取られ、じわじわと死に向かって行くのだと。それでも沖田の眼差しには熱気がある。その熱が、問うている。大して長くもない命を少しばかり伸ばす、そんな養生に何の意味があるのか。そもそも闘いの中で、いつ落としてもおかしくない命ではないのかと。

「好きにさせてやんなよ」

一が囁くように呼びかけると、土方は迷いのある面持ちで目を伏せた。そして静かな呼吸を四つ、五つと繰り返し、「出陣だ」と背を向けた。

二

会津藩と共に出陣した新選組は、竹田街道の九条河原に布陣した。与えられた陣屋は雨を凌ぐだけの簡素なものであったが、暑気厳しい頃とあって隙間風も心地良い。芹沢の頃から使っている「誠忠」の隊旗を掲げ、皆がここに詰めた。

自らの荷を平隊士に任せ、一は河原の周囲を見やった。遥か東南に聳《そび》える稲荷山は、青葉を茂らせた中に、ぽつぽつと赤いものを覗《のぞ》かせていた。伏見稲荷大社の鳥居である。時折、コーンと渡って来る音は啄木鳥《きつつき》か。戦場、騒乱という言葉には何とも不釣合いな風情だった。

着陣から二十日ほどが過ぎて七月半ばとなっても、それは変わらなかった。主上の在所への攻撃には長州もさすがに慎重なようで、未だ請願の形を取っている。新選組の働きも陣の近辺で不審者を捕縛するぐらいに留まっていた。通報ひとつで夜昼なく出動となる屯所詰めより気が楽かも知れぬ。病を患っている沖田にしても、少しばかり気分が良さそうに見える日が多かった。

そうした中、七月十八日に事態が動いた。会津藩に召し出されていた近藤が陣所に戻り、夜半に総員を集めて通達した。

「長州が開戦を通告した。禁裏御守衛《きんりごしゅえい》・一橋慶喜公《ひとつばしよしのぶ》の説得に耳を貸さず、それがゆえ天子様から掃討の勅が下ったと知って、凶行に及んだものである。我らも逆賊を討つべく身命を賭して働くべし」

ならば今夜のうちに夜襲もあり得るし、ここから先はいつ前線に出ろと命じられるか分からない。新選組も夜警番を増やすことを決め、緊張した夜を明かした。

ようやく空が白みかけた早暁、一は目を覚ました。とは言いつつ、ほぼ不眠である。陣屋の外に設えられた即席の厠に入って小用を足し、明かり取りの格子から東南の空を眺めた。

「いつでも、待ってるぜ」

ろくに眠っていないのは、緊張ゆえではない。藩を挙げて寄越した兵とあらば、池田屋を越える数なのは明らかだ。その全てが、こちらの命を取ろうと殺到する。長州との衝突には己が生の価値が詰まっているのだ。

「ふふ……ふ。は、ははははっ」

思わず笑いを漏らして厠から出ると、外で不寝番に立っていた何人かが揃ってこちらに眼差しを寄越している。にやりと笑って応じると、皆が一斉に頭を下げた。

半時もすると朝餉の炊煙が上がった。米の煮えた噎《む》せ返るような香気の中、それは聞こえた。

ドン、と太い音が空気を震わせる。耳に聞いた直後には腹に響いた。

近藤、土方、永倉、原田、藤堂らの幹部が陣屋から駆け出した。一様に今の音が渡って来た南の空を睨み据えている。


「伏見か」

近藤が呟く。土方は早口で周囲に指示を下した。

「飯の支度をやめろ。総員、隊伍《たいご》を組め」

屯所にあって日々の見回りを行なう際は、副長助勤が何人かを率いるのが常である。隊士たちは命令を聞くと、日頃共に動いている助勤の下に集まり、近藤と土方の前に列を作った。

その最中に二度めの砲音が届く。幕府方が応射したのだろうか。近藤は「やはり伏見だ」と音の方を睨むように見上げた。

一同が整列したのを見届け、土方が発した。

「よし。以後、会津藩の命令を待つ」

しかし近藤が即座にそれを覆した。

「いや、出動だ」

助勤の皆や平隊士がどよめく中、土方が咎めるように声を上げた。

「近藤さん！」

永倉と原田がこれに続く。

「会津藩から下知に従うように言われているのでしょう」

「新選組が軍隊になるんなら、勝手に動いて作戦を崩すってのは、どうなんです」

近藤は口を真一文字に結び、鼻の穴を膨らませて大きく息を吸い込む。

「黙れ！」

荒々しく峻厳《しゅんげん》な一喝であった。自らの死を決している者でなければ、こういう声は出せないだろう。しかし、まずい。一は目元をぴくりと動かし、成り行きを見守った。

近藤は胸を張り、太い声で続けた。

「確かに会津藩からは下知に従えと言われておる。しかしこの音を聞け。伏見はわずか半里の先だ。危急に際して手を拱《こまね》いているだけでは軍とは呼べん。それに一角を崩してやれば敵には綻びが出る。戦を決めるのは今なのだ」

「大砲の音を聞いたからこそです。新選組が持っているのは槍と刀、鉄砲があると言っても数は少ない。勝つためには作戦こそ肝要じゃないんですか」

なお嚙み付く永倉に、近藤は負けじと声を張り上げた。

「大砲は伏見の陣が持っている。そこは任せればいい。だが幕府軍には足りぬものがあろう。命のやり取りを知っているのは新選組のみである。永倉、おまえもこの近藤と共に池田屋で奮闘したはずだ。それなのに臆したと言うなら、今すぐに去れ」

「血気に逸《はや》るだけで、何もかも上手くいくものではないでしょう」

「やかましい！　将たる者は戦場に於いて君命を聞かざることあり、しかし兵にとって将の命令は絶対だ。行くぞ」

近藤は永倉の制止を聞かず、すたすたと陣所を出てしまった。副長助勤のうち、武田観柳斎がすぐにこれを追う。藤堂も躊躇いがちに続いた。

「まあ、いいか」

沖田の声に、一は目を向ける。向こうもこちらを見ていた。命令の是非はどうでも良い、それよりも、という顔である。やはりこの男は同類なのだ。頷き合い、二人して陣を出た。永倉と原田は——肩越しに背後を向くと、土方に軽く肩を叩かれて渋々という風に前を向いていた。

新選組は半里を走った。鎖帷子と鉢金を着込んだ上に各々武器を持ち、羽織一枚で走るほどの速さにはならない。それでも半刻（十五分）が過ぎた頃には伏見へ差し掛かった。大砲の弾が巻き上げた土煙で空が濁り、強い硝煙の臭いが立ち込めている。

だが遅かった。或いは、慌てて参じる必要などなかったのかも知れぬ。伏見を固めていた大垣藩兵は、既に長州勢を撃退していた。勝ち戦の熱に押された兵たちは、一気呵《いっき》成《か》の勢いで追撃に掛かっている。誰もが目に狂気を湛える姿を見て一は舌を打った。

勝敗の決まった戦場に援軍など無用である。しかも新選組は四十そこそこの小勢なのだ。近藤以下は空《むな》しく九条河原へ帰陣の途に着いた。そして駆け足の道半ば――。

「うん？」

土方が、遠く北の空を見やった。

「あれは……。近藤さん！」

何と御所の方面に黒煙が上がっている。皆が足を止め、近藤も渋面になった。

「あーあ、永倉さんがあれほど言ったのによう」

小馬鹿にしたような呆れ声は、原田である。近藤は背後を向き、怒りに身を震わせて詰め寄った。

「俺が間違っていたと言うのか」

「実際、陣を空けた最中に、こういうことになってんでしょうが」

近藤は何も言わず腰の刀に手をかけた。土方と永倉がそれを見て、二人掛かりで近藤を羽交い締めにする。

「近藤さん、よしなさい」

土方の叫びに、近藤は怒鳴り声で応じた。

「無礼討ちにする。離せ」

一方の原田は島田魁が押さえている。互いに退く気はないようで、未だ罵り合っている。

緊張が漂う竹田街道に、うんざりしたような声が上がった。

「あのさ。御所、どうするんです。俺、闘いたいんだけど」

沖田であった。思わず、一はくすくすと笑った。

原田はこれで毒気を抜かれ、仏頂面でそっぽを向く。近藤も恥じたように咳払いをした。

「無論、援軍に向かう」

「じゃあ、さっさと行きましょう。駆け付けたら終わってたなんて、二度も続いたら嫌だな」

沖田に促され、新選組はまた走った。

立ち上る煙を頼りに進むこと、どれほどか。辿り着いたのは御所の南、堺町《さかいまち》御門であった。

東から駆け付けた新選組にとっては左手の、南の方から五月雨の如く鉄砲の音がする。その援護を受けた長州兵が門に殺到していた。必死の抗戦は巴《ともえ》の幟、越前松平家の兵である。

「横腹を抉れ。撃てい！」

近藤の号令に従い、新選組の鉄砲十挺が一斉に火を噴いた。突然の射撃に晒され、敵方が二人、三人と苦悶の表情で倒れる。

「行くぞ」

近藤が再び上げた号令で、残る三十余りの隊士が駆けた。町人上がりで大した武芸のない者が、低く構えた槍衾《やりぶすま》で前に出る。それが敵兵団の脚を脅かしたところへ、達人の域に達した者が斬り込んだ。

堺町御門に群がる兵は百を下らない。怨《うら》み重なる新選組のだんだら羽織を見て、かえって気勢を上げたようであった。

「外道め！」

乱戦となった中、ひとりの長州兵が一に駆け寄り、袈裟懸けの一刀を浴びせた。下段から一気に刀を振り上げ、それを弾く。

「らっ」

振り上げた刀を翻し、横面を襲う。こめかみの辺りを切り裂かれた兵が悲鳴を上げてくずおれた。それを蹴飛ばし、仰向けに倒れた腹を突き刺した。

「この」

右手から次のひとりが斬り掛かる。先の者の腹から切っ先を抜き、払うように脛打ちを食らわせた。あっ、と声を上げて新手は膝を突く。返す刀で首筋に斬り付け、そして左手に刀を預けると、一間ほど向こうにいた男に渾身の突きを放った。

沖田が荒々しく剣を振り回し、返り血に顔を染める。永倉や原田も最前の鬱憤を晴らさんとばかりに奮戦していた。

瞬く間に十人ほどを斬り伏せられ、長州兵にもさすがに乱れが生じた。それでなくとも越前兵と新選組で挟み撃ちの格好なのだ。

「て、鉄砲！　頼む」

誰かの大声に促され、長州方の鉄砲がぱらぱらと音を立てた。一斉射でないことからも、動揺が分かる。

「飛び道具なんぞ」

一が横向きに刀を薙ぎ払うと、ざっと兵の群れが飛び退いた。

「闘いと言えるか！」

左手の、逃げ遅れたひとりに斬り掛かる。防ごうとして構えられた刀を叩き落とし、そのまま体当たりを食らわせた。たたらを踏んだ兵の喉を、原田の槍が穿った。

「放て」

その大音声に続き、長州勢とは別の――西の方から乾いた轟音《ごうおん》が響いた。まとまった数の鉄砲を一気に放った音である。会津藩兵の救援であった。

「退け、退けい！」

ついに長州兵は撤退に転じた。会津兵は容赦なく鉄砲を浴びせ、また、町中にも拘らず大砲を放った。それが町家に着弾し、爆音と共に火柱を上げる。後退する長州兵の中に、町家から転がり出た町人の姿が混じるようになった。

「放て。長州共に逃げ場を与えるな」

また大砲が唸りを上げ、町家を叩き壊して大火を招いた。

斬り合いは既に終わっていた。一は弾む息のまま、火の海と化した町を眺めた。

「……違うだろ」

呟きが漏れる。己が欲しているのは、こういうものではない。

「殺せばいいってもんじゃ、ねえんだよ」

小声で吐き捨て、刀を鞘に戻す。頬を照らす紅蓮《ぐれん》の炎が、なぜか冷たく感じた。

この「どんどん焼け」と呼ばれた京の大火は丸二日も続いた。その間に幕府方は、各地に布陣した長州軍を退けていった。

大火がようやく収まりかけた二十一日、新選組は会津兵と共に大山崎へ向かった。天王山に籠もる敵残党を征伐するためである。長州方には諸藩の急進派が陣借りのように参じていて、天王山には久留米《くるめ》藩の真木保臣《まきやすおみ》ら、大物が潜んでいると噂されていた。

もっとも会津兵と新選組が参じた頃には、既に真木以下十七名の残党は自刃しており、山頂に構えられた陣小屋も火に包まれていた。

京を震撼《しんかん》させた長州の決起は鎮圧され、七月二十三日、朝廷は幕府に征長の勅を発した。

三

月が替わり、八月となった。

このところ近藤は上機嫌であった。長州の決起を退けた一戦——禁門の変に於ける功を松平容保に労《ねぎら》われ、新選組には褒賞金も出されている。

一方、永倉や原田は面白くなさそうにしていた。容保に賞賛された近藤が、より苦言を遠ざけるようになったからだ。近藤は今では土方や山南の意見すら聞かず、ことある毎《ごと》に「局長は絶対である」と横暴に振る舞っている。明らかな増長であった。

一も日々を鬱々と過ごしていた。今日も部屋に籠もって横たわっている。

「一君、何してんの」

開け放った障子の外、庭沿いの廊下から沖田が呼ばわった。ごろりと転がって背を向けた。

「暇ならさ、稽古しようよ」

なお声をかける沖田に向き直り、身を起こして胡座をかいた。

「大丈夫なのかよ。咳はどうなんだ」

「相変わらず出るけど、構わないよ」

少し眉根が寄った。

「何を考えてるのかは、まあ……大体分かるが。また血を吐くぞ」

沖田は照れ臭そうに笑った。

「みんな、そう言うんだよね。でもさ」

言葉を切って、真剣な、それこそ斬り合いに臨む前のような研ぎ澄まされた気配を見せた。

「大病を患って初めて分かった。病気なんて運なんだよ。俺にはそういう運がなかっただけさ。養生しろだの何だのは、自分の幸運に気付いてすらいない人のたわ言だな」

「だから、か」

沖田は、にこりと微笑んだ。やはり自らの命がそう長くないと悟っていたのだ。やがて労咳と診断され、病状が進めば体を動かすこともできなくなると。

「分かった。相手になろう」

腰を上げると、沖田は軽く咳き込み、満足そうに返した。

「そうそう。俺とはだいぶ違うけど、一君も今のうちにたっぷりやっておいた方がいいよ」

ぎくりとした。一には一で悟るところがある。

「病気のせいかねえ。勘の鋭いこった」

「そうじゃないよ。御所の門で、君の言ったことが聞こえただけ」

禁門の一戦で己が口にしたこと——燃え盛る町並に「殺せばいいというものではない」と呟いたのを思い出す。敵わないな、と鼻息が漏れた。

道場へと向かう沖田の後に付いて歩き、ぼやくような小声で発した。

「戦争ってのは、ただの争いごとだ。闘いとは違う」

「だろうね。鉄砲や大砲ってさ、人じゃないから」

そのとおりだ。闘いとは、明確な意思を持つ者だけがそこに臨むものを言う。だからこそ斬り合って勝つことに意味があり、己が生を讃じられるのだ。戦争は違う。銃砲という利器は、言ってしまえば「その意思」がなくとも扱える。そして否応なしに多くを巻き込む。

互いに無言で道場へと進む。しばしの沈黙を、一は破った。

「この先は長州との争いか。それが終わったら次は毛唐が相手だ。向こうは町人を兵に仕立て上げているらしいが」

「土方さんや敬さんも、その形がいいって言ってるね」

「今より、もっと寒くなる……か」

これからは一層、銃砲に寄り掛かった戦争になる。そして己や沖田のように闘いに価値を見出す者は、時代遅れの遺物になっていく。考えを読んだように沖田が言葉を返した。

「そうなる前に……さ。俺も、君も」

重いひと言であった。沖田は残る生涯の全てを血沸き肉躍る闘いの場に注ぎ込む気でいる。己とて同じだ。そういう時代である間に、精一杯に生きねばならない。

思ううちに道場へ着いた。二人は防具も着けず、木刀を持って相対した。

一合、二合、得物をぶつけ合う。十、二十と打ち込み合って、互いに有効な一撃を与えられない。鍔迫り合いの形になって飛び退き、間合いを測ってまた打ち込み合う。

「や……」

沖田の上げる声が不意に途絶え、動きが止まった。膝を突き、背を丸め、そして咳き込んだ。

「おい、総ちゃん」

一は駆け寄って背を擦ってやった。

少しすると咳こそ治まったが、口元を押さえていた沖田の左手は鮮血に染まっていた。

「総司……」

応ずるように、沖田は右手の木刀でこちらの脛を軽く叩いた。にこり、と笑いながら。

四

沖田が労咳と診断されて数日が経った。容態が気にならぬと言えば嘘になるが、当人は相変わらず飄々としていて、もう落ち着いたからと市中見回りにすら出ている。自らの心に従って生きている様を見ると、何を口出しできるでもなかった。

八月十日、一は今夜の見回り番に先立って昼過ぎから眠りに就いていた。

夕刻、平隊士が障子越しに「そろそろ起きてください」と声をかける。床の上に身を起こして大きく伸びをした。

前川邸の母屋、東南の四畳が一の部屋である。廊下に出て南面する庭の縁側に腰掛けた。庭の向こうには裏口に出る通路がある。

沖田が寝起きする四畳半は通路を挟んだ離れにあった。ぼんやりとそちらに目を遣ると、裏口からせかせかと歩を進める者が目に付いた。勘定方の河合耆三郎である。

「おい」

声をかけると、河合は総身に芯でも通したように直立不動となった。

「さ、斎藤先生。何か御用で？」

かつて——まだ芹沢が存命の頃に斬り付けて脅かしたことがある。がちがちの態度は、そのせいだろうか。一は苦笑して問うた。

「何をしてるんだ。急いでいるようだが」

「あ、はい。近藤先生から、用事をですな」

おや、と思った。河合に命ずるなら金の絡む話である。しかも多額だ。

「銭が入用なのか。いくらだ。何に使う」

「え？　あ、その、ええと」

じろりと睨んでやる。河合は瞬時「しまった」という顔を見せたが、すぐに縮み上がって何度も頭を下げた。

「すんません、五百両です。申し訳ありません」

さすがに驚いた。多くの鉄砲か、或いは大砲の一門も購《あがな》える額だ。もっとも、そういう使い道ではないらしい。言いにくそうな河合の態度が如実に表している。

再び睨み据えると、河合はぶるぶると身を震わせながら小声で白状した。

「その……京屋のですな。深雪……太夫を」

「身請金だと」

仔細が知れて怒りが湧き上がった。大坂八軒家の船宿・京屋は常安橋会所と並ぶ新選組の定宿で、深雪太夫は近藤が贔屓にしている芸妓である。山南が大怪我をした晩も、近藤はこの女のために岩城升屋へ駆け付けることをしなかった。

「ひとつ聞く。その五百両、どうやって工面する気だ」

「え？　あの……会津藩から、く、下された、褒賞金を……」

かっ、と胸に火が点いた。山南の怪我は過ぎた話だ。しかし喉元を過ぎて熱さを忘れるようでは、山南が剣士としての命を散らしたことが無駄になる。褒賞金に手を付けるのも論外だ。死の病に冒された沖田があれほど闘志を研ぎ澄ましているのに、近藤の何と緩んだことか。

一は河合の胸座を摑み、顔を寄せて静かに言った。

「近藤さんに金を渡すんじゃやねえ。いいな」

「で、でも、ですな。ご命令でして」

泣き出しそうな顔の河合を突き飛ばし、一は部屋に駆け戻った。そして刀を取ると、鞘から抜き放って河合に斬り付けた。

「あひゃあ！」

裏返った叫びを上げ、河合は尻餅をつく。一撃は空を切った。なお構え直して、じり、と前に出る。河合は声も上げず、腰を抜かしたまま後退《あとじさ》った。

「おい、何の騒ぎだ。今の声……」

隣室の原田が顔を見せた。庭の様子を一瞥し、驚いてこちらの手首を摑む。

「斎藤、よせ」

原田は一の右肘に痛烈な手刀を放った。瞬時に手が痺れ、刀を取り落とした。

「どうしてだ。事情を知れば原田さんだって」

「馬鹿。事情なんか知ってらあ」

驚くべきひと言に、目を見開いて顔を向ける。原田は河合に「行け」と手を振って追い払い、ほうほうの体で逃げたのを見届けると、大きく溜息をついて顔を寄せた。

ひそひそと耳打ちされる。告げられたことに、次第に自らの面持ちが厳しくなっていくのが分かった。ひととおりを聞き終え、一は「よし」と頷いた。

五

八月も終わろうとする頃、会津藩本陣・黒谷の金戒光明寺に六人の姿があった。三人ずつ二列で広間の中央に並び、前の列には永倉を中央に、左右には原田と一が座った。後ろの列は左から島田魁、尾関弥四郎《おぜきやしろう》、葛山武八郎《かつらやまたけはちろう》である。

廊下の障子が開く。六人が平伏する前に、公用方の秋月悌次郎が進んだ。

「面を上げられよ」

声に従って平伏を解く。永倉が低く押し潰した声で発した。

「ご多忙のところ痛み入ります。本日はこの建白書を会津公に奏上仕《つかまつ》りたく、参じた次第」

永倉は折り畳まれた奉書紙を懐から取り出し、一歩、二歩と膝でにじり出る。三尺向こうの主座に向け、両手で捧げ持って再び頭を垂れた。

秋月はこれを受け取り、開いて内容を確かめた。その顔が、瞬時に蒼白になった。

「永倉殿、これは……」

「我ら六名、新選組局長・近藤勇を弾劾いたします」

近藤は会津藩お抱えの身であることを忘れて増長し、隊士を家臣の如く扱うこと甚だしい。

禁門での一件に際し、会津藩の下知を無視して身勝手に隊を動かした。

また、咎められて当然のところを逆に賞され、以後の独断専行が目に余る。

加えて会津藩から下された褒賞金を芸妓の身請に流用した。

その身請に足りぬ金子は隊士・河合耆三郎の生家を脅して都合させた。

建白書に書かれた近藤の非行を朗々と述べ、永倉は胸を張った。

「以上の五ヵ条は、いずれも局長たる者の振る舞いにあらず。近藤氏《うじ》がひとつでも十全な申し開きをできるものなら、我ら六名は揃って腹を切り申す。逆にひとつでも申し開きのできぬことあらば、近藤氏に切腹を命じられたし」

六名はまた揃って平伏した。

「ま、まずは。しばし時を頂戴したい」

仰天した秋月は、六名にそのまま待てと残して中座した。一は左手の永倉をちらりと見た。

「勝算は？」

「深雪太夫を身請したのは事実だ。覆せんよ」

島田が大きく頷き、原田はせせら笑った。

「近藤さんの天狗っぷりには、うんざりしてんだ。いい気味だぜ」

本当に近藤は切腹となるのだろうか。だとすれば次の局長は間違いなく土方だろう。

だが――。

と、荒々しく障子が開いた。そこに目を遣り、皆が一斉に平伏した。会津公・松平容保が泡を食った顔で立っていたからだ。

「其方《そのほう》ら。建白書は……本気なのか」

永倉が平伏したまま「いかにも」と返す。容保は歩を進め、先まで秋月が座っていた主座に着いた。

「面を上げよ」

従って居住まいを正す。容保は困り果てた顔で切々と語った。

「新選組は、この容保の抱える一局である。わしは近藤を失うことを望まぬ。其方らとて、これまで近藤と手を取り合って歩んできたのではないか」

永倉は決然と言い放った。

「仰せごもっともなれど、近藤氏の非行を捨て置いては、行く行くは会津様の面目を潰す結果と相成りましょう。加えて局の実際は副長の土方氏が取り仕切っておりますれば、粛清を断行されたとて何らの不都合もございません」

然り、近藤が排除されたとて新選組は困らぬのだ。ただひとつ、一は土方を局長として戴くことに不安があった。もしそうなれば山南と共に、なお新選組を軍隊として強固に整えていくだろう。闘いを捨て、争いへの道が加速される。

容保は俯いて、右手で額を押さえている。苦悩が滲んでいた。

「ならぬ。新選組は池田屋の一件で大手柄を挙げ、市中警備の実を示した。世は近藤こそ新選組の旗手と認めておるのだ。二月もせぬうちにそれを除かば、せっかく増えた隊士も逃げてしまうことであろう」

そして深々と頭を下げた。

「このとおり、頼む。わしから近藤の非を咎め、其方らに詫びさせるゆえ、水に流してやってはくれまいか」

今度は永倉が仰天した。原田も、震える声を出す。

「もったいない、およしください」

しかし容保は頭を上げなかった。

「頼みを聞いてくれ」

六人は顔を見合わせた。島田と尾関は「致し方ない」という面持ちになっている。永倉と原田は明らかに困惑していた。ただひとり、それでも溜飲が下がらぬという顔の葛山に、一は「飲み込め」と目で語った。永倉は葛山の肩をぽんと叩き、容保に向き直った。

「会津様のご意向を蔑ろにはできませぬ」

容保は「おお」と嬉しそうに発し、ようやく顔を上げた。

その後、会津藩士が屯所へ走った。一時が過ぎて近藤が黒谷に参じると、容保は広間で近藤以下七名に酒を振る舞った。

「これを以て、改めて固めの杯とせよ」

皆が揃って杯を干す。近藤は無言で六人に頭を下げた。

黒谷に参ずるに当たり、近藤は供として土方と武田観柳斎を連れて来ていた。二人を加えた九人で屯所への帰路に就く。

そろそろ壬生村に入ろうかという夜道で、不意に武田が土下座した。

「皆々、どうか局長を許してくれ。悪いのはこの私だ。取り入ろうとして甘言を弄し、隊を家臣と思えと唆《そそのか》したのだ。この首を取ってくれ」

何とも芝居がかった物言いであった。永倉らは胡散臭《うさんくさ》そうな目を向けていたが、近藤は平然と武田を見下ろしていた。

「よせ、武田」

近藤は静かに発し、武田と永倉の双方に頭を下げた。

「このとおりだ。これからも隊のために力を貸してくれ」

武田が顔を上げて目元を拭う。その仕草が気に入らず、一は近藤に向けて言った。

「聞かねえって言ったら？」

或いは永倉を宥めるために、武田に三文芝居を打たせたのか。もしそうなら、今ここで刀に訴えても良いのだと眼差しで挑んだ。だが近藤は苦笑するばかりだった。

「おまえには望みの働き場をくれてやる。それで納得しておけ」

近藤は背を向け、また屯所を指す。一はその背から目を逸らした。

「つまらねえ」

呟く後ろから土方が肩を叩き、耳元に小声を寄越して来た。

「ちゃんと会津公が仲裁してくれたじゃねえか。もういいだろう」

何とも落ち着き払った声である。眉尻がぴくりと動いた。

「ちゃんと……か。食えねえ人だな、あんた」

「何のことだ」

土方は、すたすたと歩を進めた。

間違いない、永倉に建白書を出させたのは土方だ。容保が出て来ることを見越して、そうさせたのだ。近藤の命を取らずにきつく諫め、かつ永倉の不満を吐き出させるために。

建白書に与《くみ》した皆に、土方は半月の謹慎処分を下した。だが六人の中で、葛山武八郎は数日の後に自刃して果てた。僧門から隊士になったという変わり種ゆえか、この結末を潔しとしなかったのだろう。

一は土方の裁定に従って素直に謹慎した。不都合なのは、その間女を抱きに行けないことぐらいである。九月初めのある日、手持ち無沙汰に任せて沖田の部屋を訪ねた。沖田は縁側で初秋の日を浴びていたが、こちらに気付くと呆れ声を向けた。

「一君、謹慎中だろ」

「屯所から出なけりゃ問題ねえ」

隣に腰掛ける。しばし無言の時を過ごした後に、沖田はぼんやりと空を見上げた。

「永倉さんと原田さん、いいのかな」

形の上では収まったが、腹の中はどうだろう。案ずる顔の沖田に、一は素っ気なく返した。

「会津公に逆らう気はねえだろ。総ちゃんは自分のことだけ考えてりゃあいい」

土方や山南、それにこの俺がいる。思惑は違えど、隊を潰したくないのは皆が同じなのだ。

「……そうか。俺、幸せなんだね」

こちらの思いを察したか、沖田はにこりと笑った。

九異物

一

近藤の非行弾劾建白から二ヵ月ほど過ぎた元治元年十月二十七日、全ての隊士が前川邸の道場に集められた。近藤の左右にはいつものように山南と土方が皆を向いて座っている。

「こちらへ」

近藤に促され、ひとりの男が隊士の列から前に進んだ。局長、総長、副長と順に会釈して、山南の左脇に腰を下ろす。

「北辰一刀流・伊東《いとう》道場、伊東甲子太郎《かしたろう》と申す者です」

瓜実顔に長い鼻筋の通った中々の美男である。挨拶に続いて近藤が紹介した。

「伊東君は剣術に加え、文学や兵学にも通じる大才だ」

建白書の一件が落着した直後の九月五日から、近藤は江戸に向かっていた。勅命を受けながら遅々として進まぬ征長軍を督促するため、会津公・松平容保の下命で派遣されたものである。

近藤にそれが命じられたのは、老中・松前崇広《まつまえたかひろ》と早期に面会する伝手があるからだった。松前脱藩の幹部、永倉である。近藤は永倉の謹慎処分を先送りにし、武田観柳斎や藤堂平助と共に連れて江戸へ下った。そして公用を果たす一方、江戸で隊士を募集していた。

伊東は近藤の紹介に、はにかむような笑みを見せた。

「かつて我が伊東道場で藤堂君が剣を学んでおったのですが、旧交を温めたところ、勤皇の同志として新選組への参加を勧められました。近藤局長と何度も論を交わして意気投合し、門下共々押しかけたに過ぎません」

一は「おや」と思った。藤堂の師匠筋とは、恐らく剣のみの話ではあるまい。試衛館の頃には藤堂も皆と国論を戦わせていたが、思想に於いては烈々たるものがあった。これも伊東の影響だろうか。

思考を断ち切るように、近藤は豪快な哄笑を上げた。

「伊東君ほどの見識がある者は、残念ながら我が新選組にはおらん。今後は皆を導いて欲しい」

ずいぶんと信用がある。江戸で何度も会談したと言っていたが――。

伊東が近藤を向いた。

「然らば少々持論を披露したいが、よろしいか」

抜き身の刀のような、ひやりとしたものを感じさせる声音だった。近藤は少し面食らったようだったが、無言で頷き、続きを促した。伊東は皆に向き直る。

「私も常々、勤皇のためには攘夷が必須と考えていた。しかし、皆も長州の戦は既に知っているだろう」

長州は昨年から馬関海峡（関門海峡）を封鎖し、英国商船の通行を阻害して、甚大な損失を与えた。だが、これに業を煮やした英国が米仏蘭の三国と艦船十七隻の連合艦隊を組織し、今年八月に馬関と彦島――長州の台場を徹底的に砲撃、破壊し、占拠していた。

「攘夷に心血を注ぐこと、長州以上の藩はなかった。それがあっさり負け、今ではエゲレスとの協調に大きく舵《かじ》を切っている」

そして皆を見回す。事実上、攘夷は不可能であると言い含めるように。

一は口の中で「つまらねえ」と呟いた。攘夷云々についてではない。長州の敗戦は彼我の力量差が露呈しただけの話である。つまらぬ、或いは気に入らぬという思いは、論の陰に漂う臭気を感じてのことだ。

伊東はちらりと一に目を向けた。見落としそうなほどに小さく口元を歪め、続ける。

「天子様は英明なお方である。この顚末を如何様に思し召されておいでだろう。私は思うのだ。これからの日本は西欧諸国に肩を並べ、いつの日か追い越すことを考えねばならぬと。そのために外国と粘り強く交渉するも良し、長州のように文物を取り入れるも良し。いずれにしても挙国一致することこそ必要ではあるまいか。新選組もそのために働くべしと存ずる」

主上とて攘夷が不可能なことは分かっただろう。国を挙げて難局に相対すべし。その辺りは良い。だが「どうやって国を一致させるか」に言及せず、それでいて長州、長州と引き合いに出している。玉虫色の言葉には、やはり胡散なものが見え隠れしていた。

ふと目を遣れば、近藤の顔が険しい。土方は仏頂面である。ただひとり山南だけが「一考に価する」とばかりに口を開いた。

「挙国一致のためには何が必要でしょう」

「国が前に進むことを阻む……そういう存在をなくすことでしょうな」

核心を突いた問いにも動じず、伊東は相変わらず、どうとでも取れる言葉を返した。そして再び隊士たちに向き直って「持論はここまで」と切り上げてしまった。

土方が押し潰した声音で発した。

「ここからは通達だ。伊東先生のご高説を実現し、いずれ毛唐共と渡り合うため、隊の編制を変える」

懐から奉書紙を取り出す。拡げてみると土方の姿が隠れるほどの大きさだった。

「今後は一番から十番までの小隊を設け、隊ごとに動く。各隊の隊長には伍長ひとり、平隊士を最大で十人付ける。後で張り出しておくから見ておくように」

一は四番隊長、沖田は一番隊長、伊東は二番隊長とされていた。

「加えて、これからは戦の常道に則《のっと》り、必ず敵より大人数でことに当たるよう改める。その際、真っ先に斬り込む『死番《しばん》』を決めるが、これは持ち回りだ」

そう続けて、土方はこちらを一瞥した。一が苦笑を返すと忌々しそうに目を逸らし、さらに一枚の紙を出して拡げる。先の紙よりずいぶんと小さい。

「もうひとつ通達だ。大所帯を束ねるために、今日からは禁令を設ける。一、士道に背くこと。一、局を脱すること。一、勝手に資金繰りをすること。一、勝手に訴訟を取り扱うこと。この四条を破った者は切腹とする」

ざわ、と声が上がる。山南が宥めるように言い添えた。

「局を脱するとは、脱走のみを指す。どうしても辞めざるを得ない事情がある場合は申し出るように。局長以下が致し方ないと判断すれば、狭量なことは言わんよ」

他の三つは心ひとつで破らずに済む。そう説明して皆を落ち着け、散会となった。

数日が過ぎて十一月となり、公用を優先していた永倉が改めて半月の謹慎となった。

十一月二日の晩、壬生にこの冬初めての風花が舞った。市中見回りは近藤と一番隊、二番隊であり、急な出動の場合の不寝番は別途定められている。四番隊はそのどちらにも当たっていないとあって、一は島原で女を抱いていた。

夜半、屯所に戻って西の裏門から通路を進み、板塀の北にある庭へ差し掛かる。

「うん？」

母屋の東南にある一の居室から二つ北側、永倉の部屋には未だ灯りがあった。謹慎中なのに宵っ張りだな、と思う間もなく、ぼうっと滲む障子がすっと開いた。

何か、まずい。そういう気がして咄嗟《とっさ》に塀の陰に入った。目を凝らしていると、部屋から二人の男が出ていった。室内の行灯に照らされた顔は、伊東と原田である。

思わず目元が厳しくなった。永倉と原田だけなら分かる。共に近藤との間にわだかまりを残しているし、日頃から仲も良い。が、そこに伊東が加わっていたことが幾分気になった。

（いや……）

小さく頭を振った。ただ歓談していただけかも知れぬ。確かに伊東は今までの隊士とは異質な存在だが、胡散臭く思う根拠を問われれば、勘だとしか言いようがない。

隣室の原田が部屋に入るのを見届け、しばし時を過ごしてから、一はようやく自室に入った。頭にはうっすらと白いものが積もっていた。

二

元治元年も十二月となっている。このところ沖田の病状は安定していた。咳き込むことも少なく、喀血もしていない。他の隊士に剣の稽古を付けるのはその日の状態と相談してだが、今日は問題なく道場にあった。

一もひとりの相手をしている。その向こうで荒々しい声が響いた。

「何やってんだ、おめえは」

声を聞いて、周囲の皆がびくりと身を震わせた。沖田の稽古は他の者に比べ、極めて荒っぽい。一には「いつものこと」でも新規の隊士にとっては恐怖の対象だった。

「手先で何ができる。そんなに命が惜しいのかよ。ぶっ殺すぞ！」

怒鳴り声と共にこれでもかと打ち据えて相手を替える。ようやく沖田から逃れた者が面具を外し、道場の奥で仁王立ちになっている近藤の前でへたり込んだ。

近藤は、その新入りを容赦なく蹴飛ばした。

「馬鹿者が。総司の言うことは正しい。怖気付いたら、それが隙になる。おまえは殺し合いに身を投じるということが分かっておらん」

そして手にした木刀で滅多打ちにする。一は思わず呟いた。

「またか」

今年の春、隊士を減らす原因になったのと同じ行ないであった。近藤は荒れている。

先月のこと、幕府はついに長州征伐の軍を出した。ただし実際の戦争は行なわれず、長州藩の家老三人の切腹と藩主父子の蟄居《ちっきょ》で手打ちとなり、今月に入って兵を退いていた。この遠征に新選組は加えられなかった。近藤には忸怩《じくじ》たるものがあるのだろう。

とは言え、それだけとも思えない。かつて隊士に当たり散らしたことは非行五箇条の建白書を生む一因ともなったのだ。どれほど増長していたとて、三ヵ月かそこらであの痛恨事を忘れるなら本当に救いようがない。もっと大きな理由があるのではなかろうか。

（そうだな……。後で）

永倉と伊東の関わりについても引っ掛かったままだ。その辺りと併せて——。

「隙あり！」

近藤に目を向けた寸時に、相対する新入りが打ち込んで来た。一はそちらには目も遣らず、木刀を少しだけ捻って往なし、手首の動きで鋭く面を打った。

「隙だらけは、てめえだ」

新入りは「参りました」と頭を下げた。

稽古が終わる。五番隊と六番隊が近藤と共に市中見回りに向かうのを待って、一は土方の居室を訪ねた。

「入りますよ」

いつもどおり、返事を待たず襖を開ける。土方は、ごろりと横たわっていた身を起こした。思案顔であった。

「考えごとでも？」

言いつつ座る。値踏みをするような眼差しが返された。

「おまえもだろう」

どうやら道場での挙動を見られていたらしい。ならば話は早いと、単刀直入に切り出した。

「近藤さん、どうしたんだい」

土方は胡座をかき、右手で頰杖を突いた。

「……まず、何をどこまで知っている」

その言葉で悟るところがあった。互いに厳しい眼差しを交わす。

「伊東さんがね。永倉さんや原田さんと、ひそひそやってんだ。ただ話してるだけかも知れねえんだが、気になってな」

「そうか」

大きく溜息をつき、土方はぽつぽつと語った。

伊東は征長軍が組織された頃、つまり新選組に合流した直後から、長州藩と急進志士への寛大な処分を朝廷に嘆願していたという。しかも近藤を介さず、極秘にだそうだ。

「小隊を組んだのも伊東さんの希望を容れてのことだ。当面は征長のためと承知していたんだろうに、陰では自分で蹴飛ばしやがる」

一は「なるほど」と返して目を逸らした。近藤の不機嫌は、そのためか。

土方はがりがりと頭を掻き、苦しそうに漏らした。

「挙国一致ってのは、まあ分からんでもない。……が、そのやり方に問題がある」

これまで幕府と長州の違いは「誰が攘夷を主導するか」であり、前者は公武合体の上で幕府主導、後者は自らの主導を主張していた。

「本来なら幕府が挙国の旗を振れば済むんだが、すんなりいくとも思えん。長州は会津公を逆恨みしていやがるし、腰の重い幕府じゃ話にならんとか何とか、口実を付けてごねるだろう。これに乗る奴も当然いる。この先は幕府を支えるか、或いは……倒すかって対立にならあな」

一は背けていた目を戻した。

「当たりだな。伊東さんは、あっち側ってことか」

やはり長州中心の腹案を描いていたのだ。徳川親藩の会津お抱えという新選組とは相容れない考え方である。土方は面白くなさそうに頷いた。

「永倉とは、江戸で近藤さんたちと話した時から……と考えていいだろう」

だとすれば伊東は、自らの思想を形にするための組織を欲し、新選組を乗っ取ろうとしているのか。一は背を丸め、掬い上げる眼差しで言った。

「何か理由を付けて斬っちまえばいいのに」

今まで散々使った手段に訴えないことを不思議に思った。

「痛し痒し、だぜ」

「振り出しに戻るだけの話だろう」

「完全に戻す訳にいくか。それじゃあ新選組は世の流れに呑まれちまう」

土方は呆れ顔で説明を加えた。伊東が何を考えていたとて、あの軍学だけは本物である。急進勢力に後れを取らぬために、まずはそれを取り込まねばならないのだと。

「そうしなけりゃ、戦争には勝てねえ」

「始末するのは、その後でいいってことか」

深い頷きが返された。土方の目には冷酷なものが宿っている。

「そうだな……。斎藤、伊東さんを探っちゃくれねえか。この間の建白に名を連ねていたおまえなら、取り入るのも楽なはずだ」

一は口元を歪めた。

「そのまま、あっちに付くかも知れねえぜ」

「どうして」

「そうすりゃ、あんたや近藤さんと闘える」

土方は挑むような笑みで応じた。

「総司とも……か?」

言葉に詰まった。あの芹沢に抱いた思い――この男と闘いたいという本能の欲求が、沖田に対して皆無だとは言えない。しかし感情がそれを否定していた。

「あんた、本当に食えねえ人だな」

「だが伊東さんとは違うぜ。ああいう頭でっかちは、まず策を講じる」

「芹沢さんの時だって策に頼ったろう。近藤さんの建白の時も」

「そこらへんは致し方なくだ。でもな、伊東さんには、それこそ当たり前のやり口なんだよ。まあ近付いてみりゃ分かるさ」

「そうかい。……とりあえず、言うとおりにしとくよ」

わずかな笑みと共に一は座を立った。

土方と話して分かった。挙国一致、西欧との協調や競争という流れの中、己の欲する「闘い」というものは沖田の命のように儚《はかな》い。これからは間違いなく「争い」――戦争の時代となる。近藤と土方、或いは伊東、どちらに付くにしても、きっと相手側を抹殺することが最後の闘いになるだろう。

三

年明け元治二年（一八六五年）元日の夕刻、廊下にがやがやと声が聞こえた。一が部屋を出ると、それは伊東と永倉、原田、そして伊東の弟・三木三郎《みきさぶろう》、赤穂《あこう》を脱藩して隊士となった服部武雄《はっとりたけお》らであった。

「どうしたんです」

応じたのは伊東の傍らにいた永倉であった。

「これから島原に呑みに行く。君もどうだ」

心なしか、伊東の目尻に粘り付くような気配を感じる。一は困惑顔を作って胸の内を覆い隠した。

「正月は島原も休みですよ」

「なに、日頃贔屓にしている角屋なら店を開けてくれるだろう。酒は屯所から持ち出して、肴は道すがら買って行けば、店は料理をするだけでいいんだからな」

それで常と変わらぬ代金を支払えば否やは言わぬだろう、というのが永倉の言い分だった。

おかしい。そのひと言に尽きた。屯所から酒を持ち出し、肴さえ自ら都合するなら、わざわざ角屋に無理を聞かせる必要などない。平隊士に台所を命じて屯所で呑めば済む話である。

だが、一は「ううん」と唸って返した。

「楽しそうなんですがね。島原に行くなら女のひとりも抱きたいもんです」

途端、原田が腹を抱えて笑い、他の者が釣られた。伊東も小さく肩を揺らしながら応じる。

「それは、角屋に行ってから頼んでみるとしよう」

「じゃあ、お供しましょう」

ぱっと眉を開いて見せ、一は伊東たちと共に屯所を出た。それぞれ一升徳利をひとつずつ手に提げて、道中、壬生村の百姓家で家鴨《あひる》を買い求めて島原に至る。元日とあって人影もなく、そこら中の店が板戸を締め切った光景は、普段の花町とはずいぶんと趣を異にしていた。

角屋に至り、原田が店の者を呼ぶ。永倉の言うとおり、酒と肴を持参したことで、あっさりとこちらの無理を聞いてくれた。

当初、二十畳の宴席に集まったのは十人ほどであった。が、どこで聞き付けたか屯所から次々と隊士が訪れ、宵五つ（二十時）頃には二十数人での大宴会と化していた。

一はあまり口数の多い方ではない。隊の役目に必要ならばその限りでないが、皆と日常の雑談を交わすことは稀《まれ》であった。沖田は例外中の例外である。そうした人柄を知ってか、この日の宴会でも声をかける者は少ない。それとなく伊東や永倉、原田の様子を見ながら呑んでいたが、これと言って剣呑《けんのん》な会話が聞こえるではなかった。

正月早々の大騒ぎも、夜四つ半（二十三時）頃にはだいぶ収まった。

「兄上、申し訳ないが私もそろそろ帰ります」

三木が頭を下げると、伊東は「何だ」と咎めるように返した。

「もう少し、いたら良かろう」

「されど門限もありますし」

新選組では規律を保つために隊士の放縦を戒め、その一策として門限を定めていた。門限破りは禁令の一たる「士道に背くこと」と見做《みな》されかねない。伊東は薄笑いで「まあ仕方ない」と三木を帰した。宴席に残ったのは伊東、永倉、原田、そして一だけになっていた。

永倉が原田に向いて言う。

「君も帰った方がいい。明日は見回り番だろう」

原田は「それじゃあ」と笑みを浮かべる。

一は、ぴくりと眉尻を動かした。原田の笑みに何らかの含みがあるように思えてならない。元来が永倉と仲の良い男である。もしやと思い、一は探りを入れるべく口を開いた。

「俺も」

すると伊東が「待った」と声をかけた。

「せっかく君の馴染《なじ》みを呼んだんだ。もう少しで来るそうだし、残ったがいい」

読みどおりである。一は薄笑いで返した。

「はあ、そうですね」

原田が立ち去ると、永倉は一が干した杯に注ぎながら、おもむろに問うた。

「ところで、近頃の近藤さんをどう思う」

「……俺は建白書に名を連ねたひとりですよ」

腹の内を曝《さら》け出さず、事実だけを答えた。永倉は満足そうに笑った。

「あの建白で少しは懲りたようだが、傲慢なのは全く変わっておらん。新選組が征長に加えられなかった理由が分かっていないらしい」

永倉が言うには、これは会津公・松平容保による叱責なのだそうだ。確かにそうした面もあるかも知れない。一は無言で二度頷いた。

伊東が「それだけかな」と口を挟んだ。

「別の意味合いもあると思う。八月十八日の政変、池田屋、禁門での一戦、それに市中警備でも多くの志士を斬って、長州は新選組を怨んでいる。先の征長は実際にやり合わずに済んだが、もし新選組が加えられていたら、これほど良い結末には至らなかったろう」

一は「へえ」という目を向けた。

「やり合わなかったのが、いい結末なんですか」

「無論だ。残念ながら幕府にはもうこの難局を乗り切る力がない。長州の力を殺いでは、日本の明日はないと私は信じる。然るに近藤さんは、いつまでも幕府の下にあることに甘んじ、先を見ておらん」

永倉は伊東のひと言ひと言に頷いている。だが全面的に是としているのでもなさそうだ。顔に湛えているのは賛同でも、現状に対する不満でもない。憎々しげな表情は、ひとえに近藤を嫌うがゆえだろう。

一の見立てを肯定するように、永倉は少し荒っぽい声で応じた。

「ならば新選組に近藤さんは不要ではありませんか」

伊東は、にんまりと笑った。腹黒さが透けて見えた。

「そうだな。しかし私は新参だし、いきなり隊を仕切る訳にも行かん。誰か別の局長が立ってくれれば良いのだが」

永倉は即座に返した。

「では土方さんを？」

「土方君も、いかん。今の新選組は彼が動かしていると言って間違いないのだからな。近藤さんを上手く神輿《みこし》に担ぎ上げている手腕は、まあ中々のものだが」

では誰を。永倉の目に、伊東は大きく頷いた。

「山南君だ」

永倉が「おお」と感嘆する。伊東は満足そうに続けた。

「君らも知っているとおり、近藤さんは隊の金を使って芸妓を身請し、屯所近くに住まわせている。今なら『士道に背くこと』の禁令に触れるだろう。局長だけは別というのが、そもそも組織の長として間違っている。それを捨て置くのだから土方君とて同じ穴の狢《むじな》だ。しかし山南君は違う。身請の話には逆らえなかっただけで、面白かろうはずもあるまい」

言いつつ、左手を握ったり開いたりしている。山南の左手が潰れた経緯を思えば、一面で正しいのかも知れない。

「折り目正しく、腹が据わり、道理の通じる人物こそ局長に相応《ふさわ》しい。そうは思わんか」

伊東の含み笑いに、永倉がひとつを問うた。

「山南さんを局長に据えたとして、伊東さんは新選組をどう導くつもりです」

「入隊の挨拶で言ったとおりだよ。これからの日本は国を挙げて西欧に追い付き、追い越さねばならん。攘夷が幻想だったと示された今なら、永倉君もそれは分かるだろう」

「はい」

「では聞くが、君は長州が憎くて池田屋で斬り合ったのか？」

「俺は、これこそ国のためと思って働いたに過ぎません」

「そう、全ては国のためという一点なのだ。和解することは、きっとできる」

そして伊東はこちらを向いた。

「斎藤君は？　君も池田屋で暴れた口だろう」

「さあ……。俺は斬り合いができれば何でも構いません」

ぼんやり応じると、伊東は大笑して手を叩いた。

「良い哉《かな》、良い哉。この国を早々にまとめ上げ、ひいては西欧と渡り合うために、一軍を率いて戦場に赴く気概のある者は是非とも必要だ」

なるほど、土方の指摘は正鵠《せいこく》を射ている。この男は確かに頭でっかちだ。

新選組を軍隊と化し、戦争のための一隊とする。その思想に於いて土方と伊東は何ら変わるところがない。だが両者には決定的な違いがある。

闘いと争いの違い——修羅場を潜り抜けた近藤や土方なら心で感じるはずのことを、伊東は区別していない。或いは、分かっていて個の闘いを否定している。斬り合いという言葉を、一軍を率いると差し替えた辺りに明確な嫌気を覚えた。

一は沈思する風を解いて静かに発した。

「……士は己を知る者のために死すと言います」

伊東は大いに喜んだ。取り込んだと思ったのだろう。だが己——斎藤一を知るのは、おまえではない。そのつもりで吐いた言葉であった。

永倉も上機嫌で、声を上ずらせた。

「では今夜は呑み明かそう。門限など知ったことか」

伊東も「それはいい」と相好を崩した。

「幹部三人を一度に切腹させれば、隊士が萎縮して心も離れるだろう。近藤さんはどうか知らんが、土方君ほど頭の回る男なら分かるはずだ。かと言って、私たちを特別扱いにすれば公平を欠く。どちらに転んでも彼らに良いことはない」

そして三人は、実に一月三日の晩まで角屋に居座った。さすがに近藤も痺れを切らし、すぐに戻れと遣いを寄越したが、三人が屯所に戻ったのは四日の朝であった。

屯所に帰ると、近藤は鬼の形相で怒鳴り散らした。

「幹部がこうまで筋の通らんことをするとは何ごとか。処分は覚悟しておけ」

処遇が決するまで伊東は近藤の部屋に、一は土方の部屋に、永倉は山南の部屋に、それぞれ謹慎となった。

一が部屋に入ると「やれやれ」という顔ながら、土方は笑っていた。

「どうだった、斎藤」

問いに無言で頷く。土方にはそれだけで通じたらしい。先の推測が正しかったこと、また試衛館以来の同志が伊東に搦《から》め捕《と》られていることを知り、思案顔になる。

「土方さん、もうひとつだ。山南さんを取られるなよ」

「……分かった。まず、おまえはここで待っていろ。悪いようにはしねえ」

土方は道場に向かった。近藤・山南と共に、三人の処分を検討するということだった。

果たして三人は切腹とはならなかった。一と伊東は三日間、永倉は六日間、厠に行く以外は自室に謹慎となった。

謹慎の明けた日、一は朝餉の後で沖田と共に道場へ向かった。

すると伊東の姿が見えた。門を挟んで道場の反対側、前川邸の敷地の中でも北西の外れにある四畳半へと入って行く。山南の部屋であった。

しばし足を止めて見やる。伊東は、すぐには出て来ない。

「一君、さっさと来いよ。謹慎で鈍《なま》ってるの、叩き直してやるから」

声をかけられて道場の中に目を向けた。沖田は既に木刀を手に素振りをしていた。

四

土方は伊東の腹を承知しつつ、それでも多くのことを諮《はか》った。そのひとつに屯所の問題があった。

誠忠浪士組の頃より、屯所は壬生村の郷士・八木邸と前川邸である。しかし伊東一派を始めとする新規隊士を抱えた今では如何にも手狭だった。加えて新選組は市中警備から有事出動まで、既に京の治安の中核を担っている。壬生村という辺境も立地が悪い。

「西本願寺の北集会所《きたしゅうえしょ》ではどうかと言うんだ」

二月初旬の昼下がり、一は伊東と共に散歩に出ていた。四条通を歩きながら聞かされたのは土方の腹案である。

伊東は羽織の袖に手を入れて風を遮り、腕組みをして続ける。

「禁門の一戦で長州藩兵が逃げ崩れた時、西本願寺はこれを多く匿っていた。集会所を接収してしまえば威圧にもなるし、不穏な輩が潜む場所をひとつ減らせる、とね」

「どう答えたんです」

「それは名案だと手を叩いてやった」

くすくすと笑う伊東に、一は首を傾げた。

「伊東さん、長州への寛大な処分を嘆願していたんでしょう。近藤さんも知ってますよ」

言動の矛盾を指摘すると、伊東は「そのことか」と口元を歪めた。

「正月に謹慎した時、近藤さんに咎められた。だが簡単なものだったよ。幕府と長州、どちらにも無駄な人死にを出さぬことこそ挙国一致に必要と思ったまで、征長があの形で収まってからは一切の請願をしていないと胸を張ったら、言葉に詰まっていたな」

「じゃあ、疑われる心配はありませんね」

「今しばらくは、他の幹部や平隊士を多く味方に付けないといかんからな。上手く立ち回るよ。気付いた頃には近藤さんと土方君は丸裸になっている……そう仕向けたい」

ほくそ笑む伊東に、一もにやりと返した。この男と密に関わるようになって、胸の内を隠すことにもずいぶんと慣れていた。

屯所を移転する話は二月の半ばになって皆に明かされた。いつものように前川邸の道場に隊士を集め、近藤がその旨を宣言する。

「仔細は副長から伝える」

土方は居住まいを正して声を上げた。

「接収に向かうのは、この土方以下、井上源三郎と六番隊、監察方より山崎烝、および斎藤一と四番隊だ」

土方の人選は巧みであった。試衛館以来の幹部で信用できるのは、今となっては沖田と井上だけだろう。期日を決めて動くに当たり、常に病状と相談せねばならぬ沖田は使いづらい。もう片方を一が率いる四番隊にしたのは、伊東の、そして陰で伊東に取り込まれた者たちの警戒心を煽《あお》らぬためである。

土方は一同をざっと見回した。隊士たちの反応を見て眼差しに満足を映す。ところが、近藤を挟んで向かいに座る山南に至ると、瞬時視線が止まった。

一はちらりと山南を見遣った。驚愕、或いは憤怒か、口を真一文字に結んで厳しく目を見開いていた。

「伍長以下は隊長の指示に従うものとする。斎藤と源さんの二人は、手筈を説明するから残ってくれ。他の者は解散していい」

土方の言に従って皆が道場を後にした。去り際の伊東一派が横目にこちらを見る。永倉や原田の顔にも「近藤派に対する楔《くさび》」という意識が見て取れた。

やがて道場には近藤と土方、井上、一が残された。そしてもうひとり、仏頂面の山南が座を立とうとしない。

「おまえは戻って構わんのだぞ」

近藤が言うと、山南は目を剝いて詰め寄った。

「いいえ。この件、私は何の話も聞かされていない。どういうことです」

凄《すさ》まじい剣幕に、さすがの近藤も驚いたようであった。

「あ、いや。おまえに諮るほどの重大事ではなかろうし」

「屯所は隊の基です。これが重大事でなくて何が重大なのですか。剣を握れなくなった私に、考えることで隊に貢献しろと言ったのは、あなたでしょう」

山南の立場は複雑である。闘う力を失い、市中取締りはおろか、禁門の変のような場合にも出動を求められなくなっている。頭で隊に貢献するという話も、伊東という軍学者の参入によって半端な形になってしまった。

近藤もその辺りは承知しているのだろう。他の者がこうして食って掛かれば局長の権限を振りかざすところだが、山南には当惑した目を向けている。

「じゃあ改めて聞くが、おまえはどう思うんだ」

山南は荒く二回の呼吸をして、きっぱりと言った。

「反対です。西本願寺でなくとも相応しい場所はいくらでもあるでしょう」

「いや……しかしだな。あそこは長州共を匿った寺だ。見過ごしては筋が通らん。この先、不逞の輩が潜む先を潰すという目的もあることだし」

「それが愚劣だと言っているんです。西本願寺は長州志士の潜伏先である前に、信心に於いて京の中心なのですよ。町衆を敵に回すおつもりか」

近藤は苦りきった顔で、ぼそぼそと応じた。

「だが長州は捨て置けん。去年の征伐で家老は切腹、藩主父子は蟄居だ。幕府を恨んでいるのは間違いない。伊東君の言う挙国一致にも、必ず障りを為す」

「だから潰すというのでは挙国一致などできません。幕府が戦に及ばなかったのも、そのためでしょう。そもそも近藤さんには、新選組が今や幕府方の一翼を担っているという自覚があるのですか。この期に及んで互いの敵愾心《てきがいしん》を蒸し返せば、長州は頑《かたく》なになる。それこそが国の歩みを遅らせることをお考えいただきたい。日本の明日を思うなら、必要なのは和解、融和です」

なお声を荒らげる山南に、近藤は口を噤んだ。井上が、はらはらした目を向ける。

しんと静まった中、一は思った。山南の主張に理がないとは言えない。だが、いささか執拗、かつ激しすぎる。伊東が何か吹き込んだか。新選組第二位の総長という地位、しかし多分に宙ぶらりんな立場には、十分に付け入る隙があったはずだ。

「牙を抜かれたかい」

土方の呟きが、沈黙を破った。山南は怒りが頂点に至ったようで、わなわなと身を震わせる。

「……何だと」

「俺たちは軍隊になるんだろ。山南さんもずっと言ってたじゃねえか。だったら、もたもたしてる暇があるか。ここで長州に甘い顔を見せる訳にはいかねえんだよ。長州の奴らはさ」

土方は軽く俯いて「ふふ」と笑いながら首を振る。然る後、真っすぐに山南を見据えた。

「いいや。人ってのは、そう都合良くできちゃいねえ。恨みを流し去るには長い月日が要るんじゃねえのかい。あんたほどの人なら……分かるだろう」

山南は震える身を押さえんとするように、緩く握った右の拳で床板を殴った。そして未だ荒いままの呼吸をいくつか繰り返すと、すくと立ち、近藤を一瞥して道場を後にした。

重い空気を残したまま、土方は屯所接収の手筈を申し渡した。その顔にうっすらと滲んでいる気配があったが、どういう思いなのか一には分からなかった。

五

二月二十一日の晩、一は緊急出動の備えとして前川邸の道場にあった。四番隊の平隊士に不寝番を任せて仮眠を取っても構わぬのだが、どうしたことか目が冴《さ》えている。

夜明けも近く、眠れぬ身を持て余して道場を出ると、ふと玄関が目に入った。沖田が北西の外れ、山南の部屋に向かっていた。

こんな時分にどうしたことだろう。山南は屯所移転の件で近藤・土方と衝突したままだ。沖田と山南は試衛館の頃から親しい間柄ゆえ、何かを吹き込まれているのやも知れぬ。

思って、一はゆっくりと頭を振った。沖田はそういう男ではない。細かい事情は知らずとも、昨今の山南に何らかの違和を覚え、気に掛けているだけだろう。

空を見上げれば、漆黒が薄まり始めている。春を迎えて夜もずいぶん短くなった。

「近藤さん！　土方さんも、来てよ」

沖田の声だ。静まり返った屯所の廊下にどたばたと足音を響かせ、近藤の居室に駆け込んでいる。稽古以外でこれほどの大声など滅多にない。一も後を追った。

寝巻のままの近藤が、蒲団に胡座をかいて大欠伸をする。土方が目脂を拭いながら座った。市中の夜警に出ている者を除き、原田や伊東、松原、島田らの幹部も駆け付けていた。

常から青黒い顔を今だけは蒼白にして、沖田が一枚の紙を畳に置いた。

「これ……書き置きでしょう」

『我いやしくも総長に従事す。その言の容れざるは土方等の奸媚《かんび》による』

間違いない、山南の手であった。近藤は愕然とした顔で沖田に念を押した。

「書き置き、なんだな？」

「……姿が見えません。刀もない。羽織が綺麗に畳まれて、置かれていました」

禁令の中でも最大の罪、脱走であった。

土方が腕組みをして、細く長く溜息をついた。不思議なことに、どこか納得したような響きがある。顔に滲み出ているもの――山南と衝突した際にも見せた面持ちの正体が知れた。無念、その一語に尽きる。

「土方さん。どうしてだ」

一は各々が好きに取れる言葉で、ぼそりと発した。山南を伊東に奪われるなと釘を刺していたのに。その意図を汲《く》んだのだろう、土方もこちらと同じようにぼそりと応じた。

「言っても始まらん。追手を出す」

「俺が行きます」

即座に声を上げたのは沖田であった。近藤は渋い顔を見せた。

「おまえは、いかん」

胸を病んだ者に、いつまで駆け回れば良いか分からぬ役目など与えられぬ。近藤の言葉に土方が頷首《がんしゅ》し、島田が声を上げた。

「監察方の役目でしょう。私が」

「島田さんは黙っててよ。俺じゃないと駄目なんだ」

涙に揺れ始めた沖田の声、そこに渦巻く思いを一は察した。

禁令に背けば切腹という決まりを、土方は正月早々反故《ほご》にした。伊東を探るために敢えて禁を犯した間者――この己を切腹させる訳にはいかなかったからだ。その事情は余人の知らぬところでも、禁令違反を二度続けて看過できないのは誰の目にも明らかである。

つまり山南は、連れ戻されたら間違いなく切腹なのだ。ならば他人になど任せられぬ、最も長い付き合いの自分こそ。沖田はそう考えている。

「好きにさせてやんなよ」

一が発し、土方がこちらを向く。刹那、一は眼差しだけを伊東に向けた。

認めないならあちらに付く。その脅しであることを土方は察したらしい。膝に置いた右手を握って忌々しそうに発した。

「斎藤。……手伝ってやれ」

沖田と一は、明け始めた京の町へと走った。

目覚めた町には朝の喧騒がある。あれこれの物売りが行き交い、町衆がそれを呼び止めて朝餉の用に買い求める。そうした中、二人は山南の足取りを探った。誰でもいい、それこそ新選組に遺恨を持つ志士であっても構わぬ、姿を見た者はないかと手当たり次第に話を聞いた。

「山南……ああ、新選組の総長殿か。昨晩見たが」

手分けして聞き込みを進めること半日近く、ついに一はその言葉に行き当たった。相手は京都所司代に任ずる桑名藩の武士であった。

「本当か。おい、総司！」

沖田を待って続きを促す。その桑名藩士は昨晩夜の九つ（零時）頃、仲間と五条通を歩いていたそうだ。

「羽織を着ていないから人違いかと思っていたんだが。うん、今思えばやはり間違いない」

山南は五条通を東へ進んでいたそうだ。一は沖田を見た。

「行き先はこの人に訊《き》いても分からんが、まずは近江の方だな」

「近江……だったら江戸だよ」

確かに近江からなら東海道にも中山道にも出られる。しかし沖田の顔には、そう思いたいという心中が強く顕《あらわ》れていた。

「試衛館に向かうとは思えねえぜ」

一が懸念を向けると、沖田は躊躇いを振り切るように頭を振った。

「ここからは俺の役目だから」

沖田は猛然と駆け出した。一は目を伏せて頷き、屯所へと踵を返した。相手は剣を握れなくなった山南である。よほどのことがない限りひとりで足りるはずだし、二人の間に己がいてはならぬ気もした。

その後どうなったのか。思いながら眠れぬ夜を明かした。

二月二十三日の朝になって、沖田は山南を連れて屯所に戻った。琵琶湖南岸の大津で捕らえたと言うが、縄を打つでもなく、共に散歩から戻ったようにしか見えなかった。

山南の処遇が決まるまでの間、一は沖田と共に庭の縁側にあった。ぼんやりとした沖田に敢えて声をかけず、無為に時を過ごす。しばらくすると土方が廊下から進んで声をかけた。

「総司。介錯を。山南さんの希望だ」

やはり、そうか。沖田は俯いて両手で顔を覆ったが、二つ、三つと息をすると、目元厳しく立ち上がった。

切腹には近藤の居室を使うそうだ。立会いは近藤と土方、そして介錯の沖田のみである。

一は縁側に手枕で横たわり、静かに庭を眺めた。春の風が時折冷たいものを流してきて、やり切れない気持ちを逆撫でする。

溜息をついたのも何度目か。背後に、すっと人の気配が近付いた。

「終わったか」

一が身を起こすと、沖田が無言で左隣に座った。返り血を浴びた着物は替えたようだが、血の臭いは抜けていない。

「……敬さん、江戸に行くつもりじゃなかったって」

「じゃあ、どこへ」

「聞かなかった。だって俺が追い付いたら、頭を下げるんだよね。すまなかった、ってさ。聞いちゃいけない気がしたんだ。近藤さんと土方さんは聞いたのかな」

「さあな」

そう返すものの、大方の想像は付いていた。琵琶湖を北に渡って越前に向かい、そこから船で長州にでも行く気だったのだろう。

山南は剣士としての命を断たれながらも近藤を許し、自らを強く律し続けた。それでも人である以上、胸に抱える闇はあったはずだ。隊での曖昧な立場や心の隙間に付け入られたのは想像に難くない。少なくとも伊東に探りを入れる土方や己には、それが分かる。

だが、その山南も沖田にだけは抗えなかったのだ。長らく親しみ、かわいがってきた相手である。病に身を削られながらも真摯に生を見つめる、そういう男が追って来たのだから。

諾々と捕らえられたのは、一方の国士と言える身になった自我を全うできなかったに等しい。しかし、それを恥とは呼べぬだろう。一は目を閉じて心中で合掌した。

月が変わった三月十日、新選組は西本願寺の北集会所を強引に接収し、屯所を移転した。山南敬助が齢《よわい》三十三の生涯を散らしてから十六日後のことであった。

十　面従腹背

一

西本願寺の北集会所は阿弥陀堂《あみだどう》の北に東面して建っている。和様造りの正面から入ってすぐ、中央の大広間は左右各六つずつに区切られていた。左手の最も奥に勘定方、そして入り口に向かって一番から五番隊室、右手は同様に監察方と六番から十番までの小隊室である。各隊には三十畳ほどが宛がわれていた。左手の奥には南に張り出した一角がある。坪庭を囲う西側には十五畳の局長室と十畳の副長室が左右に並び、南側の十畳は参謀室に宛てられた。

屯所を移した直後から土方と一は江戸に下った。そして五月十日、五十二名の新規隊士を連れ、昨年から江戸に留まっていた藤堂と共に京に戻った。世は四月七日を以て改元され、慶応元年となっている。

帰京して一ヵ月ほどした日の昼前、屯所の廊下に拍子木の音と「集合」の声が響いた。副長付の平隊士である。

「もたもたするな。行くぞ」

総勢百五十名の大所帯となり、隊長も個室ではなくなっている。一は四番隊士たちに声をかけ、裏手の庭園へと歩を進めた。

集会所のすぐ西にある大池の前で、各隊と監察方、勘定方が整列する。正面に立つ近藤の右手前に土方、左手前に伊東が侍していた。総員が揃うと、近藤が大声を上げた。

「新選組もこれだけの数となった。ついては今後、鍛錬にも新しいものを取り入れる」

続いて、伊東が口を開く。

「先般、会津藩を通じて大砲を入手した。今後はこの訓練を行なう」

いよいよ新選組は軍隊への道を歩み始める。その宣言であると同時に、一には別の意味合いもあった。軍隊としての訓練を施すとは、伊東の軍学を取り込むということだ。新選組がそれを血肉とした時――最後の闘いはそう遠くないだろう。軽く武者震いするほど待ち望みながら、一方では寂しさも覚えて「ふう」と息を吐いた。

いつもならこの後に武芸の鍛錬となるのだが、今日は違った。

まず土方から小隊の変更が通達される。これまで二番隊長だった伊東はその任を解かれ、参謀と文学師範を兼任するようになった。後任の二番隊長は永倉である。また一は四番隊長から三番隊長に変更となり、後任の四番隊長には松原忠司が据えられた。併せて阿部十郎《あべじゆうろう》と清原 清《きよはらきよし》、伊東門下の二人が砲術師範の任に就いた。

次に近藤の長い訓示があった。

「昨今、長州共が増長しておると聞こえてくる」

昨元治元年、長州藩は家老三人の切腹および藩主父子の蟄居という処分を受けた。だが実際の戦が行なわれなかったため、戦力は温存している。長州藩と支藩の徳山藩、および岩国領（長州家臣筋の吉川《きつかわ》家が領主を務め、幕府では大名と同列に扱う特殊な形）は無傷のまま残った戦力をさらに増強しているという。

「許しを請うた裏で牙を研ぐなど言語道断だ。斯様な筋が通らぬ奴らに仕置きをするため、大樹公にあらせられては再度の征長をお考えである。その時には新選組も幕府軍の一翼を担うものと心得ておけ。全員が大砲の扱いを覚えるように。阿部、清原！」

砲術師範となった二人が、数名の平隊士に大砲を引かせて前に出る。そして近藤の左側に数歩の辺りで支度をすると池に向けて空砲を撃った。ドン、と腹に響き、少し遅れて辺り一帯にこだました。

一ヵ月後の閏《うるう》五月、近藤が訓辞で触れたとおり、将軍・徳川家茂は三度目の上洛をした。が、すぐに征長軍を出すには至らなかった。長州藩が恭順の意を示す上申書を提出したことを受け、長らく公武合体派の一翼を担ってきた薩摩藩から異論が出たためであった。

二

六月半ばのある晩、一は島原で女を抱いて夜遅く屯所に戻った。門限の夜九つ（零時）ぎりぎりという頃である。堀川五条の辻から南に歩を進めると、道の向こうの右手、北集会所前にある太鼓楼の門が閉められかけていた。

まずいな、と駆け足になる。ところが閉まろうとしていた門扉は再び開いた。

「うん？」

どうしたことかと、駆け足のまま目を凝らす。門番の平隊士が持つ提灯に照らされたのは、剃り上げられた頭の大男、松原忠司であった。門限の間際に戻るのは珍しい。

「斎藤だ」

呼ばわりながら駆け寄る。松原は「まずいところを見られたな」という顔で、そそくさと屯所に入ってしまった。一は門番に問うた。

「おい。松原さん、どうしたんだ」

「女じゃないですか」

扉を閉めながら、そう言う。一は目を丸くした。松原は豪気な男だが、その方面については木石と言って良い。花町に繰り出しても酒ばかりである。面持ちで「まさか」と示すと、門番はくすくす笑った。

「最近、入れ揚げてる女がいるんです。武家の後家さんで、何でも伊東先生の紹介とか」

得心がいった。この門番も伊東派なのだろう。そして伊東は松原を抱き込もうとしている。

一は「で？」と続きを促した。聞いた話だと前置きの上で、詳しくが語られた。

昨今の松原は遅く戻ることが多いらしい。大概は一より先に戻るため、鉢合わせたのは初めてだが、一が見回りの日に二度ほど門限間際のことがあったという。

「そうか」

残して、足早に屯所へ入る。四番隊の部屋は皆が寝静まっていて、松原を訪ねる訳にもいかなそうだ。ふと見れば、坪庭の向こうで参謀室の障子が明るい。伊東がまだ起きていることを察し、そちらへと向かった。

声をかけて部屋に入ると、伊東は書見の最中であった。文机を挟んで単刀直入に訊ねた。

「松原さんに女を宛がったそうですが」

伊東は「そのことか」と言いつつ書物を閉じた。

「計画どおりだよ。ああいう男だからこそ、餌をな」

近藤から幹部や隊士を引き剝がす一環らしい。頷いて返した。

「ただの後家さんじゃないってことですね」

「近藤さんに恨みを持つ女でな」

にやり、という伊東の笑みを見て背に粟が立った。そういう女は山ほどいるはずだ。新選組は多くの急進志士を斬り、或いは捕縛して拷問の末に死なせている。近藤の名が広く世に知れ渡ったのは——。

「池田屋で斬った相手の……ですか」

伊東は薄笑いを浮かべるのみである。一も同じような顔で二度頷いた。

「俺も、気付かれないように手助けします」

発して立ち去り、三番隊室に支度されていた蒲団で横になった。伊東の息がかかった者の目を盗んで土方と話すには、機会を待つしかない。

四日後、三番隊は緊急時の待機番であった。近藤と伊東は公用で連れ立って出かけている。見回り番が市中に出動し、夜四つ半（二十三時）頃には待機番以外の皆が寝静まった。

好機である。一は集会所入り口に待機する三番隊を伍長に任せて副長室を訪ねた。

「入るぜ」

言葉と共に障子を開ける。土方も心得たものであった。

「何かあったか」

「松原さんだ」

間者として知り得たことを手短に話す。土方の顔は瞬時に厳しさを湛えた。

「そうか。だが……伊東さんは『餌』と言ったんだろう」

「だから？」

土方は目を伏せて腕組みをした。

「まだ食われちゃいねえと思う。松原はどこに？」

「明日が待機番だ。今日はおとなしく寝てるんじゃねえのか」

土方は「よし」と頷き、一に自らの小脇差を渡して、隣の局長室に下がらせた。次いで副長付の隊士ひとりを呼んで松原の元に遣った。

程なく松原が副長室に入った。一は襖越しに聞き耳を立てる。

「何です、こんな夜中に話とは」

いくらか眠そうな声音は、警戒しているではないらしい。土方の言うとおり、まだ搦め捕られていないと見えた。

土方は雑談でもするように切り出した。

「おまえ、女ができたらしいな。どこかの後家さんだそうだが」

「え？　いや、その。……はは」

照れ臭そうに笑う。そこに冷や水が浴びせられた。

「諦めろ。どうやらその女、長州に関わりがある」

途端、ぴんと空気が張った。松原はどう出る。思いながら刀の鍔に指を掛けた。

「……確かな話ですか。伊東さんの紹介なのに」

震える声から「信じられぬ」という気持ちが伝わって来る。渡されたものを使うことにはならぬだろうと、手を緩めた。

土方は冷え冷えと響く声で言い渡した。

「伊東さんだって、人であるからには間違いもある。まあ、これだけで咎めやしねえよ。だが今後なお女と会うようなら……分かってるな」

松原は消え入りそうな声で「はい」と残して立ち去った。一は入れ代わりで副長室に戻り、土方に小脇差を返す。

と、裏手の台所から声が上がった。

「おい、何をする。やめろ！」

副長室の二人は顔を見合わせた。この声は監察方の篠原泰之進《しのはらたいのしん》か。

「篠原は伊東一派だ。一緒に行くとまずい」

土方の言に頷き、少し遅れて台所へ向かう。そこには、腹から血を流す松原の姿があった。

「……隊に申し訳ないことを。死なせてくれ」

松原は涙を浮かべて懇願した。土方はその頬を殴り付けて地に転がし、血に濡れた小袖を剝いで傷を確かめる。

「傷は浅い。斎藤、医者だ」

一はすぐ集会所の入り口に向かい、待機していた三番隊のひとりを走らせた。

松原は一命を取り留め、ひと月ほどで傷も快癒した。だが自らを恥じて自信を喪失し、隊を率いることを拒むようになった。塞ぎ込んで日々を過ごすのを見かね、土方は松原を平隊士に降格させた。伊東の目論見は外れ、それで終わりだと思っていた。

三

八月末の晩、一は伊東から「呑みに行こう」と声をかけられた。二つ返事で応じて共に屯所を出る。五条通を東に向かうものだから、てっきり祇園に繰り出すのだと思った。が、伊東は烏丸《からすま》通を過ぎて一町ほど、間之町《あいのまち》通を南に折れた。

どこへ行くのだろう。或いは間者であることを悟られたか。いつでも斬れるようにと心構えをしていると、伊東は常と変わらぬ顔で「ここだ」と指差す。天神町の、何の変哲もない町家であった。訝《いぶか》しく思いながら中に入ると、鰻の寝床を抜けた奥の間に三人の姿が見えた。

「松原さん。篠原さんも。……それと」

もうひとりは女だった。まさか、これが伊東の毒餌なのか。

「斎藤君……どうして」

目を白黒させる松原に、篠原が笑って声をかけた。

「心配ない。斎藤君は君の味方だ」

松原は止めていた息を大きく吐いた。

女はやはり池田屋で斬られた長州藩士の妻女で、名を佑《ゆう》と言った。最初は新選組への恨みを晴らすべく伊東の口車に乗ったそうだが、熱っぽい眼差しを見る限り、今では本当に松原を慕っているようだ。

松原の正面に伊東、その隣に一が座る。既に支度されていた膳から手酌で一杯を干すと、伊東は松原に頭を下げた。

「篠原君から話は聞いたろう。まず、謀《たばか》ったことは謝罪する。だが何とかして君を味方に付けたかった。私はね、近藤さんを本当の同志と思って新選組に参じたのだ。ところが、どうだ。増長し、平隊士はおろか幹部にさえ傲慢に接している。挙句、妾まで身請して放蕩三昧《ほうとうざんまい》だ。君とて思うところはあるだろう。いいや、実直な男と見込んだからこそ真剣に考えて欲しかったのだ」

切々と語られ、松原が口籠もりながら返した。

「しかしですな。俺は新選組の立ち上げには加わっておらず、後から参じた身です。それを幹部に取り立ててくれた恩もあるからには、一時の感情で……その。俺は国士です」

不意に、伊東の語気が荒くなった。

「一時の感情と言ったな。それは怒気か。嫌気か。隊士に斯様な思いを抱かせるのが、局長の器なのか。どうだ！」

松原は何も返せない。篠原がさらに畳み掛けた。

「本当に君を大切にしていたなら、あっさりと平隊士になど落とすものか。それほどの屈辱を味わわされて、なお君が近藤さんに付くと言ったら、佑殿はどうなる。近藤さんに主を殺され、今また君という支えを失うのだぞ。人ひとり、それも女を斯様な目に遭わせ、救うこともできずに何が男か。何が国士か！」

切腹の一件以来、ずっと鬱々としてきたのだ。萎えた心へ矢継ぎ早に容赦のない言葉を浴びせ掛けられ、松原の目は虚ろになっていた。そして、一に助けを求めた。

「斎藤君、俺は……どうしたらいい。君は俺の味方なのか」

一は平らかに応じた。

「味方かどうかは、あんた次第だ」

ぼんやりとしていた松原の目が、次第に生気を取り戻していく。

「永倉君、原田君、そして私が江戸から率いて来た皆も付いている。それでも君は佑殿を見捨てるのか。そこまで近藤が恐いか。いいや！　私は信ずる。君は断じて、そんな腰抜けではない」

伊東が駄目を押すと、松原はゆっくりと頷いた。

「……はい」

厳しい面持ちからは、迷いが消えていた。一は、にこりと笑って見せた。おまえは押し切られた。今ここで俺の敵になったのだと胸中に思いながら。

伊東と篠原が「固めの杯だ」と酒を振る舞い、その晩は遅くまで呑んで、皆で屯所に帰った。

数日して八月二十八日の晩、近藤は妾の宅へ、伊東は一派の多くを引き連れて島原へ繰り出した。一は、かつて松原の報告をした日と同じく待機番である。これを好機と土方を訪ねた。

「やられた。あいつら、とんでもねえ」

二人掛かりの強弁で、芯の揺らいだ松原の心をへし折るという手管を聞かせた。土方は固く目を閉じ、歯軋りせんばかりに奥歯を噛み締めていたが、全てを聞くと小声を発した。

「……もう、いかん。松原と闘え」

一は頷いた。やり切れぬ思いよりも、伊東のやり口に対する嫌悪の方が上回っていた。

三日後の九月一日、松原は暮六つ（十八時）に屯所を出た。一は門番に「祇園へ行く」と告げて、少し遅れて出る。腰には刀ひと振りを差していた。

太鼓楼の門から出て北に進む。すると五条通に差し掛かる前に、西本願寺の北側を通る花屋町通から「斎藤」と呼ぶ声があった。闇に目を凝らして見れば、それは土方だった。

「相手は柔術の達人だ。用心にこれも持って行け」

渡されたのはいつぞやの小脇差であった。一は無言で頷いて受け取り、先回りすべく夜を走った。行き先は分かっている。

佑の住まう天神町の町家に至り、周囲と中の様子を窺う。松原がまだ到着していないことを見て取り、玄関の引き戸を叩いた。

「もし、松原さんからの言伝です」

一はすっと脇に身を引いて待つ。松原と聞いて、女は疑うことなく玄関先に出て来た。

「はい、どちら様で？」

がらりと戸が開いた瞬間、女の鳩尾《みぞおち》に当身を食らわせる。不意の一撃に佑は昏倒した。顔は見られていない。玄関先に女を残したまま奥の間に進み、明かりを消して闇に潜んだ。松原はすぐに到着するだろう。女が目を覚ます前に片付けねばならぬ。

刀を抜いて息を潜め、今か、今かと待つ。ひと呼吸がとてつもない長さに思えた。

やがて松原が姿を現した。

「お佑？」

驚愕して屈《かが》み込み、玄関先に倒れた女の様子を確かめていた。

「佑！　誰が……。息はある。それに……」

こちらの気配を察し、松原が中に歩を進めた。一はゆっくりと闇の中に身を進めた。

「眠ってもらった。一応、俺も関口流柔術の嗜《たしな》みがあるんでね」

「斎藤……君」

「らっ！」

驚愕に彩られた松原に一歩を進め、左腕からの突きを繰り出した。だが、やはり達人である。身を半身に構え、闇の中の一撃をやり過ごした。

「俺の味方だと言ったのに」

「あんた次第だと言った」

それが意味することを松原は悟ったらしい。瞬時に身構え、隙を探る動きになった。

「おらっ」

袈裟懸けに斬り掛かる。松原は敢えて一歩を踏み出し、こちらの右肘に肩で体当たりして跳ね上げた。そこへ左腕を絡め、肘の関節を決めに掛かってくる。

「間者だったのか」

「伊東こそ奸物だろうが」

返すものの、刀を持つ右腕が自由にならない。肘を締め上げられて手が震える。一か八かで手首だけを動かして刀を放るも、左手には渡らず傍らに落ちた。一は舌打ちした。

「さすがだな」

「強がりを！」

肘をへし折られぬよう抗うが、柔術においては松原に一日の長があった。

狂乱する羽虫の姿が脳裏を過《よぎ》る。今の己は松原の網に掛かった虫なのだ。

腕が締め上げられる。このままでは食われる。何とかせねば。だが、どうやって——。

右肘に、みしり、と感じた。

「……ぐっ」

痛みに歯を食いしばって顎を引く。朦朧とした視界に入ったものがあった。腰に差したもうひと振り、土方の小脇差である。

刹那、一の意識の中で蜘蛛が跳んだ。松原が両腕で肘を固めている今ならばと、自由になる左手で小脇差を抜く。

「むっ！」

左腕に取った刃を突き下ろし、地に踏ん張る相手の足を穿つ。突き抜けた痛みに松原が顔を歪め、絡められた腕が少しだけ緩んだ。

今こそ己は、蜘蛛となった。

松原が見せた寸時の隙を逃さす、一は少し屈んで顎へ頭突きを食らわせた。向こうの体軀《たいく》がくらりと揺れた瞬間、身を捻って左腕の小脇差を引く。そして刃を上に向け、脾腹を抉った。

「こ、の……」

松原は再び腕に力を込め、これでもかと絞り上げた。右肘に激痛が走り、一の顔が歪んだ。

「……面白えよ、松原さん」

声を震わせつつ、一は松原の脾腹に刺さった刀を前後に抜き差しした。上向きの刃に乗った臓物が、ずたずたに切れていく。その感触が手に伝わる。

「あ……ぐ、う、ぎっ……」

苦しそうな呻きと共に、ついに松原は手を離してくずおれた。

一の額には脂汗が浮いていた。右肘は極度の痛みで曲がらない。松原は腹から血を溢れさせ、諦めたように漏らした。

「こう……なる、しか……ないのか」

そして仰向けに倒れる。終わった。そう思った。

ところが松原は、腹から夥しい血を流しながらも、ふらふらと身を起こした。

「糞ったれ」

確実にとどめを刺さねばならぬ。思いつつ再度、左腕だけで刀を構える。その傍らで松原が背を見せた。這いずって玄関へと進んでいる。がくがくと体が震えていた。

「さ、い……藤。最後に、俺の、我儘《わがまま》……を」

何を言おうと聞く耳を持ってはならぬ。これほどの闘いなのだ。その意識で一歩を踏み出した時、松原は玄関先で気絶したままの佑に覆い被さった。そして右手で女の喉を摑み――。

一気に捻り潰した。

それきり、男女の姿が動くことはなかった。荒い息を整えながら土方の小脇差を鞘に戻し、自らの刀を拾う。こと切れた二人の脇を通り過ぎ、静かに外へと出た。夜露の匂いが無情に思えた。

屯所に戻る前に、一は新選組の出入りとは別の医者を訪ねた。右肘の具合を診せて痛み止めを出させるためである。医者が言うには、骨や関節には大事ないらしい。おかしな具合に筋を違えたようになっているが、数日の安静で動かせるようになるということだった。

表通りの五条を避け、花屋町通を進む。屯所近くで暗がりに佇《たたず》む人影は、果たして土方であった。

「終わった。後を頼むぜ」

借りたものを返し、屯所に戻って床に就いた。

翌日、一は風邪と称して休養を取った。昨夜の医者の見立ては正確で、丸一日が過ぎた頃には肘もどうにか動くようになっていた。

松原を斬った二日後の晩、三番隊は非番であった。花町に繰り出した者もあるが、五人が部屋にいる。そこへ訪ねる者があった。伊東である。

「皆、少し外してくれるか」

伊東の求めに応じて皆が部屋を出る。二人だけになって、一は身を起こそうとした。

そのままで、と制した上で伊東は言葉を継いだ。

「松原君は病死として片付けられた」

隊としてはそう称するしかない。伊東も、この点は致し方ないと言う。

「だが私は土方の差し金と見ている。腹を突き、目茶苦茶に掻き回してあったそうでな。下手人は……突きが得意な沖田総司、或いは吉村貫一郎《よしむらかんいちろう》、それでなければ」

そこで言葉を切り、じっと顔を見据えてくる。

「君だ」

さすがに切れ者だ。こちらを味方に引き込んだと確信しながらも警戒を怠っていない。

一は小さく鼻で笑って身を起こし、床の傍らに置かれた刀を差し出した。

「つまらねえ殺しは、しませんよ。確かめてください」

伊東は刀を抜いて灯明にかざし、刃よりも鋭いかと思える眼差しで検分した。

「良く手入れされている。研いだのは……少し前か」

松原を斬ったのは上方の小脇差である。この刀を研ぎ直す必要などなかった。文字どおり、怪我の功名である。

「疑ってすまなかった」

頭を下げる伊東に、にこりと笑って首を横に振った。

四

松原の一件――切腹に及んだ六月頃から、近藤は公用で屯所を空けることが多くなっていた。ひとえに征長軍の派遣が難航していたためである。薩摩藩が再度の征長に異論を唱えたのは、京に於いて幕府方の中核を担う一橋慶喜や松平容保にとって痛恨事だった。

一は戦争などに興味はない。しかし近藤が「薩摩は裏で長州と手を握っているに違いない」と憤慨し、ことある毎にがなり立てるものだから、大方のことは耳に入った。六月と八月、幕府方は長州に使者を寄越すよう命じていた。内情を尋問するためである。そのどちらも「病のため猶予を願う」として拒否されていた。長州の武備恭順、つまり面従腹背は明らかであった。

十一月初旬、公用から戻った近藤が幹部を召致した。一番から十番までの隊長、監察方、勘定方の幹部が局長室に並ぶ中、晴れやかな声が上がった。

「喜ばしい報せがある。此度、この近藤が征長軍に帯同されることとなった」

相変わらず全隊が従軍を命じられたのではない。しかし近藤は、これで結成以来の大目標に近付いたのだと上機嫌であった。

「もっとも、いきなり戦端を開きはせん。何しろ大掛かりな戦争だ。長州の出方次第ということで、双方の軍使が会談をする。俺は使者の筆頭、大目付・永井尚志《ながいなおゆき》様の護衛を仰せつかった」

近藤はまず伊東の名、次いで武田観柳斎、尾形俊太郎《おがたしゅんたろう》の名を呼んだ。

「以上三名は腕も確かで、文学師範も務める見識豊かな者たちだ。俺と共に永井様の護衛に就くように。この任は長くなるだろう。俺と伊東君が不在の間、隊は副長に預ける」

一同は「それなら」と安堵したようであった。近藤を嫌う永倉や原田も土方には別意を持っておらず、それゆえ当の土方から警戒されていることにも気付いていないようだった。

数日後、征長軍が京を発った。

近藤は逐一あれこれを書き送ってくる。それらの中でも重要なことについては、土方から幹部にのみ通知された。

征長軍は十一月二十日に芸州広島の国泰寺《こくたいじ》で長州側と会談し、長州藩の不実と疑惑を八箇条に亘《わた》って尋問した。向こうは全て否定したという。武備恭順、つまり今すぐ戦を構える気がない以上、当然の回答であった。

会見から一ヵ月ほど、十二月二十二日に近藤から次の報告が寄越された。寒中の長陣で征長軍の士気が落ちているという。これで開戦すれば敗北は必至、ゆえに長州の恭順という姿勢を以て寛典な対応が望ましいと述べられていた。

一はこの報告に懸念を抱いた。近藤の主義主張は揺らいでおらず、この見解も飽くまで「幕府敗北を避けるべし」という思いゆえだろう。だが伊東を勢い付かせはしないだろうか、と。

その危惧は現実となった。

年明け慶応二年（一八六六年）の二月十一日、驚くべき報告があった。芸州にある伊東が長州側と接触し、幕府を散々に批判しているという。征長軍の首脳や近藤に知られることを承知の上の行動であった。文面の激しさから近藤の怒りが滲み出ている。

「以上だ。解散していい」

副長室から幹部たちが退出して行く中、土方が一の背に声をかけた。

「斎藤、今日は三番隊が見回りだったな」

「はい。それが？」

「ちょっと残れ。俺の野暮用だが、頼みたいことがある」

手招きに応じて座り直す。他の者が全て出て行くのを待って、一は問うた。

「今回の、教えねえ方が良かったんじゃねえのか」

土方は、ぼやくように返した。

「隠したって会津藩から聞こえて来る。だったら、さっさと明かした方が不審がられねえ。それにしても伊東の野郎め……。今、何人ぐらい食われてる。分かるか」

「はっきりとは。ただ、様子を見る限り二十人ぐらいと見ていい」

土方は右手の小指で耳を掻きながら、眉間に皺《しわ》を寄せた。

「そんなにか。幹部は？」

「藤堂さんと島田さんも危ねえだろうな」

「あり得るな。藤堂は元々が伊東門下だ。島田は永倉と特に馬が合う。……伊東め、あやふやな奴らを揺さぶるために動きやがったか」

近藤が今すぐ伊東を斬ることはできないと、土方は言う。遠征先でそんなことをすれば、ただでさえ士気の低い幕府軍をなお動揺させるからだ。

「じゃあ、どうすんだ」

土方は口を尖らせ、ふう、と大きく溜息をついた。

「やりたくはねえが、引き締めねえとな」

ぴんと来るものがあった。

「濡れ衣か。誰に腹を切らせる」

土方は苦笑して立ち、奥の戸棚から帳面を引っ張り出して、右手の甲でぽんと叩いた。

「濡れ衣とは違うがな。この間、河合から相談を受けた。隊の金が帳面より五十両も少ない」

「話の流れからすると、伊東派の仕業ってことでいいのかい」

「まあ、向こうも巧妙だ。誰がやったかまでは調べられんがな」

ならば誰を。思いつつ、じっと見る。

「河合に死んでもらう」

土方のひと言に、目が丸くなった。

勘定方・河合耆三郎――近藤に媚《こ》びる態度や言動が何かと気に入らず、刀を向けて苛《いじ》めてやったこともある。だが仕事に於いては篤実な男であった。今回のことも不正を暴くために報告したのだろう。一は静かに土方を咎めた。

「おい。何言ってんだ、あんた」

「見せしめにはなる」

「伊東派の使い込みだって分かってんだろうが」

「さっきも言ったが、近藤さんは伊東を斬る訳にはいかねえ。だが、そういう道理の分からん奴には弱腰に映るし、うろたえる者も出るだろう。そこで伊東派の誰かを切腹させてみろ。奴らが結託して、浮き足立った隊士をごっそり持って行かれるかも知れん」

「言いたいことは分かる。だが……それこそ道理から外れてんだろうが」

「それでもだ。万が一にも下手なことはできねえって思わせれば、伊東派に引っ張られる奴も出ねえさ。安い手駒で高い買い物ができるんだぜ」

互いの言葉は忍びやかだが、研ぎ澄まされた刃の如く鋭い。土方が冷徹極まる眼差しで、じろりと見据えてきた。

「新選組が生き残るために必要なことだ」

割り切れと言うのか。あまりの忌々しさに、三度、四度と自らの太腿を叩いた。

「畜生め。……分かったよ」

言い残し、副長室から退出した。

三番隊室の前まで来ると、永倉と原田が揃って待っていた。話の内容を問われ、一は「土方の女に文を届けろと命じられた」と嘘を返した。美男の土方には艶聞も多い。永倉たちは「困ったものだな」と笑っていた。

翌日、土方は河合に切腹を命じた。隊の資金に不整合が生じたのは勘定方の責に帰するという理屈付けである。寝耳に水の話に、隊士は一様に戦慄《せんりつ》した。

皆が見守る中、河合が集会所前に引き出された。おろおろして涙を流し、叫び声を上げる。

「何でや。どうして、帳面を付けてるだけのわしが！　助けて……誰か助けて！」

土方は集会所入り口の階段にどっかりと腰を下ろし、冷たく言い放った。

「見苦しいのは士道に反する。切腹の理由がひとつ増えたな」

どうあっても許さぬと示され、ついに河合はがくりとうな垂れた。

土方は伏し目がちに言葉を継いだ。

「……扇腹《おうぎばら》でいい。沼尻、介錯してやれ」

腹を切る真似だけをして介錯の一刀に任せるという、武士としては最も卑しいやり方である。だが、きっと自ら腹を切れぬだろう河合に対しては最低限の温情とも言えた。

河合と懇意にしていた五番隊伍長・沼尻《ぬまじり》小文吾《こぶんご》が、蒼白な顔で介錯に立った。

嗚咽《おえつ》しながら、河合が腹を切る真似をする。ぶるぶると総身を震わせ、恐怖の果てに小水まで漏らしていた。

そこに沼尻が刀を振り下ろす。だが河合があまりに震えていたせいか、或いは沼尻が瞑目《めいもく》して介錯に及んだためか、刃は首の骨を断てず中途で止まっていた。

「……痛い。嫌や、こんなん……。わし、死ぬんや。……恐い」

首に血煙を舞わせて朦朧としながら、河合は怯えていた。一方、介錯の沼尻は狼狽《ろうばい》している。

一は何も言わずに進んで沼尻を突き飛ばした。そして抜刀し、河合の傍らに立つ。

「楽にしてやる」

「斎藤……先生」

涙と血でどろどろになった顔が、ふうわりと微笑む。次の瞬間、河合は一の介錯で命を散らした。おおきに、とだけ残して。

五

「そんなの仕方ねえことだろう」

「何を言う。おまえ、悔しくはないのか」

六月下旬、土方と近藤の怒鳴り合う声が屯所中に聞こえた。晩夏の暑さゆえ局長室の障子も開け放たれている。

幕府の征長軍は六月七日を以て第二次の征長戦争を始めていた。それより三ヵ月ほど前、近藤たちは芸州から戻されている。新選組は今回も参陣を求められなかった。

一は三番隊室から廊下に出て局長室に目を遣った。近藤が吼え、土方が応じる。

「戦に備えて訓練を重ねてきたのだぞ。いったい、会津公は新選組をどうお考えなのか」

「確かに軍隊を目指したさ。だが、まだ道半ばだ」

道半ばという土方の言は正しい。伊東が芸州で見せた動きの理由も、今の新選組が多分に危ういことも、近藤は承知しているはずだ。にも拘らず、引き続き伊東に参謀の任を与えている。懐に手を入れられているというのは、ことほど左様に大きい。

土方は大きく溜息をつき、諭すように続けた。

「分かるだろう近藤さん。市中取締り、探索、不逞浪士との斬り合い、そこらへんは俺たちが一番だ。会津公にしてみりゃ、そういう隊を未熟な軍に仕立てて、藩兵と一緒くたに死なせる訳にはいかねえんだ」

近藤は何度か畳を殴り付け、力なくうな垂れた。

「分かる。分かるよ、歳。しかしな……このままじゃあ幕府は負ける。広島で征長軍を見続けたからこそ俺には分かる。どいつもこいつも闘う男の顔ではなかった」

だが新選組が参じても、戦局にどれほど影響を与えられようか。現実として京に留め置かれた以上、成り行きを見守るしかなかった。

征長戦争の経緯は会津藩を通じて新選組にも報じられた。近藤が危ぶんでいたとおり、幕府軍は連戦連敗の体たらくであった。

そして慶応二年七月二十日、この戦争は唐突に終局を迎えた。十四代将軍・徳川家茂が病の床に生涯を終えたためである。幕府はこれを以て征長の中止を決定したが、事実上の敗北は誰の目にも明らかだった。徳川家に弓引く賊——本来なら完膚なきまでに叩き潰さねばならぬ相手に敗れ、幕府の威信は地に堕《お》ちた。

だから、だろう。この秋になって、京都市中に掲げられた幕府制札が引き抜かれ、捨てられるという事件が頻発した。朝敵・長州を討てという内容の制札は、実力の伴わぬ空虚な大口でしかないのだ。特に鴨川三条大橋の西詰では三度も同じことが起きている。これを受けて会津藩から新選組に警備強化が命じられた。

九月一日の晩、一は伊東派の面々と共に島原にあった。

皆が手酌で一杯を干し、瞑目する。少しの黙禱《もくとう》の後、伊東が口を開いた。

「あれから一年か」

この晩の宴席は「不審死」を遂げた松原忠司の一周忌という名目であった。

「我らが同志・松原君は土方の刺客に殺された。確証はないが、他に考えようもない。近藤は長州を目の敵にして幕府に盲従し、土方はその近藤を担ぎ上げて勝手放題だ」

言いつつ、伊東はまた手酌で酒を舐める。これを機に、皆が口々に不満を漏らした。

「幕府にはもう力などない」

「朝廷とて分かっただろう。今こそ長州の手を借り、幕府を倒さねばならんのだと」

大柄な服部武雄が声を荒らげれば、篠原泰之進が忌々しそうに続く。一はこれらを聞き流して黙々と酒を含んでいた。

永倉や原田に目を向ける。皆の声に一々頷いているが、面持ちには当惑の影が見え隠れしていた。やはり近藤に愛想を尽かしたのみで、心の底から伊東に賛同しているのではない。二人とも土方との関係は悪くないし、引き戻すこともできるのではないか。

伊東の声が思考を遮った。

「ついては三条制札の一件、私から布陣を進言した。本営となる三条会所は原田君が隊長、服部君が目付だ。我らにとっては同志を売るに等しいが、まずは忠実に隊務をこなしてくれ」

服部が「どうしてです」と身を乗り出した。伊東は、にやりと笑う。

「長州が薩摩と同盟を結んだらしい」

第二次の征長は昨年四月に企画されながら、薩摩藩が異を唱えたため、半年以上も軍を起こすに至らなかった。伊東は今年に入って芸州で長州軍と接触しているが、その上で薩長の同盟を知ったのだと言う。

「征長に乗り気でなかった芸州藩も同志と見ていい。まだいるぞ」

長州が表立って京に入れぬ以上、制札の件は薩摩の仕業だろうと言う。もっともこれだけ頻発するからには、警戒の目が向いていない誰かが別途加担しているのだ、と。

「藩を挙げて動いているのではないにせよ、恐らく土佐の志士だ」

「我らがそれを捕縛する意味は？」

篠原の問いに、伊東は、ぞっとする笑みを返した。

「二つ。ひとつは近藤から私へと鞍替《くらが》えした皆が、必要以上に警戒されないようにだ。もうひとつは追って分かるだろう。とにかく、まずは上手くやってくれ」

そして伊東は永倉に向いた。

「永倉君と斎藤君、それと原田君。そうだな……九月の末ぐらいで、三人のうち二人以上が非番になる日は、何日ある」

「ええと……二十六日と二十七日なら、二番と三番は非番のはずですが」

永倉が答えると、伊東は大きく頷いた。

「ならば二十六日だ。その頃には制札の一件も片付いているだろう。近藤と談判するから、二人は局長室の外に潜んで私を護衛して欲しい」

一は敢えて眉根を寄せて見せた。

「危ない橋ですか」

「来年にも、私と同志だけで新選組を抜けようと考えている」

「その談判を？　近藤が応じますかね」

「今回は下地を作るだけでいい。本当は新選組そのものを奪ってしまいたいところだが、土方がいる限りは難しいのでね。倒幕の動きはすぐに大きくなるだろうし、いつまでも新選組にあっては我々の大志に障る」

一は「なるほど」と頷いて酒に戻った。伊東の目を盗んで土方に報せておかねばならぬ。

六

九月十二日のこと。三条の制札に関わる一件は、原田以下が八名と乱闘に及び、うち数名を捕縛して、拷問の末に土佐藩士であることを聞き出して解決した。伊東の言う「もうひとつの思惑」がどこにあるのかは引き続き定かでない。

この直後、一は談判の件を報告した。土方は「伊東に従っておけ」と言う。ただし――。

九月二十六日の晩、一は永倉と二人で北集会所裏手の庭園に潜んだ。

「近藤さんと土方さんか」

永倉が呟く。一は囁きで応じた。

「こっちは三人だ」

「そういうことじゃない。試衛館の頃……近藤さんの人柄に惚《ほ》れ込んでいたのを思い出してな」

京に来てからの増長を忌み嫌ってはいるが、斬ってまで、ということではないのだろう。

「俺は好きにやりますよ」

ひと言だけ返して口を噤んだ。心の揺れにどう決着を付けるかは永倉次第だ。夜を迎えて静まり返った中、五間先の局長室を見遣って耳を澄ました。

「まあ、呑みながら話そう」

近藤の声が漏れてきた。会談が始まったようだ。

「制札の一件、伊東君の献策が当たったな。原田や服部のような荒っぽいのを本営に置くと聞いた時には、どうなるかと思ったが」

豪快に笑い、近藤はなお言葉を継いだ。

「まあ下手人が八人もいたのなら、適任だったな。さすがの慧眼《けいがん》だ」

伊東が押し潰した声音で応じた。

「そのことですが……。今回の捕縛は失策だったと思いますな」

近藤が「どうして」と問う。伊東は厳しく言い放った。

「捕縛するのに、ああまで痛め付ける必要があったのか。人選を間違いました」

「しかしねえ。どっちにしても、屯所に引いて来たら尋問するじゃないですか」

土方が返すと、伊東の声は急に荒くなった。

「それにも大いに問題がある。土方君に問うが、毎度あれほどの拷問を加える必要がどこにあるのだ。征長戦に大敗して幕府の威信は大きく揺らいだ。これを倒そうという動きが巻き起こっているのを存じないのか」

近藤が、むっつりとした口調で応じた。

「だから……芸州で敵に接触したと言うのか。新選組は誠忠を標榜《ひょうぼう》しておるのだぞ。幕府の下に置かれながら、斯様に節操がないのは如何なものか」

「全く、違う！　私が長州に接し、わざわざ幕府を批判してみせた理由を察しておられぬとは情けない。幕府の中にもそういう論があると知れば、彼らも頑なにはなりません。穏便に挙国一致へと向かう方便に過ぎぬのです。然るに近藤さんや土方君は、制札の件で捕らえた土佐藩士を苛烈に扱ってしまった。土佐は倒幕を藩論としておらんのに、これでは敵対を宣言したも同じでしょう。和解、融和、何ゆえその道を選べぬのです！」

激怒してみせることで相手を怯ませ、強弁でやり込めようとしている。松原を喰《く》らったのと同じ、詐術の常套《じょうとう》手段だ。このやり口にも虫唾が走るが、伊東が制札の件で「隊務に忠実に」と言っていた真意が知れて、吐き気を催すばかりの気持ちになった。

制札の下手人が土佐藩士だと睨みながら敢えて新選組の手で捕縛させたのは、土佐藩士の敵愾心を煽るためなのだ。一朝一夕に藩論まで飛び火はすまいが、確かな火種ではある。この小賢《こざか》しい手管と己の生き方は金輪際交わるまい。

一は離れた局長室の中に向けて思った。いつでも良いのだと。

「とにかく。新選組はこれまでの粗野なやり方を改めるべき時に来ている。いつまでも斯様なことをしていては、我々こそが挙国一致を阻む鼠賊《そぞく》に落ちてしまうと心得られよ！」

なお勢いを増した強弁に続き、どす、どす、と畳を踏み鳴らす音がする。次いで、荒々しく障子を閉める音が響いた。

土方の杯が割れる音――「伊東を斬れ」の合図は、ついになかった。

十一　御陵衛士

一

十一月末の晩、一は壬生村にあった。とうに刈り入れを終えた田圃を渡り、乾いた風が吹き抜ける。畦道《あぜみち》に佇んでいると震え上がるほどの寒さだった。

「よう」

待ち人来る。土方であった。一は、ぼやくように応じた。

「遅い」

約束の宵五つ（二十時）から一刻（三十分）ほど遅れている。土方は平然としていた。

「副長ってのは、それだけ忙しい。特に今は」

七月に十四代将軍・家茂が世子のないまま逝去してから、将軍職が空位となっている。御三卿家の一橋慶喜が徳川宗家を後継しながら、将軍就任を拒んでいるためであった。ゆえに親藩の会津藩を始め、諸侯の多くが慶喜を将軍位に押し上げるべく奔走している。会津藩の命を受け、新選組も近藤の公用が増えていた。皺寄せは副長に来る。

軽く溜息をついて、一は問うた。

「慶喜公、どうなんだ」

「近々、何とかなりそうだ。やっとな」

慶喜が将軍就任を拒んでいるのは政治的な思惑ゆえであった。諸藩公に求められて已むなく就任する形を取り、道理としてそれら諸侯が幕府を支えねばならぬように仕向けたいらしい。

土方は苦笑混じりに続けた。

「幕威が揺らいでいるからな。こっちは、いい迷惑だが。伊東の動きはどうだ」

「毎日だ。最近じゃあ篠原まで公家と会っている」

将軍宣下を行なう朝廷への根回しというものもある。近藤が諸藩邸への工作を進める一方、伊東は会津藩を手伝って公卿と面会することが多くなっていた。こういうことは弁が立たねば話にならぬ。致し方ないという口調ながら、土方は舌を打った。

「幕府は、ちょっと時間をかけ過ぎたな。伊東が公家さんに良からぬことを吹き込んでいるのは疑いのないところだ」

一は少し声を震わせた。

「それはそうと。島原にでも行かねえか」

屯所での密談も、あまり頻繁では察する者も出て来よう。それは分かるが、何も壬生村、しかも冬寒の宵に畦道で立ち話もなさそうなものだ。

土方は当然の如く「駄目だ」と返した。

「壁に耳あり、障子に目あり。花町じゃ、誰に見られるか分かったもんじゃねえ」

「やれやれ。なら、さっさと終わらせてくれ」

わざわざ呼び出したからには、こちらからの報告以外にも用があるのだろう。促すと、土方はおもむろに問うた。

「最近、永倉の様子がおかしい。妙に余所余所しくてな」

「伊東派だからじゃねえのか」

「違う。あいつは伊東が来た頃から、もう向こう側だった。それが今じゃあ、何て言うか……そわそわしていやがる」

悟るところあって、一は問い返した。

「ここ一ヵ月だろう」

「どうして分かる。何か聞いたのか」

意外、という口ぶりである。己と永倉が多くを語らう間柄でない以上、それも当然か。くすくすと笑って応じた。

「何を話した訳でもないがね。ただ、伊東との会談の晩にな」

局長室の外に潜む永倉が戸惑いを隠せずにいたことを明かした。

「少なくとも近藤さんを斬ってまで伊東に付く気はないらしい。様子がおかしいのは……制札の件で奴の腹が分かって、うんざりしたってところだろう」

土方は「うむ」と唸った。

「野郎のやり口に反吐《へど》が出るのは、あいつも同じってことか」

「こいつは、あんたに懸かってる。しっかり頼むぜ」

土方は小さく二度頷いて歩き出した。

「屯所に戻る。おまえは遅れて来い」

「ならば島原で温まって帰る。任務だよな、これは」

ぽんぽんと土方の右腕を叩き、掌を差し出す。「図々《ずうずう》しい奴だ」という呆れ顔ながら、土方は二両を差し出した。

その後間もなくの慶応二年十二月五日、徳川慶喜は十五代将軍の宣下を受けた。諸藩の協力を取り付け、腰を据えて諸々の問題を解決すべく、幕府は再出発した。

ところが一歩の先に、目に見えぬ人穴があった。慶喜の将軍就任からわずか二十日、十二月二十五日に孝明天皇が崩御してしまったのだ。徹底した攘夷論者ながら、親幕府の立場をも貫いた主上である。幕府は足許を固めた直後に後ろ盾を失うこととなった。

年明けの慶応三年（一八六七年）正月、京の町は全てが服喪の様相であった。門松が飾られることもなく、祇園社への初詣客もない。夜に眠った町がそのまま朝を迎えたような有様は、一月九日に祐宮睦仁《さちのみやむつひと》親王（明治天皇）が皇位を継承するまで続いた。

一月十六日の晩、一は祇園に歩を進めていた。伊東の招きである。ようやく世が落ち着いて茶屋も店を開けるようになったが、浮き立つような猥雑《わいざつ》さには未だ乏しい。

店に入って座敷に向かい、「どうも」と声をかける。既に一を除く皆が集まり、杯を傾けていた。伊東が手を挙げて迎える。

「遅かったな。先にやっているぞ」

「すみません。ちょっと勘定方に捕まっていました」

言うと、皆がどっと笑った。篠原泰之進が、もっさりとした肩を揺らしながら言う。

「三ヵ月も前借りしているそうだな。君の女好きにも困ったものだと、勘定方がぼやいていた」

薄笑いで応じ、一は空いている右手の末席に着いた。隣に座る服部武雄が、ごつごつした大きな手で酌をする。それを干した頃、伊東が「さて」と声を上げた。

「皆が揃ったところで本題だ。昨年末、先帝がお隠れになられた。まことに悲しむべきだが、新たな主上を戴《いただ》いた今こそ心をひとつにして、皇国を守り立てて行く決意を新たにせねばならん」

皆が「おう」と杯を挙げる。伊東はそれを満足そうに見回した。

「今月の二十七日、先帝の葬儀と御陵への埋葬が行なわれると決定された。我らの志、皇国の明日を思うに於いて、これは好機である。即ちこの陵墓を守護する任を得て、腐りきった新選組から離脱するのだ」

三木三郎と篠原が伊東の左右で大きく頷く。三人の前に並んだ膳のうち、向かい側の上座で藤堂平助が「おお」と声を上げた。

一は藤堂の下座に並んだ永倉と原田に目を遣った。二人とも煮えきらぬ面持ちに映る。或いはこれは、己が永倉の胸中を知っているためか。土方はどこまで手を回しているのだろう――。

こちらの思いを余所に、一の座る列の中ほどで大柄な男が身を乗り出した。茨木司《いばらきつかさ》である。

「いつ離脱します。もう局長とは談判を？　よく承知しましたな」

「まだだよ。朝廷への工作自体、これからなのだから。……が、容易い話だ」

伊東は含み笑いで返し、酒で唇を湿らせて続けた。

「新選組が勤皇を標榜している以上、先帝の陵墓護衛のための離脱は認めざるを得んのだよ。ただ、悠長に構えている暇はなくなった。もう少し時間をかける気でいたのだがね」

伊東はなお言う。徳川慶喜の将軍就任に纏《まつ》わる一連の運動で、敢えて会津藩の手助けをしたのは何のためかと。

「先帝は痘瘡《とうそう》を患っておられた。遠からずこのような日が来ることに胸を痛め、耐え難きを耐えて幕府の公用に任じたのは、それで公卿衆との繋がりが得られるからだ。ここから先は急ぐぞ。私は明後日から太宰府《だざいふ》に行ってくる。土佐の中岡慎太郎がいるそうなのでね。表向きは制札の一件で生じた土佐との溝を埋めるためという理由だ」

一は「おや」と思って声を上げた。

「近藤と土方は太宰府行きを認めたのですか」

「ああ、あっさりと。彼らも……特に土方は馬鹿ではない。私の本当の目的ぐらいは察しているはずだ。しかし土佐藩との融和という名目を否定すれば、幕府に無用の敵を作る行ないと見られて会津藩から疎まれる。認めざるを得ないのだ」

朗々と説明して顔を上気させ、悦に入っている。一はにやりと笑った。

「掌で踊らされていますね」

「私が太宰府にいる間に、篠原君から公卿衆への根回しをしてもらう。近藤や土方が気付いた頃には、我々は御陵衛士《ごりょうえじ》の肩書きを得て、なおかつ薩長芸土の四州とも気脈を通じているという訳だ。志を偽らなくて良くなるのは実に清々《すがすが》しい」

伊東は堪えきれぬとばかりに大笑した。一は、ぐいと一杯を呷る。

（大した策士だな、あんたは。……だからこそだ）

策に長じるがゆえ、伊東は常に策に頼り、人という血の通った存在を正面から受け止めずにきた。そういう傲慢さが土方を踊らせてやったという考え——隙を生んでいる。

たとえ御陵衛士云々の思惑を知らずとも、伊東が何か画策していることぐらい、土方なら察しているはずだ。そして企《たくら》みが何であれ、形を得るには少しばかり時を要することも。伊東が京を離れるなら対策を打つための猶予が生まれる。土方はそう判じたのに違いない。

当の伊東は既にこちらを見ておらず、三木や篠原との話に熱中している。天皇崩御という緊急の事態とは言え、ことを急《せ》く気持ちがありありと見えた。対して土方は、重大な局面では絶対に京を離れず、焦って然るべき時にも常に動じなかった。

（策士二人か。この闘いも先が見えたな）

一は確信し、久しぶりで心ゆくまで酒を楽しんだ。

この酒宴から二日後の慶応三年一月十八日、伊東は太宰府に向かった。以後、篠原泰之進は連日屯所を空け、朝廷に御陵衛士拝命のための陳情を続けた。

孝明天皇の葬儀は予定どおり一月二十七日に執り行なわれ、同日のうちに後月輪東《のちのつきのわのひがしの》山陵《みささぎ》に葬られた。九条通を進んで鴨川を越えた先、東山にある泉涌寺《せんにゆうじ》の内である。

これを機に篠原の運動は勢いを増した。新選組の監察方として市中に出た日にも、任務を放置して公然と公家詣でをするほどであった。近藤や土方は全てを知りながら、するに任せていた。

二

三月十二日の夕刻、北集会所屯所の参謀室には伊東派の面々が集まり、この日帰京したばかりの伊東を囲んでいた。一も輪の中にいる。床の間を背にした伊東の前には篠原が座り、互いの挨拶が終わるとすぐに切り出した。

「お喜びください。一昨日、朝廷の伝奏《てんそう》からお召しがあり、ついに御陵衛士に任じられました」

伊東は、したり顔で頷いた。

「まずは祝着《しゅうちゃく》だ」

「次は立ち上げの手筈ですが」

「当然、考えてある。明日にでも局長と話そう」

太宰府での用事も上手くいったと見えて、伊東の面持ちには満足以外のものがなかった。

翌十三日の夕七つ半（十七時）、近藤・土方と伊東の会見は、近藤の妾宅で行なわれた。西本願寺北の花屋町通沿いに借りたごく普通の町家であり、あまり大人数が入れるではない。他の隊士は屯所に残されていた。

市中見回りと待機番以外は、普段なら多くが花町に繰り出す頃である。だがこの日は誰ひとり屯所を空けなかった。御陵衛士の件は朝廷からの任命だけに、隊の中でも公にされている。気にならぬ者などいないのだ。

一は三番隊室にあって手酌で酒を呑んでいた。伍長以下は一様に落ち着かず、時折こちらを向いた。常と変わらず酒を呑む姿に、一面で敬服したような眼差しである。

「斎藤さん」

障子の向こうから声がかかった。太く低い声は服部武雄だ。途端、隊士たちがざわめく。一は舌打ちして顎をしゃくり、障子を開けさせた。

服部のごつごつした顔は緊張を湛えたままであった。一は二度頷いて問うた。

「話、まだ終わってねえんだな」

「はい。ですが、斎藤さんを呼ぶようにと使いがありました。米屋の御用聞きに言伝して、こっちへ回したようです」

呑みかけの杯をひと息に干して立ち上がり、皆が見守る中、一は服部と共に集会所の出入口へと向かった。

「局長、まさか認めないつもりですかね」

やや心配そうな服部に含み笑いで返した。

「そんなことはねえさ。条件の問題だよ」

言い残して背中で手を振り、会談の場へ向かった。半町と歩かない。

玄関で声をかけると近藤の妾・孝《こう》が出迎えた。かつて深雪太夫と名乗っていた女は昨年十月に鬼籍に入り、近藤はその妹の面倒を見るという名目で囲っている。

案内を受けて奥の間に入る。お孝は何とも艶っぽい物腰で頭を下げ、襖を閉じた。

「おお、来たか」

近藤が笑みを浮かべて手招きをする。並んで手前に土方、二人の正面に伊東が座っていた。一は土方の脇に腰を下ろした。

「俺に何の用です」

土方が手短に答えた。

「伊東さんから、永倉かおまえのどちらかを欲しいと頼まれてな。近藤さんの判断で、おまえを御陵衛士に加えることに決めた」

伊東が、ちらと眼差しを寄越した。薄笑いの中で「分かっているな」と念を押している。一は腹の中でせせら笑いつつ、思案顔を作って見せた。

「こりゃあ、また……。俺は三番隊長ですよ。先帝陵は泉涌寺のごく一画だし、伊東さんの門下だけで十分じゃないですかね」

土方は苦い面持ちで大きく頷いた。

「伊東さんからは三十人欲しいと言われたんだがな。おまえが言うとおりの事情で、半分ぐらいにしてくれと頼んだ。何しろ三十人の中には、幹部や師範が十二人もいる」

伊東は「はは」と笑った。

「そこからは綱引きだよ。幹部では元々が伊東道場門下だった藤堂君と、私の弟の三郎を認めてもらった。だが少ない頭数で陵墓を護衛するなら、どうしても腕の立つ者が欲しいのでね」

近藤が、ぼやくように応じた。

「永倉と斎藤は新選組でも指折りの使い手だと言うのに」

伊東はゆっくりと頭を振って返した。

「御陵衛士は新選組を離れますが、相互協力の関係です。看板が違うだけで、一心同体と思ってもらって構いません」

一は「それなら」と眉を開いてみせた。

「分かりました。談合の上なら間違いはないでしょう」

伊東は「良くぞ言ってくれた」と相好を崩し、隊の皆に報告せねばならぬからと、近藤と連れ立って屯所に戻って行った。

土方と二人で残され、一は大きく息をついた。

「あんた凄えな。よくも筋書き通りに進められたもんだ」

「伊東みてえな奴は、かえって分かりやすいからな」

御陵衛士の件を報せたのは二ヵ月ほど前、伊東が太宰府に発った直後である。土方の対策はすんなりとまとまった。

新選組は御陵衛士の分離を止められない。だが陵墓の規模を理由にすれば減員を呑むはずだと土方は断じた。道理を重んじる風を装いながら、何人かを間者として残す好機と考え、ほくそ笑むのが伊東という男なのだと。加えて新選組への楔に、永倉、原田、または一の三人から誰かを求められることも想定していた。

それでも重圧はあったのだろう。土方は肩の力を抜き、首を回しながら応じた。

「まあ、おまえが疑われていねえのが、もっけの幸いだった」

「松原さんを斬った時には真っ先に疑われたがな。脇差のお陰だ」

自らの刀で斬っていたら、どうなっていたか。土方が小脇差を渡したのは「達人相手だ」という単純な理由だが、それが奏功する辺り、この男には天意とでもいうものがあるのかも知れぬ。

土方は「さて」と座を立った。

「俺たちも戻るか。これからもよろしく頼むぜ」

一は土方と肩を並べて屯所に帰った。

この日の会談で決められたのは人員のことばかりではない。新選組と御陵衛士の協力についても確認された。御陵衛士は天皇陵を守る傍ら、長州を始めとする反幕府勢力の危険分子を調べ上げ、新選組に報告せねばならない。

そして新選組と御陵衛士、相互の移籍を認めないことも取り決められた。禁令四条に準じ、破れば切腹となる。近藤と伊東の間で揺れる者が付和雷同で離脱するのを防ぎ、併せて伊東が新選組に残す間者たちへの枷《かせ》とするため、一を渡すのと引き換えに土方が求めたことだった。

数日後、御陵衛士は五条大橋東詰の長円寺を屯所と定め、西本願寺を後にした。伊東甲子太郎と弟の三木三郎以下、篠原泰之進、藤堂平助、服部武雄、毛内有之助《もうないありのすけ》、富山弥兵衛《とみやまやへえ》、阿部十郎、内海次郎《うつみ》、加納鷲雄《かのうわしお》、中西昇《なかにしのぼる》、橋本皆助《はしもとかいすけ》、清原清、新井忠雄《あらいただお》、そして一の十五名である。阿部と清原、砲術師範二人の離脱を認めざるを得なかったのは、土方にしてみれば痛し痒しであった。

西本願寺を去るに当たり、一は沖田を訪ねた。今年に入ってからは病状が悪化し、臥せている日が多い。そういう日は隊務に障りを為さぬよう、近藤の妾宅の一室で身の回りの世話を受けている。

お孝に導かれ、奥の間から庭を挟んだ向こうの離れへと入った。

「よう。どうだい」

箪笥《たんす》ひとつがあるだけの殺風景な六畳間で声をかける。沖田は重そうに身を起こした。

「ご覧のとお――」

言いかけて右手で口を押さえ、五度、六度と激しく咳き込む。ようやく治まると掌を離し、血が付いていないことを見て「ふふ」と苦笑した。元々青黒い顔色は生気のない白さを滲ませるようになり、いくらか頬もこけている。

「気持ちだけは、萎えていないいんだけどさ」

「無理すんな。寝とけよ」

しかし沖田は首を横に振った。

「新選組を出るんだってね。残念だな」

「土方さんか。……まあ、誰でもいいさ」

別離の挨拶に来たのだと目で語る。沖田は寂しそうに背を丸めた。

「こんな体だよ。最後かも知れないだろ」

だから横になったままでは嫌だと言う。土方は詳しく話していないようだ。病の身に余計なことを考えさせないためだろう。しかしこの顔を見ると、それで良いのかどうか分からなくなる。考えさせるのではなく、勘付かせ、得心させられぬものか。

「裏切る訳じゃねえ。ただ、俺は伊東さんの懐刀だからな」

敢えて、にやりと笑って見せた。気持ちは萎えていないという言葉が本当なら、きっとこの男は闘いの匂いを感じ取る。それに賭けた。

沖田はこちらの面持ちを見て当惑したように口を開き、また閉じた。そしてしばし沈黙した末に、ぼそりと問う。

「何だろ。……それ、どういう意味？」

「言葉どおりだが」

するると沖田は小さく噴き出した。

「君は抜き身じゃないか。ずいぶん危ない懐刀だなあ」

「あんまり笑うなよ。また咳き込むぞ」

鼻で笑って返す。沖田は、沖田のままであった。

病が次の階段を上る前に、全てを片付けたい。そう願って一は部屋を後にした。

三

孝明天皇という後ろ盾を失った幕府の前には難問が山積していた。特に大きなものは二つ、長州への処分問題と兵庫港（神戸港）の開港問題であった。長州の件は国内の話だが、兵庫港は諸外国が相手である。慶応元年に開港を約束しながら孝明天皇の強い反対で実現していなかっただけに、喫緊の課題であった。

御陵衛士の旗上げから二ヵ月ほど過ぎた慶応三年五月二十四日の昼四つ（十時）、長円寺屯所に来客があった。一は篠原や三木と共に、伊東に率いられて応接間へと向かっていた。

「俺が会う必要が、ありますかね」

歩を進めながら問う。伊東への客なら倒幕派の誰かで、用事は国事談合だろう。そういう話には疎いのだが、と懸念を述べた。

伊東は背を向けたまま、ぴんと張った声音で応じた。

「君も国事に興味を持たねばならん頃だ。今日は大物だぞ」

土佐藩士の乾退助《いぬいたいすけ》（板垣《いたがき》退助）だそうだ。いずれこの人脈が君の力になると伊東は言った。

こういう返答になることは承知していた。分かっていて難色を示したのは、興味がないという自らの都合ではない。新選組の間者としての己を覆い隠し、伊東の懐刀としての斎藤一を演じるためであった。

「はあ。伊東さんがそう仰るなら」

つまらなそうに返すと、伊東は肩越しに視線を流した。相変わらずだな、という風であった。

十畳の応接間に入る。既に乾退助は座って待っていた。

「お待たせして申し訳ない」

伊東が挨拶して障子を閉め、乾を囲んでの談合となった。

「やられました」

乾は面長に二重瞼の目を厳しくして、さも口惜しそうに唸った。伊東が静かに応じる。

「昨日のことですか」

するると、篠原が一に耳打ちした。昨日のこととは、将軍・慶喜の下に雄藩四つの要人を束ねた「四侯会議」の決着である。薩摩藩の提唱で実現した体制らしい。

乾が、いささか不愉快な面持ちを見せた。伊東はすぐに事情を察し、宥めるように言った。

「すみませんな。これは斎藤一君と言いまして、先に新選組から我が同志になった男です。何しろ野蛮な斬り合いばかりさせられていて、国事に接する機会を逸していたものですから、一々説明を加えてやらねばならんのです」

言葉に続いて、一は「すみません」と頭を下げた。乾の疑念は晴れたようで、ひとつ咳払いして話し始めた。

「然らば。昨日の談合は失敗に終わり申した。長州には寛典に対処すべし、兵庫は開港すべしと決められましたが……」

伊東は「ふむ」と頷いた。

「薩長芸土、四州の希望どおりでしょう」

「はい。しかし今度の大樹公……慶喜公は実に手強《てごわ》いお方でしてな。先んじて十四日に開かれた会議では、この二件について自らが散々結論を引き伸ばしておられたのに、昨日は朝廷側が先帝のご遺志を理由に兵庫開港を拒むのを見るや、何としても議決せねばならんと粘るのです」

一は心中で舌を巻いた。その上で二つの問題に断を下したのなら、つまり将軍が全てを主導したということになる。

当然ながら伊東も同じところに思い至ったらしい。恨めしそうな声音が返された。

「確かに痛恨ですな。大樹公の力で朝敵の汚名を雪《すす》いだからには、長州は今後、幕府に頭が上がらなくなる」

政治とは詰まるところ策略、駆け引きなのだ。伊東、土方という策士を目の当たりにしてきただけに、徳川慶喜という人の実力が良く分かった。それでも一は、今ひとつ分からぬという表情を作り続けた。

伊東は「しかし」と言葉を継いだ。

「昨年、幕府軍は長州に大敗しておりましょう。歪みが生じるのでは?」

乾は「無論です」と応じた。

「政治向きの話で大樹公の体制を崩すのは容易でない。かくなる上は、薩長は武力にものを言わせることになる。我が土佐藩は武力倒幕を是としておりませんが、もし斯様な事態とならば、不肖この乾は同志を率いて参ずるつもりです。その際は伊東先生にも是非ご助力を願いたい」

伊東は「承知しました」と三度大きく頷いた。

乾が帰ると、篠原と三木は血気に燃えた。

「いよいよ、その動きが出てきたか」

「慶喜公はとんだ小利口者よ。力をひけらかしたつもりが、自らの首を絞めておるとは」

二人が大笑すると、伊東もくすくす笑ってこちらを向いた。

「斎藤君。新選組に報告してくれ。分かっていると思うが……」

「はい。倒幕の話は伏せて、ええと……四侯会議ですか。慶喜公の立ち回りだけ話しましょう。篠原さんもどうです」

篠原は楽しそうに肩を揺らして返した。

「近藤の間抜け面を見るのも愉快だが、この後で長州の者と会うのでな。君ひとりで十分だろうし、その方が向こうも警戒しない」

一は「分かりました」と口元を歪め、座を立った。

昼九つ（十二時）に西本願寺北集会所へ入る。局長室で近藤・土方と昼餉を共にしながら、一は今朝のことを何ひとつ伏せずに報告した。

六月に入ると、新選組の屯所が再び移転すると聞こえてきた。新選組との同居に辟易《へきえき》していた西本願寺側が代地を支度し、屯所に加えて近藤の妾宅まで建て、全てを揃えて提供したということである。新しい屯所は西本願寺からやや南の不動堂村であった。

その直後、六月十二日の昼頃に、新選組に残った伊東派――茨木司以下の十名が御陵衛士屯所の長円寺を訪ねて来た。彼らは驚くべき報せを携えていた。

御陵衛士の十五名を前に、茨木は四角い顔を真っ赤にして捲し立てた。

「過日、まことに腹立たしき決定が下されました。新選組の総員を幕臣として取り立てるということです」

御陵衛士の側が瞬時にざわめく。一も当惑顔を作って考えた。

先に近藤と土方に報告した武力倒幕の動きは、会津藩主・松平容保にも上申されているに違いない。そこで新選組が幕臣に取り立てられるとは、倒幕勢力に対抗するためではないのか。

御陵衛士からの退き時は近い。だがこれは、一面で危うい事態であろう。

二度の征長に新選組が帯同されなかったのは、かつて土方が言ったとおり、市中警備に長じる者を未熟な軍隊として潰す訳にはいかぬという思惑だろう。それが幕臣となる、つまり戦争に駆り出される立場になるのは、幕府軍の苦境を示している。そして何より、自らの戻るべき場所が「闘い」の場から「争い」の基盤に変わってしまうということなのだ。

思う傍ら、茨木はさらに激昂して口から泡を飛ばした。

「我らは伊東先生のご指示で、嫌々ながら新選組に残ったのです。倒すべき幕府の直臣となるなど論外、かくなる上は我ら十名を御陵衛士に合流させていただきたい」

　この直訴に、伊東はしばし沈思して答えた。

「認められん」

　十名が口々に「どうしてです」と食って掛かる。伊東の面持ちが苦渋に満ちていった。

「気持ちは分かるが、我々と新選組は……たとえ表向きの話であっても協力の関係にある。相互の移籍を認めずという取り決めを破れば切腹だ。私は君らの才を惜しむ。悪いことは言わん、新選組に戻りなさい」

　押しかけた皆はなお合流を懇願した。しかし、ついに伊東の判断が覆ることはなかった。茨木たちは悄然《しょうぜん》として長円寺を後にした。

　広間の空気は重い。篠原がぼそりと口を開いた。

「伊東さん」

「駄目だよ」

　目を伏せて返す。伊東の態度は一貫していた。

　一の腹の中に、もやもやとしたものが頭を擡《もた》げた。怪しい。この男が無策であるはずがないのだ。そう思って口を開いた。

「茨木たち、行き詰まって何をするか。会津公にでも直訴しかねませんよ」

「会津公とて認めはしない」

「だからこそです。そうなったら、どの道あいつらは腹を切らなきゃならんでしょう」

伊東は閉じていた瞼をうっすらと開け、こちらを向いた。

ぞくりとした。伊東が笑った。唇を全く動かすことなく、しかし間違いなく口元に笑みを浮かべたのだ。それこそが狙いだと言うのか。

「伊東さん！」

声を荒らげて呼び掛けた。翻意を促したのではない。人の命に塵《ちり》ひとつの重みすら認めようとせぬ、土方以上の冷酷さを罵倒したのだ。だが、それでも結論は変わらなかった。

一が危惧したとおり、二日後、茨木ら十名は松平容保への直訴に及んだ。それでも御陵衛士への合流は是とされず、茨木司、佐野七五三之助《さのしめのすけ》、富川十郎、中村五郎の四名は落胆の末に会津藩本陣で切腹して果てた。

この報を受けた御陵衛士屯所では全ての責任を近藤の狭量に求めた。近藤を殺せ。新選組を潰し、呑み込め。俄《にわ》かに湧き起こった論こそ伊東の求めたものであった。

茨木司らが会津藩本陣で割腹した直後、御陵衛士は屯所を移した。清水寺の北、高台寺月真院である。新選組屯所との距離はかつての長円寺よりも遠い。表向きは今までどおりの協力関係を維持しつつも、近藤憎しの念に凝り固まった御陵衛士の面々は、少しでも離れた地への移転を歓迎した。

十二　油小路

一

御陵衛士屯所が高台寺に移ってから四ヵ月ほど過ぎた慶応三年十月一日の朝、一は伊東と篠原に伴われて不動堂村の新選組屯所を訪れていた。

知り得た急進志士の動向を新選組に報じるべし。その取り決めに従い、これまでにも伊東は諸々を報告している。だが自らの倒幕思想に不利な内容は伏せるのが常であったし、当たり障りのないことだけなら人を遣る方が多かった。それが今回は自ら出向き、副長格の篠原を帯同している。いずれ重要な話があるのは疑いのないところだ。

（おまけに俺か。つまり）

局長室への廊下を進みながら一は思った。伊東が己を御陵衛士に加えたのは、同志と見られていた他に剣客としての一面がある。その腕が必要になるかも知れぬということなのだ。

「よう、伊東さん」

部屋の向かって左奥で近藤が朗らかに声をかけた。手前には土方が並んで座っている。

障子は開け放たれていた。新選組の側は何を隠し立てすることもないという意思を示したか。

「お待たせして申し訳ない」

伊東が応じ、一と篠原も会釈して中に入った。伊東は近藤の、篠原は土方の正面に座る。一は伊東の後ろに腰を下ろした。

土方はいったん立ち上がって障子を締め切り、再び腰を下ろしつつ問うた。

「直々のお出ましは、かれこれ三ヵ月ぶりだ。それだけ大事な話ってことですか」

近藤も面持ちを引き締める。伊東は腕組みをして小さく頷き、口を開いた。

「近藤さん。土方君も、今まで良く頑張った」

降伏でも勧告するかのような切り出し方に、一は嫌なものを覚えた。近藤も同じことを考えたらしく、不愉快そうに応じた。

「そりゃあ、どういうことだ」

「昨日の晩、土佐藩の者と会いましてね。重大な話を聞いたのです」

伊東は眼差しを膝下の畳に落とし、右手でぽんと膝頭を叩いた。

「土佐藩は藩論として、幕府に大政奉還を建白するということです。先帝のご崩御を時代のひと区切りとして、今こそ御政道の権を返上すべしと。御陵衛士の中でもこれを知るのは私と篠原君だけです。まあ……昨今の事情に鑑《かんが》みれば、もう幕府の行き詰まりも明らかですからな」

「何だと」

近藤が腰を浮かせた。土方の顔も驚愕に彩られている。一も似たような面持ちになった。

こちらの気配を察したのか、伊東は左の肩越しに振り向いた。

「斎藤君も驚いたろう。昨晩は私も同じだった。何しろ――」

「ちょっと待った」

土方が口を挟んだ。

「幕府がそいつを呑むと決めてかかるのは、如何なものですかね」

いつになく声音が焦燥に彩られている。近藤も二度、三度と忙しなく頷いて続いた。

「そのとおりだ。こんなことを簡単に受け入れられては諸藩公も幕臣も立つ瀬がない。新選組とて梯子を外されるに等しいのだ。筋が通らん。それに御政道の権が天下の権である以上、幕府とてそう簡単に手放すはずがない」

怒鳴り声に近い口調に、動揺する胸の内がありありと見えた。もっとも近藤の言は正鵠を射ている。幕府も所詮は人の集まりでしかない。権力にしがみ付こうとする姿勢は醜態だろうが、それこそ人というものの正直な姿なのだ。

伊東は俯き加減のまま首を横に振った。

「受け入れざるを得ません」

はっきりと断定する。土方が躊躇いがちに問うた。

「そうまで言うってことは……。詳しく聞かせてくださいよ。知ってるんでしょう」

「拒絶すれば長州が武力を行使する。薩摩と安芸《あき》もこれに加わるだろう。戦乱を未然に防ごうと奔走した土佐藩とて、労苦を蔑ろにされて黙っているだろうか」

「幕府に弓引くなど逆臣の行ないではないか」

声を荒らげる近藤に対して、伊東は落ち着き払っていた。

「またいつもの『筋が通らん』ですか。しかし幕府は、世の混乱に有効に対処し得なかった。日本が外国と渡り合っていくには致し方ない選択なのです。それに国の主が誰であるかは新選組とて承知しているでしょう」

「新選組が勤皇なればこそ言っておる。そもそも幕府が倒れたら誰が御政道の舵を取るのだ。長州か。天子様を争いの手駒にするとは、それこそ不敬の行ないだ」

「それは違う。私の聞いたところ、土佐藩の建白ではエゲレスと同じ御政道のあり方を唱えておるそうです。徳川家は将軍位こそ失いますが、引き続き主上のご親政をお援《たす》けする公府の頂に立つのですよ。分かるでしょう、近藤さん。実質は何も変わらんのです。徳川家が一歩退くことを以て急進派に納得させる、そのための手段でしかありません」

一は「おや」と思って近藤を見た。眉根を寄せ、腕組みをして押し黙っていた。対して土方は恐ろしいほどの無表情であった。

「まあ……いいでしょう。今ひとつ訊きます。最初の話だ。今まで良く頑張ったってのは、どういうことです」

伊東は「そこだ」と土方を指差した。

「幕府が大政を奉還するなら、今後は治安とて主上の名に於いて守られる。先帝の陵墓を守護しつつ治安維持に参与する、我ら御陵衛士を中心に行なわねばならん」

「新選組は用済みって訳ですか」

呆れたような笑い声に交ぜ、伊東は「違うよ」と応じた。

「飽くまで、どちらが主体かという話だ。新選組の隊士は全員が幕臣だが、組織としては会津藩の下だろう。対して御陵衛士は山陵奉行直属、しかも朝廷の肝いりで発足した」

「つまり、呑み込まれる」

土方がじろりと見返す。伊東は切々と訴えるように語った。

「近藤さん、土方君、良く考えてくれ。大政奉還で長州藩自体は納得しても、個々の藩士はその限りではないのだ。徳川家への不満を簡単に捨てられるはずがないし、多くの志士を敵に回してきた新選組も只《ただ》では済まんだろう。私はね……君らを死なせたくない。隊士の皆に諮り、我々に合流する道を選んでくれないか。仔細は、こちらから人を出して説明させてもいい」

近藤が目を伏せた。土方は苦虫を嚙み潰したような顔で問う。

「その建白、止められないんですか」

「無理だな。長州の決起を促すだけだ」

土方は静かに溜息をついた。

「……致し方ない成り行きか。まず幹部と話しましょう」

伊東は「おお」と感嘆し、背に喜色を滲ませた。それを見て一は再び「おや」と思い、土方に目を遣る。だが最前の顔のまま言葉を続けるのみであった。

「隊士への説明は、そうだな……今ここにいる二人では如何です」

「申し分ない」

伊東の返答を聞き、篠原がこちらへ視線を流す。

「どうだ、説明できそうか」

「今の話で粗方は」

にこりと頷く。全てが決まると伊東は晴れやかに声を上げて座を立った。

「今日は愉快な日だ。近藤さんや土方君を始め、多くの有能な士を救うことができた」

話は終わったという態度に、土方がひとつだけ釘を刺した。

「こっちの取りまとめは大政奉還とやらが決まった場合のみ、それも幕府の裁定から一ヵ月後を期限とさせてもらいます。いいですね」

「承知した。さあ篠原君、斎藤君、帰ろう」

促されて座を立つ。背を向ける間際、土方を見た。

背筋が凍った。青ざめた無表情の中、口の端だけに猛烈な怒りを湛え、歪めている。

一はそのまま局長室を出た。そして、どうにか土方の耳まで届くぐらいの距離で口を開いた。

「すみません、その……総司の見舞いをして行ってもいいですか」

「構わんよ。私と篠原君は次の用事があるから先に失敬するが」

したり顔で応じる伊東に、ぱっと眉を開いて見せた。

「ありがとうございます」

北面する門を出て、伊東と篠原は東に、一は西に向かう。ひとつめの辻を南に折れて四半町も行けば、左手に近藤の妾・お孝の宅があった。案内を請うて鰻の寝床を通り抜け、坪庭を挟んだ向こうの離れに入る。

「入るぜ」

言いつつ開けると、沖田が臥せる傍らには土方と近藤の姿があった。この町家は裏口の木戸が新選組の屯所と通じている。一はにやりと笑った。

「伝わったようだな」

土方は憤懣やる方ないとばかりに返した。

「当たり前だ。伊東の野郎め、勝ち誇っていやがった。だが……」

無言で頷き合う。互いの胸中には同じものがあるのだ。床に横たわる沖田を挟む形で、一は二人の前に腰を下ろした。

「土方さんも引っ掛かるんだろう。大政奉還で変わることは事実上何もないってのが」

「そうだ。何も変わらねえなら、する必要がない。つまり確かに変わるんだよ。徳川が将軍家でなくなるってことはさ」

近藤が唸るように続く。

「諸侯との主従関係が消える。これからは徳川家に落ち度があれば、咎め立てできるようになるんだ。いや……でっち上げてでもか」

土方は背を丸め、苦々しく応じた。

「長州は狙ってるだろう。伊東もそいつに乗る気でいる。世の中が長州に傾く、新選組がなくなると知りゃあ、不安になって伊東の顔色を窺う奴は少なからず出てくる。つまり……隊士への説明云々ってのは」

一は、ふう、と溜息をついた。

「近藤さんと土方さんを裸に剝くためか」

土方は掬い上げるように、ぎらりと目を光らせた。

「おまえが前に報せてくれた、あれだ」

　去る六月、茨木司らが会津藩本陣で割腹した時から、御陵衛士には近藤粛清の論が根強く残っている。一は胡座の膝に頬杖を突いて眉をひそめた。

「伊東はこういう機会を狙っていやがったんだな。この期に及んであんた方が斬られたら、新選組はなし崩しに呑み込まれて長州の尖兵《せんぺい》にされちまう。大政奉還は伊東にとって、気勢を上げる絶好のお題目だ」

　近藤は自らの膝頭を拳で強く叩き、声音に力を込めた。

「俺は多摩の百姓から身を起こし、武士よりも武士らしくあろうと思って今日までを生きて来たのだ。今さら命など惜しくもないが……。大政奉還が土佐藩の建白どおりになり、皆が誠忠を以て国に尽くすなら、確かに日本を蘇らせる妙薬なのかも知れん。しかしこの危急存亡の時に、長州然り、伊東然り、それを逆手に取って野心に走る者がある。それが許せん」

　近藤と土方が目を合わせた。一は二人を順に見て問うた。

「やるのかい」

　近藤が、しっかりと頷いた。

「長州の陰謀については会津公のお耳に入れておく。こうまで大きな動きになっている以上、俺たちの力では覆せんからな。だが伊東の思惑だけは叩いてやる。いいな、歳」

「機先を制するに如かず。伊東に従うと言って一ヵ月をもぎ取ったのも、そのためだ。斎藤、御陵衛士の様子を見て頃合を計れ。気取《けど》られるなよ」

分かった、と返そうとしたら、咳が聞こえた。ずっと黙って横になっていた沖田であった。

「あのさ。楽しそうなところ悪いけど、談合なら余所でやってくれないかな」

近藤が毒気を抜かれたような顔で詫びた。

「すまんな。養生しておるのに、うるさくして」

「違いますよ。俺もやりたくなっちゃうでしょ。でも、できない。もどかしいんです」

最近の沖田は、もう身を起こしていられる日がほとんどない。そうした弱々しい声音に寂しさを覚え、一はぼそぼそと発した。

「ここ以外じゃ伊東の目を盗めねえんだよ。新選組にも間者はいるだろうし」

「いいなあ、一君は。斬り合い、俺もやりたいよ。敬さんもこんな気持ちだったのかな」

山南敬助——その名を出されて言葉に詰まった。しかし一方で思うところもある。

「山南さんと違って、総ちゃんはまだ生きてるだろう。だったらその兄貴分と同じだ。頭で闘えばいい。どうすれば伊東を返り討ちにしてやれるか」

沖田はしばし押し黙った。然る後に、何とも透き通った笑顔を見せる。

「そうか。……そうだね。まだ生きてるんだから、闘わないとな」

沖田を交えた四人はその後四半時ほどを語らった。

十月三日、土佐藩から幕府に大政奉還建白書が提出された。幕府は詮議の上で受諾し、十四日を以て朝廷に上表、十五日に勅許を得るに至った。二百六十四年続いた徳川幕府は、これを以て消滅した。

二

大政奉還から二十日余りが過ぎた十一月十日の昼下がり、一は沖田の部屋にあった。見舞う相手は今にも消えてしまいそうな息で眠っている。起こそうか、どうしようか。何度か肩を揺すろうと手を伸ばしたが、結局は寝顔を眺め続けるのみであった。

「入るぜ」

土方が声をかけて障子を開けた。外の明るさか、或いは冬の寒風ゆえか、沖田はそれで目を覚ました。

「土方さん。一君もか」

「すまねえな、起こしちまって」

土方は詫びながら腰を下ろし、障子を閉め直した。沖田の床の右手、入り口近くで一と膝を詰める。

「首尾はどうだ」

「上々だ。誰にも見られてねえ」

ほくそ笑み、一は答えた。伊東抹殺の第一歩、御陵衛士からの脱走を果たしていた。

「あと、これだ。伊東から五十両くすねて来た」

懐から奉書紙の包みを取り出して渡す。土方が当惑顔を返した。

「何だこりゃ。頃合を計って脱走しろと言っただけだぞ」

一はゆっくりと首を横に振った。

「河合の仇《かたき》を取ったんだよ」

かつて伊東派の誰かが新選組の金を使い込んだ。隊を引き締めるため、土方が勘定方の河合耆三郎に腹を切らせた一件である。面倒臭いな、という面持ちが返された。

「蒸し返すな。俺も気が咎めてはいる」

一は「はは」と笑った。

「分かってるよ。ただ……使い込みがなけりゃ、あいつは死なずに済んだはずだ。伊東を斬るだけなら、まだ河合が損をしている」

土方は「やれやれ」と溜息をついた。

「余計なことをしやがって」

「そうでもないぜ。こうしておけば、俺の脱走が新選組と関わりがないってことにできる」

「どうして」

　すると沖田が噴き出し、続いて軽く咳き込んだ。四度、五度と咳をして、口元を押さえた右手に血が付いていないことを確認し、ふう、と長く息を吐く。

「だって、一君が金を欲しがる理由なんて女しかないでしょ。誘《おび》き出す時に、警戒されなくなるのは確かですよ」

　沖田の説明を聞いても半信半疑という土方に、一は「大丈夫だ」と返した。

「向こうに行ってから派手にやった。こういう日のためにな」

「おまえの場合は根っからじゃねえか」

　土方が呆れ返った顔になった頃、再び障子が開いた。近藤である。

「おう斎藤、ご苦労だったな」

　沖田の枕元に腰を下ろし、近藤は日元を引き締めた。

「さて、あとは決行あるのみだ。歳、死番は決めたか」

「ああ。確実なのは九人いる。伊東の息がかかってねえ奴を見分けるのには苦労したがな」

「それだけか。衛士は伊東と斎藤を除いても十三人いるんだぞ」

「なに、先に伊東を殺っちまえば、風向きを見る奴の方が多いよ」

一は話に割って入った。

「確実な中には俺も含まれてるんだろうな」

土方はうるさそうに頷いた。

「外したら騒ぐんだろうが」

「じゃあ問題はねえ」

近藤が話に割って入った。

「いや、二つある。まず藤堂だけは見逃せ。俺はあいつを殺したくない」

「何だよ。酒の肴を取り上げられた気分だな。やり合った上で捕らえりゃあ」

そこまでで言葉を切り、一は「いや」と頭を振った。

「手加減して勝てる相手じゃねえ……か。分かった。もうひとつは？」

近藤は再び口を開いた。

「おまえを新選組に戻す訳にはいかんということだ。相互に移籍を認めるべからずの取り決めがあるからな。衛士を潰した後でも、新選組の内部に示しが付かん」

一は背を丸め、下から窺うように近藤を見た。

「杓子《しゃくし》定規なことを言わんでくださいよ」

土方がにんまりと笑った。

「五十両の盗人《ぬすっと》でもあるからな。斎藤一には切腹してもらおう」

そして一に耳打ちをした。

三

八日後、十一月十八日の夜――。

近藤の妾宅、中の間に一は控えていた。灯りひとつなく真っ暗である。襖一枚を隔てた奥の間では近藤と土方が並んで座っている。

やがて玄関の戸が叩かれた。気配を探る。参じた数はごく少ない。

「お待ちしておりました。あの、お供の方は？」

お孝の問いに、伊東の柔らかい声音が返った。

「私と提灯持ちだけです。お構いなく」

闇の中、ほくそ笑んだ。警戒を解くための諸々が奏功したのだ。

廊下に静かな足音が過ぎ、奥の間で声がした。

「伊東先生がお見えです」

お孝に続いて伊東が発する。

「お招き、痛み入る」

「いえいえ。ご足労、恐れ入ります」

土方が応じると、伊東は嬉しそうに返した。

「新選組を取りまとめてくれたとあれば、出向くぐらい何でもない。それに」

言葉が切れる。近藤が恥ずかしそうに唸った。

「斎藤も捕らえたしな。あの馬鹿、こともあろうに伊東さんから銭を盗むとは……」

伊東はやや躊躇うように応じた。

「捕らえてくれたのは良しとしなければならんが……切腹は許してやってもらえないものか。金子《きんす》の一件は衛士に他意あってのことではなく、女に使うためだろうし」

脱走について、新選組との関わりを疑っているではなさそうだった。さもあろう、金を持ち逃げしたのも、腹を切らせると言って呼び出したのも、そのためである。

土方が冷たく「駄目ですよ」と言い放った。

「十両盗めば打ち首のところ、五十両だ。示しが付かんことをする訳にはいかんでしょう」

「……已むなし、か」

伊東は溜息に混ぜて返すのみであった。

その後、三人はぽつぽつと言葉を交わす。やがて襖の向こうから、陶器の触れ合う音が聞こえ始めた。

酒を酌み交わしながら、御陵衛士と新選組の合流について話が進められた。

新選組隊士への説明は篠原泰之進と三木三郎に行なわせる。合流は年内に行なう。新選組隊士は一様に幕臣の身分を返上する。近藤以下の幹部はいったん平隊士となり、年明け早々に改めて幹部人事を行なう。そういったことが確認されていった。

「伊東さん。そろそろ、あとひとつを済ませたいんですがね」

土方のひと言で、空気がぴんと張り詰めた。

「今一度聞くが、何とか寛容にできないものかな」

「ずいぶん斎藤を買っているんですね。ですが、あいつの代わりなら永倉や原田がいます」

「致し方ない。任せよう」

伊東の返答に応じて衣擦れの音がした。土方が立ち上がったのだろう。いよいよだ。すっと襖が開いた。

「斎藤、来い」

一は奥の間の敷居から一間ほどの辺りまで進み、座り直して一礼した。

「申し訳ありませんでした」

伊東はしばし黙っていたが、やがてぼそりと漏らした。

「まことに遺憾と言わざるを得ない」

土方が「いいな」と促す。一は小袖の前を開いて腹を晒した。

「使え」

近藤が懐から匕首《あいくち》を取り出して、こちらに放った。受け取って抜き払い、再び頭を下げる。

「介錯は要りません。苦しみながら死んで行きます」

刀身を奉書紙で包み、握る。切っ先を腹に当てた。

「これにて」

ひと言を最後に、刃を押し込む。瞬間、体を前のめりに倒し、額を畳に擦り付けた。

匕首を突き込んだところから夥しい血が溢れてくる。一は荒く息をして右手で刃を押し、ぐいと切った。

荒かった息が徐々に静かになり、口から呻き声を漏らした。すっと立ち上がる音がする。

「立会いは、これぐらいで構わんかね」

平らかな声は伊東であった。

「土方君、私は……。斎藤君が君の間者ではないかと疑っていた」

「何を仰るかと思えば」

心外だという土方の声に、伊東は「はは」と乾いた笑いを漏らした。

「私と交流のあった松原君が何者かに殺された頃にね。彼とやり合って勝てる者など限られてくる。だが斎藤君の刀は綺麗なままだった。それに、この切腹だ。疑って悪かった」

言うと、歩を進めた。障子を開けて廊下に進む。

「適当なところで介錯してやりなさい」

発して障子を閉め、立ち去った。

廊下ではお孝が伊東と挨拶を交わしている。少しして玄関の引き戸が開き、また閉まる音が響いた。

土方が、ふう、と大きく息を吐いた。

「いつまで死んでんだ。もういい」

それに従い、一は折り畳んでいた身を起こした。

「こんなに上手くいくとはな」

「人の目ってのはな、そんなに信用できるもんじゃねえんだよ」

奥の間には行灯のみ、中の間にはそれすらない。本当に腹を切っていなくとも暗がりで早々に身を畳んでしまえば目をごまかせる。土方の策であった。

一は袴の中を探り、血の滴る鹿皮の袋を取り出した。刃を腹に押し込んだと見せかけ、すぐに体を折り曲げる。その陰で袴の帯の上から皮袋を切り、中に満たした魚の血を溢れさせていた。

皮袋をぽんと放って、一は溜息交じりに呟いた。

「やれやれ。役者の真似事も楽じゃねえな」

土方は「ふん」と鼻を鳴らした。

「さっさと行け。終わっちまうぞ」

一は「ふふ」と笑い、足早にお孝の宅を出た。一方、近藤と土方は裏口の木戸――新選組屯所への連絡路へと向かった。

冬の夜は静かなものだ。「しんしんと冷える」と言うが、空気の中にそういう音が聞こえるような錯覚がある。だが今だけは違った。

「おのれ」

お孝の家を出てすぐ北、木津屋橋通を東へ一町ほどの辺りで提灯の火が激しく揺れ、伊東の狼狽した叫びが響いていた。

一は猛然と駆けた。油小路通との辻では、四人が二つの人影を取り囲んでいた。

「この」

あと十間。伊東が町人らしい従者から提灯を奪い、北側を塞ぐ者に投げ付ける。そうやって瞬時の隙を作り出し、脱兎《だつと》の勢いで七条通を指した。

待ち伏せの四人は「逃がすか」と後を追う。途中、二人が従者を斬り捨てていた。

一はようやく油小路通に達して北を見遣った。四人のうち、ひとりが手に持った刀を投げた。それはぶんぶんと円を描いて飛び、伊東の腰の辺りに当たった。

「あ、ぐっ」

苦しげな声と共に、伊東は前のめりに転げた。が、すぐに身を起こし、なお逃げようとする。そこへ――。

「待て！」

一の叫びが響く。聞き慣れた声を耳にして、伊東がこちらを向いた。既に五間の辺りまで近付いていたため、誰であるかはすぐに分かったらしい。

「斎藤……」

死んだはずの男が抜刀して迫っている。その事実に混乱した寸時、伊東の足が止まった。

「らっ！」

地を蹴って飛び、全身を一本の槍と変え、左手に持った刀を突き込む。間合いの遠さゆえ止《とど》めを刺すことはできなかったが、右肩を掠めて手傷を負わせた。

伊東は傷を押さえて走ろうとする。だがその頃にはもう待ち伏せの四人が追い越し、行く手を阻んでいた。

ついに観念したか、伊東は刀を抜いた。ぎり、と歯軋りの音が聞こえる。

「斎藤君。君はいったい……」

一は刀を鞘に戻し、しかしいつでも抜けるように右手を添えたまま、じり、と前に出る。

「斎藤一は、あんたの目の前で死んだろう」

途端、伊東の顔に厳しさが戻った。どうやら全てを察したらしい。一は静かに続けた。

「そういうことさ。冥土の土産に聞かせてやる。俺の名は」

瞬時、鞘走りの勢いを乗せた居合い抜きの一刀を見舞った。

「山口二郎だ！」

伊東とて北辰一刀流の達人である。山口二郎——名を変えた一の一撃を、自らの剣で受け止める。そして押し合いながら恨めしそうに唸った。

「同志と思っていたのに。……騙《だま》したな」

二郎は爛々と目を光らせ、押し合う刀を弾き上げて腹を蹴り飛ばした。尻餅をついて倒れた伊東に切っ先を向けて地に足を摺る。

「何を言ってやがる。てめえの思惑のために、何人も死なせたくせに」

「非情だと言いたいのか。土方と何が違う」

二郎は鼻で笑った。

「確かにあんたは切れ者だ。だからこそ簡単に人を手駒にして、世の中を思うとおりに動かそうとした。土方さんの非情とはまるで違う。それが分かってねえ……傲慢なんだよ。百姓上がりの副長なんぞが自分に敵うものか、そう考えていたのが綻びの元だ。あんたは自分で思っているより、ずっと隙を見せていたぜ」

伊東が憎々しげな眼差しを向ける。少し後退りして――。

座った姿勢から、一気に斬り上げた。二郎は切っ先を捻って往なすように弾き、返す刀で腕を襲った。

「いっ……」

刀を握る伊東の右袖が瞬時に血の色を湛えた。

「伊東甲子太郎、覚悟！」

そこへ四人が刀を舞わせた。背に袈裟懸けの一刀が見舞われ、次いで腕、太腿、胴へと、無数の傷を付けていく。伊東はそのたび身悶えしたが、やがて声も上げずうつ伏せに倒れた。四人はその背に向け、何度も剣を突き込んだ。

「おい、もういい。さすがに死んだ」

二郎は皆に声をかけた。待ち伏せのひとりが頭を下げる。

「斎藤……いえ、今日からは山口さんでしたな。加勢、ありがとう存じます」

「こいつだけは……な」

二郎は道に唾を吐き捨て、四人に命じた。

「骸は七条まで持って行け。それから、誰か御陵衛士に報せて来い」

伊東の死を報じれば、間違いなく新選組を疑う。それで良い。新選組の仕業と思えばこそ、御陵衛士は絶対に許しはすまい。

「奴ら、今度こそ総出で駆け付ける。そこからが面白え」

低く発して、にやりと笑った。

四

伊東の死骸は七条通と油小路通の辻に運ばれた。七条の西側には既に新選組の三十数人が潜んでいる。それらと共に息を殺し、二郎は気を研ぎ澄ました。

もうそろそろ暁七つ（四時）になるだろうか。冬の空は未だ漆黒に閉ざされている。

やがて、ばらばらと足音が響いた。

「おい、あれだ。駕籠《かご》を」

この声は篠原か。合図を待ちながら闇に慣れた目を凝らす。どうやら御陵衛士の全員が駆け付けたのではないらしい。七人、いや八人か。思う間に駕籠が運ばれ、ひとりの男が伊東の骸を乗せて簾《すだれ》を下ろした。

そこに、パンと銃声がひとつ、寒空を切り裂いてこだました。刹那、潜んでいた中から十人ほどが辻へと走り込む。

「おらあっ」

駕籠の簾を下ろしたばかりの背に向け、ひとりが斬り掛かった。斬られた男は身をよじり、何とか踏ん張って刀に手を掛ける。そこへ次、また次と人影が群がった。

「照らせ！」

土方の号令に従い、龕灯《がんどう》提灯――円錐《えんすい》状の筒に回転式の燭台《しょくだい》を備え、常に前を照らす作りの明かりが十ほど支度された。全身から血を滴らせ、真横に倒れる男が照らし出された。

「藤堂……」

近藤が絶句した。この男だけは見逃せと言われていた藤堂平助が真っ先に斬られていた。

「近藤さん、今は」

土方が厳しい声を向ける。近藤は激しく頭を振って雑念を跳ね飛ばした。

「分かっている。二陣、行け！　ひとりも逃すな」

雷鳴の如き大喝に背を押され、二郎たち十名が駆け込んだ。先に藤堂を膾斬りにした十名は七条通の東側と油小路通の南北に散り、御陵衛士の退路を塞ぐ。

袋の鼠となった残り七人を提灯が照らした。

伊東の弟・三木三郎が、ひとりと刀を合わせて押し合っている。その周囲では御陵衛士の三人に、それぞれ二人ずつの新選組隊士が襲い掛かっていた。

「そら！」

篠原泰之進に向け、二人が刀を振り上げる。しかし振り下ろす前に、篠原は掌打《しょうだ》で右側の手首を叩き上げた。刀が取り落とされて地に落ちる。左側から打ち込まれた一撃も、篠原が身を翻したことで空を切った。

「こなくそ」

篠原は、かわした刀が再度振り上げられるところを左手で押さえ、そのまま相手の腕を捻り上げげた。柔術の達人に肘を固められた隊士が情けない叫び声を上げげた。傍らで、先に落とされた刀に手が伸びる。篠原はこれにも右足を飛ばし、掴まれる前に蹴り払った。そして素早く足を引き戻し、刀を拾い損なった隊士の顔をこれでもかと蹴飛ばした。

篠原が蹴った刀が二郎の足許に転がって来た。軽く飛んでそれを往なす。

「先生の仇！」

右手から絶叫が迫る。毛内有之助であった。

「うるせえ！」

振り向きざま、刀を横に払って一撃を弾く。相手が仰け反ったところへ袈裟懸けの一刀を見舞った。ごつ、という湿った手応えと共に振り抜く。左の鎖骨を確かに断った。

毛内が倒れ、道を塞いでいた第一陣からひとり、二人と駆け付ける。二郎は後を任せて周囲を見回した。

（おかしい）

今の毛内を含めて六人しかいない。最初に斬られた藤堂を除けば、あとひとりいるはずだ。

と、背後に猛烈な殺気が湧き上がった。がらがらと音がする。

二郎は舌打ちして左手に飛んだ。そうして空いた空間に、先まで建物の脇に積み上げられていた樽《たる》が飛んだ。

「斎藤、覚悟！」

背後に怒声が轟《とどろ》き、目の端に青い光が跳ねた。まずい――瞬時の思いに身を屈め、正面に向けて転がる。上段から打ち込まれた刀は地を叩いた。

低い姿勢のまま向き直って下段に構える。見上げる影は、ごつごつとした大男であった。

「服部か」

服部武雄は新選組では五番隊の平隊士だったが、二郎と同じく撃剣師範に任ぜられていた。腕は確かだ。

「裏切者が」

大柄な身から切っ先が突き下ろされる。二郎は下段から斬り上げ、向こうの突きが至る前に右腕を断ち落とした――はずであった。

だが実際には、突きの一閃《いっせん》をどうにか往なすしかできなかった。二郎の刀は服部の腕を滑り、がりがりという感触を手に伝えた。

「……帷子か」

他の七人は鎖帷子など着込んでいなかった。それを揶揄《やゆ》されたと思ったのか、服部は鼻息も荒く言い返した。

「卑怯と笑わば笑え。だが我らは、数では新選組に勝てぬ。いずれ生きて帰るを期さず、ならば少しでも長く斬り合い、ひとりでも多く道連れにするまでだ」

二郎は「クク」と笑った。目を剝いて服部を見据える。

「おまえ、蜘蛛だな。俺が……羽虫にしてやる」

服部の目に警戒の色が浮かんだ。暗い中で爛々と光っている。

「何を言っている」

「面白えって言ってんだ。ほら、来いよ」

「ならば！」

刀が風を斬り裂き、唸りを上げて左の胴へと迫る。二郎は刃を立ててこれを防ぎ、一歩を踏み出して、骨も砕けよと服部の左足を踏み付けた。次いで刀を振り上げ、峰で顎先を叩く。

「う……む」

服部の巨軀がくらりと揺れた。その隙に二歩を飛び退く。

撃剣に勢いさえあれば、鎖帷子ごと斬ることもできる。だが難しい。ほんの数度仕損じただけで刃はこぼれ、何も斬れなくなろう。ならばこれしかないと、刀を左手に持って引き絞る。

「らっ！」

左足を踏み込み、胸を目掛けて突き出した。鎖の一本だけでも壊せれば良い。突きならば、それで勝負を決められる。

だが服部は左腕を出して胸を庇った。二郎の切っ先は鎖一本を確かに突き壊したが、捉えたのは心の臓でも腸《はらわた》でもない、手首の骨であった。

「ぬ、おおお……」

服部が左手を握り、ぐいと腕に力を込める。強靭《きょうじん》な筋肉が緊張して刃を押さえ込み、容易には引き戻せない。

「おお……おおお、らっ！」

服部が雄叫《おたけ》びを上げて右手の刀を振るう。二郎はついに刀を手放し、必死で首を捻って耳元を掠める程度にやり過ごした。

「おら！」

目茶苦茶に振り回し始めた服部に対し、二郎は防戦一方となった。

（このままじゃあ）

己こそ羽虫にされてしまう。堪るか、と再び飛び退いて間合いを取った。

「どうした斎藤。おら、おらおらっ」

右から左、左から右、猛然と振り回すうちのひとつでも当たれば良いという荒っぽさは、型など全く無視している。だがそうした無我夢中の姿こそ殺意の粋《すい》なのだ。ぞくぞくと斬り合いの恐怖が背を伝い、身が震える。死の匂いが心を苛む《さいな》――自らの生を、熱く感じる。

「おらあっ！」

「この……」

右からの一撃に、二郎は頭突きを合わせた。刀の柄が脳天に当たり、みしりと音を立てる。だが同時に服部の右腕も弾き返されていた。

頭に受けた衝撃で目が眩《くら》み、服部の姿が二人にも三人にもぼやけて見える。一か八か、中央に見える影の鼻面に渾身の拳を叩き込んだ。

「野郎！」

「ぶっ」

命中した。服部は仰向けに倒れ、刀を取り落とす。二郎もその場に膝を突いた。次の一撃を出した方が勝つ――。

そこへ三人ほどの新選組隊士が駆け付け、倒れた服部の太腿に刀を突き込んだ。鎖帷子で覆われていない場所への刺し傷から見る見るうちに血が溢れ、袴をしとどに濡らした。

「まだ、まだまだ」

それでも服部は身を起こす。刀を突き立てた隊士を捉まえ、殴り、首根を掴んで投げ飛ばす。修羅の闘いに、駆け付けたうちのひとりが慄いていた。二郎はその隊士に手を伸ばす。

「刀、貸せ」

手の内の物を奪い取ると、再び突きの構えを取る。

服部がこちらに気付き、雄叫びと共に立ち上がった。

「おおおお！」

だが先の刺し傷、或いは出血が響いたか、服部はがくりと腰を落とす。膝を突いた勢いで額の鉢金が滑り落ち、目を塞いだ。

「しゃあっ！」

二郎が繰り出した突きは、過たず服部の眉間を貫いた。

やった――思った刹那、頭がくらりとして腰が砕けた。地に尻を落とし、右手で体を支える。

ばらばらと駆け足の音が遠ざかっている。未だ眩暈《めまい》の続く視線をぼんやりと向ければ、提灯の灯りに照らされた篠原泰之進の背が見えた。

（逃げたか）

他に何を思うこともなかった。

左手の甲で額の汗を拭い、目を前に戻す。そこには服部の凄惨な最期があった。鎖帷子を剝ぎ取られ、全身に剣を浴びて絶叫している。恨みの怒号を上げている。総身を深紅に染めた狂態の何と美しいことか。

しかしそれも長くは続かず、服部は何度か身悶えした後に動かなくなった。

「終わった」

ぼそりと発した二郎に向け、傍らに立つ平隊士が肩で息をしながら捲し立てた。

「ええ、これで御陵衛士も終わりです。逃げた者はいますが、小勢ですからね。もう何もできやしませんよ」

二郎はその男を見上げた。どうしてこんなに晴れやかな顔をしているのだろう。全く分からない。眼差しを外して嚙み締めるように呟いた。

「……終わっちまった」

闘いから争いへと世が移り変わるなら、これが最後の闘いになると覚悟してはいた。だからこそか、胸には今、どうしようもない寂しさだけがある。

鉄砲、大砲、そういう利器による争いは、子供という邪気の塊と同じだ。大した理由もなく蜘蛛の巣を取り払い、羽虫も蜘蛛も一緒くたに踏み潰してしまう。全てが等しく骸になるなら、輝かしい息吹など感じようもない。

二郎は服部の骸を見遣り、囁くように呼びかけた。

「おまえ、良かったな。俺は」

これから何に命を見出せば良いのだろうか。服部は――否、誰も答えてはくれない。

油小路七条の辻には、ただ明け方の寒風が砂埃を舞わせていた。

十三　濁　流

一

　このところ新選組は動揺し、また荒れている。伊東甲子太郎を討った直後の混乱に加え、大政奉還によって今後の見通しが利かぬためであった。

「つまらねえな」

　二郎は両手で枕を作り、三番隊室に横たわっていた。最後の闘いを終えた今、呆《ほう》ける以外の何ができようか。

　ぼんやり天井を眺めていると、間延びした声が渡ってきた。

「集合」

　副長付き隊士が呼ばわりながら廊下を進んでいる。三番隊の面々が、すわ、と立ち上がり、障子を開けて小走りに道場へと向かった。二郎は「やれやれ」と独りごちて身を起こし、だらだらとその後に続いた。

　不動堂村屯所の道場は畳敷きなら五十畳といった広さである。隊士たちが整然と列を作る間を進み、三番隊の先頭に座った。

「遅いぞ」

土方に睨まれ、肩をすくめて頭を下げた。

「皆に申し伝える」

近藤は苛立ちを隠しもせずに声を荒らげた。

「会津公からの通達である。昨晩、朝廷で重大な決議があった。先の大政奉還を受け、これよりこの国は王政に復古する旨が宣言された」

一同がざわめく。土方は声を張りつつ、努めて平らかに「静まれ」と発した。

「細かいことを言ったら、きりがねえ。新選組にとって必要なことを分かりやすく言う。まず、大樹公は官位と所領を召し上げられた」

幕府直轄領四百万石のうち二百万石を召し上げるという。幕臣を抱える土台が半減するとは、全ての隊士が幕臣となった新選組も逼迫《ひっぱく》することを意味する。一度は静まった道場が再び動揺の声で埋め尽くされた。

「なお」

土方が発し、また静まる。言葉が継がれた。

「今後の御政道は、総裁、議定《ぎじょう》、参与の三職によって合議される。その中に大樹公の名は含まれていない」

今度は誰も何も発しなかった。空気が淀《よど》んでいる。さもあろう、土佐藩の大政奉還建白では、徳川宗家は天皇を補佐する公府の頂に立つとされていた。薩長が何らかの隙を衝いて我意を通そうとすることは近藤や土方も想定していたが、こうまで急に、しかも完全に蚊帳《かや》の外に置かれるとは。

近藤が、自らの座る膝元を右手の拳で殴り付けた。

「薩長両藩と、それに連なる鼠の仕業だ。まこと大樹公に勤皇の心があるなら誠意を見せよと、岩倉具視《ともみ》なる腐れ公卿がほざいたらしい」

二郎は腕組みをして俯き、短く鼻で笑った。誠意という美辞麗句を声高に唱える者ほど、これっぽっちの誠意すら持ち合わせていない。幕府側がどう譲歩しようとも、自らの望む形でなければ「誠意なし」と切り捨てるだけだ。

「我々はどうなるのです」

井上源三郎が問うた。訊ねたのが試衛館以来の腹心だったことで、近藤はいくらか苛立ちを呑み込んだらしい。ふう、と大きく溜息をついてから返した。

「まだ分からん。だが近いうちに会津公から」

忌々しそうに口を噤む。ひと呼吸を置いて土方が後を引き取った。

「何かしら企んでいるとは思っていたが、ごり押しに出やがった。幕府方で一番おっかねえ俺たちを放っておくとも思えん。京に居座れば……」

寸時、土方は苦笑を浮かべた。だが、すぐに面持ちは鋭く引き締まったものに変わった。

「皆、いつでも京を出られるように支度しておけ。言うまでもないが、ただの引越しとは違う。以上だ。解散して良し」

参集した隊士が戸惑いながら立ち去っていく中、二郎も「よっこらしょ」と腰を上げた。体が重い気がする。

「山口、おまえは待て。源さんと永倉もだ」

土方に呼び止められ、三人は再び腰を下ろした。他の者が全て退出すると、土方は鋭い眼差しを緩めぬまま小声で言った。

「皆にはああ言ったが、実はある程度のところは決まっている」

「どういうことです」

永倉の問いに、土方は懐から一枚の書状を取り出した。

「会津藩の公用方からだ。大樹公は、まだ巻き返しを諦めちゃいねえ」

三人は広げられた紙に目を走らせた。

徳川慶喜は朝議に従う姿勢を見せている。そして、新政に参与せぬ自らが京にあっては混乱を生むと称し、近々二条城を退去して大坂城へ向かうそうだ。

だが真意は別にある。徳川宗家が政界から弾き出されれば、薩長芸土、そして新政の三職に加えられた尾張藩・越前藩以外の諸侯は必ず動揺する。新政府がそれらを宥めている間に、慶喜は大坂で諸外国の代表と会談し、内政に干渉しないこと、および外交についての交渉を行なう腹らしい。

永倉が舌を巻いたという風に「ううむ」と唸った。

「したたかなお人だな。この交渉をまとめてしまえば、外国は徳川のいない御政道を信用しなくなる」

井上が「ふむ」と頷いて問うた。

「俺たちも大坂へ？」

近藤は躊躇うように首を横に振った。

「そこまでは決まっていない。だが大樹公が力を見せ付ければ、薩長共は自分の不実を棚に上げて、いきり立つに違いない。まあ……さっき歳が言ったとおり、新選組が京に残れば奴らは警戒するからな。大樹公と共に去ると見せ、大坂までの道中で陣を構えることになるだろう」

そして永倉に目を遣った。

「京を離れるまでは数日だ。俺は公用で屯所を空けてばかりになるから、先に言っておく。今の新選組で人を率いて戦ができるのは、源さんとおまえぐらいだ。おまえとは色々あったが、そこは頼りにしているぞ」

永倉は面白くなさそうな顔ながら、しみじみと味わうように二度頷いた。

「ところで山口」

土方が口を開き、こちらに話を向けてきた。

「おまえは、どうして残されたか分かるか」

「さあ。俺は戦で先頭に立つ柄じゃねえし、今の話だって知らなくても構わんはずですが」

首を傾げると、土方は真っすぐにこのところ、釘を刺しておくためだ」

「まだ終わりじゃねえ。そこのところ、釘を刺しておくためだ」

己の望む「闘い」が、まだ終わっていないというのか。正直なところ戸惑いを覚えた。

自らの研鑽と剣で臨んだところで、相手は鉄砲の束や大砲で向かってくるのだろうに。

食い違った感覚をどうにも持て余し、曖昧に「はあ」と返事をする。土方が少しばかり困ったような顔を見せた。

二

十二月十二日、徳川慶喜は予定どおり大坂へ発ち、新選組も京を去ることになった。

慶喜は既に将軍でなくなっているが、旧幕臣の新選組にとっては未だ主君である。ゆえに警護の名目で軍装を整えていた。薩長と幕府の間が険悪になっていることを考えれば、事実上の出陣である。ただし、病の重い沖田だけは近藤の妾・お孝の宅に留め置かれた。

新選組の落ち着き先が決まるまで無理をさせぬという近藤の決定であった。

二郎も鎖帷子と鉢金を着け、腰に刀、手に槍を携えて行軍した。不動堂村屯所から堀川通を南に進み、右の肩越しに北の空を見遣る。凜《りん》とした冬の青であった。その方角にはかつて屯所としていた西本願寺があり、さらに四半里も向こうには壬生村がある。誠忠浪士組から始まって今日まで、京での日々は瞬く間に過ぎた。思い起こせば感慨深い。

「四年半……ぐらいか」

前に向き直って行軍に従った。十条を過ぎて鳥羽街道に乗れば京の町——濃密な闘いの日々とも完全にお別れとなる。胸に迫る寂寥《せきりょう》はそれゆえか、街道沿いの枯れ木の眺めゆえか。或いはこの行軍に沖田がいないからかも知れぬ。

二郎は静かに長く溜息をつき、小さく頭を振った。

(どれも違う。もやもやとしていやがる)

最後の闘いも済んだはずだ。なのに、どうして俺はここにいる。土方に「まだ終わっていない」と言われたからか。

「それも違う」

半分だけ目を閉じて呟いた。何がどう違うのかは分からなかった。

四日後の十二月十六日、新選組は伏見奉行所での屯営を命じられた。単独ではなく、会津・桑名両藩との同居である。

奉行所に入ると、落ち着く間もなく近藤が幹部を召集した。近藤と土方それぞれに宛てられた六畳二間続きの部屋から襖を外し、十二畳の体裁に整えている。一番から十番隊の隊長も今となっては永倉、原田、井上、そして二郎を残すのみとなっていた。これに島田魁と山崎烝を合わせた六名を前に、近藤と土方が並んで座った。

近藤は、ここしばらくの不機嫌な様子ではなかった。

「会津藩から報せがあった。王政復古の件は十四日に諸藩公へ発布されたが、やはり皆が動揺しているらしい。徳川宗家への粗略な扱いに憤慨しておるのだ」

二郎は、なるほど、と思って耳を傾けた。近藤はなお続ける。

「全て大樹公の思惑どおりである。新政府は諸侯を宥め、鎮めねばならん。かくなる上は岩倉具視も、大樹公が復権なさることを認めざるを得んだろう。だが薩長の急進派が受け入れるとも考え難い。恐らくは逆上し、武力に訴える」

そして並んで座る二人に目を遣った。

「源さん、永倉。この伏見奉行所には前線の守りが委ねられた。会津藩に従って土塁を築いてくれ。山口、原田以下の全隊を使って手早くやるように。道理を弁《わきま》えず、小ずるい手ばかり使う薩長に正義などない。戦にならば我ら一丸となって必ず勝たねばならん」

永倉と井上が「おう」と応え、二郎と原田も頷いた。

次いで土方が口を開いた。

「山崎には別のことを頼む。監察方の伝手を使えば、総司をここまで運んで来られるだろう。いつまでも京に置いておくのは、さすがに危ないからな」

手筈が決まるとすぐに散会となり、それぞれ命じられた仕事に取り掛かった。一方、かつて征長戦で護衛した大目付・永井尚志から召致を受けていた近藤は、島田以下数人の供だけを連れて一時京へ戻った。軍議とのことである。近藤が不在の間、新選組は土方に委ねられた。

伏見奉行所に入った千人余がほぼ総出で、十六日と十七日の二日をかけて外壁沿いに堆《うずたか》く土嚢《どのう》を積み上げた。こうしておけば、敵軍に大砲を撃たれても一時を凌ぐことはできる。戦を想定されていないはずの奉行所が、粗末ながら砦の体裁を得た。

十八日の朝、すっかり様変わりした奉行所に沖田が運ばれてきた。病の重い身には二里ほどの駕籠ですら応えたようで、運び込まれるなり宛がわれた部屋で臥せてしまった。

奉行所には既に戦陣の気配が漂っている。諸隊に出される昼餉は飯に味噌汁をかけただけの簡素なものであった。これをざらざらと流し込んでしまうと、二郎は沖田を見舞った。運ばれてから一時半ほど経っているし、そろそろ落ち着いていると思われた。

病人の沖田には建物の南端に三畳間が宛てられていた。元々は奉行所の夜警番が仮眠を取るための部屋である。ここに赴き、障子を開けながら声をかけた。

「入るぜ」

横たわる沖田は少しぼんやりした様子だったが、こちらを認めると柔らかい笑みを見せた。

「一君か」

「山口二郎だって……いや、名前なんてどうでもいいか」

言いつつ後ろ手に障子を閉め、床の右に腰を下ろす。沖田は弱々しく二度咳をして、ふう、と息を吐いた。

「名前、前は拘ってたのに」

「いつの話だよ」

「試衛館の頃さ」

二郎は二呼吸ほど考えて「ああ、あれか」と呆れ声で応じた。

「一君って呼び方が気に入らなかったんだが、さすがに慣れた。それに名前なんて、いい加減なものだぜ。山口一から斎藤一に変えただけで、江戸で人を斬ったことも有耶無《うやむ》耶《や》にできた」

沖田は、かさかさと干からびたような笑い声を漏らした。

「一君が最初に人を斬ってから、五年ぐらいかな」

京を出るに当たって己が思ったのと、同じようなことを言う。二郎は苦笑した。

「その間に総ちゃんも、こんな体になっちまったしな。短いようで、やっぱり長い」

「だろうね。懐かしいなって思うよ」

沖田の顔が透き通るように白い。ぞっとして、二郎は口籠もりながら返した。

「何を、あれだ……その、年寄りみてえなことを」

「ああ……そうか。そうだね。だめだな、俺。闘わないといけないのに」

もう長くないと分かっているのだろうに。或いはまだ良くなるかも知れないと、一縷《いちる》の望みにすがっているのか。どう返して良いのか分からない。

沖田は、また弱々しい笑い声を出した。

「情けない顔しないでよ」

二郎は目を閉じて奥歯を嚙み、長く、長く鼻息を抜いた。

「体が良くなったところで……。外、駕籠の中からでも見えただろう」

「土塁のこと？」

「大砲への備えだ。これからやるのは戦争なんだよ。鉄砲弾の束と大砲の前じゃ、命なんぞ紙切れみてえに吹き飛ばされちまう。自分を鍛えて、命を賭け金にして……俺たちが熱くなった闘いとは別物だ」

ひと息に吐き出して深く溜息をつく。そして背を丸め、胡座の足許に目を落とした。

「つまらねえ話だぜ。総ちゃんを江戸に送るとでも言って、抜けちまうかな」

すると、何とも悲しそうな気配が伝わった。心中、ぎくりとして沖田に眼差しを向ける。

「それで、いいのかい」

どうしてか、その問いが胸に刺さった。二郎はまた口籠もった。

「いいも悪いも……」

「一君はさ、動ける体じゃない」

眩《まぶ》しそうな目を向けてくる。顔を背けて応じた。

「さっきも言っただろう。この先、総ちゃんの体が良くなったって、もう闘いの場なんぞ残ってねえってことだよ」

沖田は呆れ声を出した。

「さっきも思ったんだけど、俺の体が良くなるなんて、ずいぶん暢気《のんき》なことを言うんだね。あ、もしかしたら気を遣ってくれてるのかな」

「は？」

驚いて顔を戻した。やつれ果てた沖田は、昔と変わらぬ屈託のない笑みを浮かべていた。

「いくら俺でも、これから良くなるなんて厚かましいことは考えてないよ。そうじゃなくて、何て言うんだろ……。病気で寝てたら、敬さんのことを思い出したんだ」

何度か静かに呼吸を繰り返してから、沖田はしみじみと続けた。

「人ってのは、道を切り開こうとして窮屈に生きるものなんじゃないかな」

「分かるような、分からねえような話だが」

眉根を寄せると、遠くを見る眼差しが返された。

「こういう風に生きたいって思って、今までの俺たちはそのとおりにできた。だけど、どうにもならないことってのは確かにあるんだ。たとえば、このご時世に天下を取ろうって考えて、一君にはそれができるかい」

「できるもんか。俺は大樹公でも天子様でもねえ。薩長のお偉方でもねえんだ」

沖田は小さく頷いて「だったら」と口に出した。途端、また二つ、三つと咳をする。

二郎はやや身を乗り出して顔を覗き込んだ。

「おい、無理すんな」

「無理したいんだよ。俺の病気は、もう良くならない。だったら、最後まで悪足掻《わるあが》きしてやりたいじゃない。同じだよ、一君も。新選組で人斬りをやってきたからには、どうやったって世の流れには巻き込まれるしかないんだ。それが嫌だから抜けるなんて」

「……負け犬、か」

「そうは言わない。ただ、今までの自分が嘘でしたって言うようなものじゃない」

二郎は乗り出していた身を戻し、背を丸めた。放っておくと畳まで落ちてしまいそうな頭を右手で支え、考える。

闘いに身を投じ、生の喜びを味わってきた。その姿が嘘なものか。しかし闘いの日々があったからこそ、今ここでこうしている。沖田と己が同じだと言うなら――。

「そうか」

自らの身すら思うように動かせぬ今を、しかし沖田は、それまでの自分の行き着いた先と受け入れている。逃れられぬなら、せめて最後まで己が生を高らかに唱えようとしているのだ。

くすくすと笑い声が漏れた。沖田が何を伝えたいのか、やっと分かった。生きることは、それ自体が闘いなのだ。沖田が病気だから、という話ではない。人がいつか必ず死ぬ存在である以上、そこは同じなのである。ならば己も、世の濁流にもがき続けよう。そうしている限り、今までとは違う形の「闘い」が続く。二郎はにやりとした顔を上げた。

「そうだな。もう十分だって言えるまで、付き合うとするか」

沖田が満面の笑みを見せた。礼を言わねばならぬ。

「大変です。土方さん、土方さん！　近藤さんが撃たれました」

島田の慌てふためいた大声が、奉行所中に響き渡った。開きかけた口からは、礼とは別の言葉が漏れた。

「近藤さんが……どういうことだ」

沖田は静かに、決然と言った。

「ほら。行かなきゃ」

促す友を見て頷き、二郎は土方の元へ走った。

土方は奉行所の白州で隊士にあれこれの指示を飛ばしていた。

「土方さん」

二郎が声をかけると、忌々しそうな怒鳴り声が返ってきた。

「どこをほっつき歩いていやがった」

「すまねえ、総司の見舞いだ。何しろ島田さんの大声だからな、耳に入って飛んで来たんだが」

土方は舌打ちして吐き捨てた。

「下手人は永倉と原田、島田に追わせた。医者も呼びに行かせた。担ぎ込まれた近藤さんは、もう部屋に運んで介抱している。おまえのやることは残ってねえ」

百を数えぬぐらいの間にそれだけのことを済ませていたとは驚きであるが、ならば土方のやることも残っていないはずだ。しかし部屋に戻ろうとしない。二郎もそのまま白州に待機した。

一刻（三十分）ほどで、隊士が医者を連れて戻った。それを近藤の部屋に向かわせてなお、土方は白州に残った。

「畜生、畜生っ！」

医者が着いてからどれほどか、近藤の悔しげな叫び声が渡ってきた。少しの後、近藤を介抱していたのだろう隊士が白州に出て容態を伝えた。

撃たれたのは右の肩で、鎖骨が砕けているらしい。きちんとした治療が必要で、しばらくは戦場に出るなど以ての外ということだ。

土方は頷いて、二郎を向いた。

「近藤さんと……この際、総司も大坂に運ぶ。おまえが手配をしろ。京から伏見までと違って大坂は遠い。駕籠じゃあ駄目だ」

「分かった。荷車と馬を」

二郎は奉行所を出て伏見の町へと走った。そして荷運び請け負いの馬子と話を付け、近藤の容態が少しは落ち着くだろう二日後に来いと伝えた。

奉行所に戻ってから、しばらくして永倉らも帰ってきた。

近藤は京からの帰途、奉行所にほど近い伏見街道の墨染《すみぞめ》で撃たれた。正面切って襲われたのではなく、街道筋の町並に紛れての狙撃だそうだ。永倉以下は近辺を隈《くま》なく調べ上げたが、ついに下手人を捕らえることはできなかった。

二日後、近藤と沖田は荷車で大坂へと運ばれていった。

近藤らを見送った後、二郎は土方に呼び出されて部屋を訪ねた。障子を開けると、向こうは腕組みをして何やら思案している。

「来ましたよ」

土方はこちらを向きもせず「座れ」と返した。気付いていなかった訳ではないらしい。腰を下ろすと、厳しい目が向けられた。

「おまえ、御陵衛士として薩摩の誰かと会ったことがあるか」

終わった話を蒸し返すのには何かある。二郎は小声で答えた。

「いいや。俺が会ったことがあるのは土佐の乾退助だけで、他は同席を許されなかったんでね。伊東の野郎も用心してたって訳だ。ただ伊東と篠原は、よく伏見……」

ぎくりとして言葉が止まった。土方は含み笑いである。

「伏見の薩摩藩邸に出向いていた、だろう?」

「……そう言えば、衛士の頃にも報告してたっけな」

長州と結んでからの薩摩は、お尋ね者を多数匿っていた。伊東にとっては多くの志士と一度に話ができる便利な場所だったのだ。

土方は小さく頷いた。

「京の藩邸でなく、伏見の藩邸ってのが味噌だ。伊東と衛士を襲った晩、篠原も取り逃がしたろう」

二郎はごくりと唾を飲んだ。逃げ果せた者を篠原が先導し、あちこちの路地を縫って追撃を逃れながら、伏見の薩摩藩邸に駆け込んだことは十分に考えられる。

「奴らがやったと？」

二郎の問いに、土方は自信たっぷりに返した。

「この辺りで幕府方を狙うとすれば薩摩ぐらいだろうさ。だが戦争が始まってもいねえのに、先に手を出すのは下策だ。それでも襲うってんなら、もっと兵の数がある会津か桑名のお偉方を狙う方が利口だろう」

二郎も得心して「なるほど」と頷いた。

「ところが賊は近藤さんを狙った。それも奉行所から近く、薩摩藩邸からも近い墨染で」

「どうして俺がこんな話をするか、分かるだろうな」

この戦争の中で衛士の生き残りを探し出し、斬り合えと言われているのだ。それを支えに気を入れて働けと。数日前までの己なら飛び付いた話だったろう。だが――。

「奴らに行き当たれば斬る、ぐらいに考えておく」

「何だよ、拍子抜けだな」

やや当惑した土方へ、静かに返した。

「まずはこの戦争に勝つことが大事なんだろう。それに俺は今も闘っているからな」

「今も、ってのは？」

「面倒だから話さねえ。ただ……闘わなけりゃ俺じゃねえだろ。そういうことで納得しといてくれ。とりあえず戦争は真面目にやる」

それだけ残し、二郎は部屋を出た。

三

十二月二十九日の晩、伏見奉行所に早馬が駆け込んだ。軍陣である以上は常に気を張っているが、それにしても「何ごとだ」と思わせる雰囲気を纏っていた。急使が会津藩・桑名藩に引見された後、奉行所に詰める全ての者が正門近くに整列を命じられた。会津・桑名両藩兵と新選組、合わせて千余が整然と並ぶ。新選組の百五十ほどは会津兵の後ろに付き、土方を先頭に永倉、二郎、井上、原田、島田、山崎らの幹部が横一列に続いた。他の隊士は、さらにその後ろに並ぶ。

建物の内から誰かが出て来た。壁の外に土塁を巡らし、そう広くないところに千余が並んでいる。前方は野次馬の人垣と変わらぬようになっていて、出て来たのが誰であるか、二郎の辺りからは分からない。やがて声が上がった。

「大坂より通達である」

これは会津藩公用方の秋月悌次郎か。力強い声音だった。

「去る十六日、徳川慶喜公は欧米六国との話し合いに及ばれ、日本国内の御政道に干渉せざること、および交渉の段は全て徳川宗家を通すべきことを認めさせた。加えて二十三日、江戸の薩摩藩邸にある者が庄内藩屯所を襲撃した。庄内藩兵はこれを退け、二十五日に薩摩藩邸を焼き討ちにした」

千人がざわめく。これは徳川慶喜の勝利なのだ。

王政復古の一件は薩長を中心とした抜き打ちの政変であった。対して慶喜は諸藩公の反発を味方に付け、かつ諸外国をも後ろ盾とした。今や新政府が対抗できる材料は何もない。江戸の騒ぎとて先に手を出したのは薩摩である。

「然らば新政府側が譲歩するこそ、ものの道理である。特に薩摩は幕府と共に公武周旋の立場を取りながら、賊徒長州に寝返った。不逞なること明々白々、須《すべか》らく廃すべし。薩摩を通じて新政府に潜り込んだ長州の鼠賊《そぞく》、これに乗って主上を傀儡《かいらい》にせんとする岩倉具視ら君側の奸を除く。それが我らに課せられた使命と思え」

声を張った秋月の宣言に、居並ぶ兵が一斉に歓声を上げた。

大坂の旧幕府軍は薩摩藩の不逞を糾弾する「討薩表《とうさつひょう》」を朝廷に奏上するため、年明けの慶応四年（一八六八年）一月二日、京へと進発した。伏見奉行所の兵は後続を待って進発することとされ、軍装のままで待機した。

新選組はいつでも出発できるよう、奉行所の白州にひと固まりで待機していた。二郎は試衛館以来の皆と共に、建物と白州をつなぐ古びた階段に腰掛けている。

「京の薩長共は五千足らずか。こっちは総勢一万五千だ。まあ、戦にはなるめえよ」

日の傾いた空を見上げ、原田がのんびりと発した。井上が二郎を向いて言う。

「おまえ、当てが外れたんじゃないのか」

「そうでもないですよ」

二郎は苦笑を浮かべた。つまらぬ戦争をせずに済むなら、ありがたいことである。

井上も苦笑で応じた。井上の考え方は土方に近いのだろう。だが土方と違って「闘い」と「争い」の違いを理解しているとは言えぬようだった。

軍陣が一時の弛緩《しかん》を見せていた。そこへ——。

ドンと響く音があった。新選組の皆が一斉に西の空を仰ぐ。またひとつ、ドンと渡ってきた。パン、パンと乾いた音が五月雨のように続く。建物の中で座っていた土方が腰を上げた。

「大砲に、鉄砲の音だ」

二郎も目元を引き締めた。確かに、西本願寺で空砲を撃って訓練していた時の、あの音である。

土方は二郎たちの座る階段の手前まで歩を進め、声を張り上げた。

「立て。整列！」

号令に従って皆がさっと走る。十も数えぬうちに整然とした隊列になった。土方はそれを見て続けた。

「今の音、鳥羽……下鳥羽の方からだ。こっちもすぐ同じことになる」

案の定、いくらもせぬうちに伏見街道の南方に銃声がし始めた。

「全隊、守れい！」

会津藩、或いは桑名藩の誰かが呼ばわる声が響き渡った。一月三日夕刻、不意の開戦である。新選組の隊士も槍を取って白州に広がった。

土塁の外に近付く銃声はない。しかし遠巻きの一斉射が加えられるたび、ぼつ、ぼつ、と音がして、奉行所の壁を固める薄汚れた漆喰《しっくい》に穴が穿たれた。

「どこだ……」

白州の中央で土方が目を凝らす。ぱらぱらと一斉射の音がすると、その羽織の左袖が風もないのに勢い良く舞った。

「うおっ」

さすがの土方も驚きの声を上げた。左袖には焼け焦げた穴が二つも空いている。鉄砲弾は土方の左後方、廊下の羽目板を叩き割っていた。

「土方さん、あそこだ」

二郎は駆け寄って右手前方の高台を指した。かつて伏見城があった桃山である。

「あんな遠くからだと？」

信じられぬという風に返す。二郎は土方の袖を掴み、ぐいと引き上げた。

「あんたの袖に穴を開けて、そっちの廊下を壊してんだ。二つを結んだ先はあそこだろうが」

「そんなこたあ分かってる。三町は離れているって言ってんだ」

荒々しく声を上げ、土方は隊士に命じた。

「鉄砲、支度！　桃山の……あの辺りに撃て」

山の中腹を示す。二十人ほどの隊士が白州の隅に走り、立て掛けてあった鉄砲を取って、指示された辺りに狙いを定めた。

「撃て」

号令ひとつ、二十挺が一斉に火を噴いた。硝煙の濃い臭いが立ち込める。どうだ――固唾を呑んで見守る中、再度敵方の鉄砲が鳴り響いた。

「ぐっ」

ひとりが胸を撃ち抜かれて転がる。瞬時に絶命した隊士を見て土方が歯軋りをした。

「こっちの弾は届いてねえってのに」

これが薩長の取り入れた英国式の銃か。思う間もなく今度は大砲の音が響く。その音から三つを数えぬうちに、壁の外に積み上げた土嚢が弾けた。固まりのままの土くれが舞い、新選組の頭に降り注ぐ。そこにまたひとつ大砲が放たれた。

「ちょっと待て」

土方が驚きの声を上げた頃には一発の砲弾が奉行所の瓦に届いていた。ばりばりと音を立て、三寸に満たぬほどの鉄球が天井を破った。そして勢い良く畳に落ちてめり込む。弾が纏った火薬のせいか、或いは湛えた熱のせいか、畳が焦げて煙を上げていた。

二郎は手近な隊士二人に命じた。

「このままじゃ燃えちまう。水をかけて来い」

二人は「はい」と応じて建物の中に走る。が、またも鉄砲が一斉射され、並んで走った二人の右側が首筋を撃ち抜かれた。叫びすら上げずに倒れる仲間を、もう片方が驚愕の顔で見つめる。二郎はその男を怒鳴り付けた。

「後にしろ。さっさと」

言いかけたところで、ついに先の畳が炎を上げ始めた。

「消せ、早くしろ」

再度命じて土方を向く。口を開きかけたところを、ドンという響きに遮られた。白州に向けて撃たれた大砲は弾の出どころが全て同じらしい。ならば百を数える間に三発も撃ったことになる。新選組で訓練していた大砲では無理なことであった。

音の響きが消えた頃、土方が忌々しそうに呟いた。

「速すぎる。こいつがアームストロング砲って奴か。話には聞いていたが……」

まさに為す術《すべ》なしという状況である。旧幕府軍にも鉄砲や大砲はあれど、新政府軍の方が射程が長く連射も利く。土方は原田を走らせて会津藩や桑名藩の様子を調べさせたが、余所も事情は同じであった。状況を知り、銃砲の飛び交う中で土方が思案する。二郎と永倉が同時に「土方さん」と呼びかけた。

土方はまず永倉に向けて顎をしゃくる。永倉は早口に捲し立てた。

「こっちの銃砲じゃ、どうにもならん。何人か連れて、奴らの撃ち手を襲って来ます」

次いで土方がこちらを向く。二郎は短く発した。

「同じ」

「分かった。永倉、山口、二十人ばかり連れて行け」

二人は「おう」と返し、槍を持った隊士を引き連れて東の正門へと走った。

永倉と二郎に加え平隊士二十名、総勢二十二名で土塁を越える。その間も鉄砲は間断なく射出され、土塁を越えようとする姿を狙った。

「ぎゃっ」

誰かが撃たれた。越えるのも手早くやらねばと、二郎は敢えて土塁の頂点から転げ落ちた。一間半の高さから地に落ちる衝撃は柔術の受け身で流す。皆がそれに続いた。隊士たちのひとりが肩を撃たれたが、新選組の訓練で柔術を学んでいただけあって、土塁からの落下で怪我をする者はなかった。

「行くぞ」

永倉が走り、伏見街道を南に向かう。途端、その足許に鉄砲の弾が降り注ぎ、濛々《もうもう》と土煙を上げた。

「こっちだ」

二郎は永倉の左腕を取り、街道沿いにぽつんと建つ——廃棄されて久しい茶店の陰に引っ張り込んだ。隊士がこれに続く。ドドンと大砲の音がして、たった今まで皆がいた街道の路面が捲れ上がった。

長居はできない。いずれこの廃屋にも大砲が撃ち込まれよう。思って、あれこれの物陰を頼りに進む。二度、三度とそうするだけで皆の息が上がっていた。

桃山の裾野近くまでは何とか辿り着いた。すっかり葉を散らした雑木林の一本ずつに、それぞれが隠れている。ここまで来れば遠距離を狙う大砲の弾は恐くない。だが、逆に狙いを付けやすくなる鉄砲が勢いを増していた。隣の木陰で永倉が「畜生め」と呟き、二郎に呼ばわった。

「どうする」

「どうもできねえ」

二人で諦めの眼差しを交わし、頷き合う。進んで来たのと同じようにして撤退することとなった。たった二町足らずの距離を戻るのも、地獄の針山を踏むような思いであった。

立ち戻った奉行所は既にあちこちの土塁が壊されていた。乗り越えずに済むのは楽だが、それほどの猛攻ゆえに建物は炎に包まれていた。

先に新選組がいた白州にはもう誰もいない。その代わり、裏門の方に喧騒が聞こえた。二郎と永倉がそちらに向かうと、皆に指示を飛ばす土方の姿があった。

「永倉、山口、無事か。撤退だ、急げ」

伏見奉行所の屯営は夕刻からのわずかな時間すら持たなかった。ここに陣取っていた旧幕府軍の生き残りは友軍・淀藩の淀城まで退くこととなった。

明くる四日、新政府軍は煌《きらめ》く朝日の中にひとつの旗を掲げて旧幕府軍を追い討ちした。銃砲の嵐から逃れながら、二郎はそれを見た。天皇家の菊の御紋を金糸で縫い取った「錦の御旗《みはた》」が新政府方の軍旗として翻っていた。

「俺たちが賊軍だと……。天子様を玩《もてあそ》ぶ薩長こそ官軍だってのか」

足を止めて土方が臍《ほぞ》を噛む。井上がその姿を見て駆け戻り、引っ張って先に進んだ。

四

一月五日、淀城までの退路で、旧幕府軍は新政府軍に一矢報いるべく迎撃を図った。北から南に伸びる鳥羽街道が、宇治川に沿って南西へ進路を変える辺り。千両松の地である。

伏見から退いた会津・桑名両藩および新選組、さらに鳥羽方面から退いた旧幕府軍が合流した総勢は三千ほどだった。これを六つに分けて備えを組む。鳥羽街道から南に逸れた宇治川の土手で六隊が横一列に布陣し、各々が鉄砲を前面に、その次に刀と槍、後方に大砲を配した。新選組は鉄砲三十と大砲一門を任せられ、最右翼にあった。

川面が朝日の橙に染まった頃から、新政府軍は猛然と攻め立ててきた。街道を進む行軍が次々と大砲を放ち、旧幕府軍の目前に舞った土が、昇り始めた日の光を遮る。それが収まる頃には鉄砲が正射された。

「応戦だ。撃て！」

土方の号令に三十挺が唸りを上げる。敵味方共に撃ち合うが、そのたびにこちらの鉄砲方がひとり、二人と倒れた。手傷を負った者を見て土方が怒鳴った。

「後詰、鉄砲代われ」

永倉、原田、井上、そして二郎は、自らが率いる中から少しずつ前に出した。それらは負傷した者から鉄砲を受け取り、弾を込めて、じりじりと迫る敵の鉄砲兵に狙いを絞る。

「撃て」

何度めの正射であるかなど、数えている余裕はない。それでも新政府軍の方が数多く撃っているのは明らかだった。

土方は苛立った風に漏らした。

「軍隊ってのは、こういうものか」

敵の鉄砲はやはり射程が長く、狙いも正確であった。銃そのものの違いよりも、新選組が銃撃戦に不慣れであることの方が大きい。西洋式の軍隊——訓練で兵に仕立てるという志向ゆえ、新選組は実技を問わず入隊を許可し、また土方も伊東甲子太郎の兵学を吸収してきた。だが昨今の混乱の渦中、満足な訓練を施せていたとは言い難いのだ。

何度も撃ち手を入れ替えて応戦するうち、新選組は実に四十人以上の負傷者を抱えるようになった。敵兵がまた少し詰め寄っている。

この状況を見て井上が声を上げた。

「このままじゃいかんぜ、歳さん。俺が何人か連れて前に出る」

「何を言ってんだ。的にされちまうぞ」

驚いて返す土方に続き、二郎も声を上げた。

「源さんも覚えてるだろう。伏見で俺と永倉さんが、何もできなかったのを」

しかし井上は決然と首を横に振った。

「あの時と違って、今はこっちの鉄砲が届く辺りに相手が出てきているじゃないか。狙われんように援護してくれ。なあに、精々二町ぐらいだ。五十も数えないうちに斬り込めるさ」

土方は苦虫を嚙み潰したような顔で返した。

「駄目だ。もう先が見えている。今日も、そろそろ退かにゃならんだろう」

「土方君」

井上は、そう返した。試衛館の頃の呼び方であった。

「このままでは撤退もできなかろう。誰かが殿軍《しんがり》をやらなけりゃいかん」

土方が新選組の副長となってから、井上はその立場を重んじて「歳さん」と呼んでいた。それが、今この時だけは年長者として意見している。

「分かるだろう。俺には君ほどの頭がない。剣や槍でも永倉君たちに及ばん。今日は負け戦だろうが、まだまだ続くんだろう。だったら、誰かが楯《たて》にならねば」

土方は右手を月代《さかやき》に遣り、がりがりと搔き毟った。青い剃り跡に幾筋かの血が滲んでいた。

「……分かった。源さん、頼みます。だけど死なんでくださいよ」

「ああ」

井上は何とも清々しい笑みを見せた。そして十五人を率いて前に出る。その中の五人が鉄砲を受け取ると、全員が散り散りになって一気に駆け出した。これに狙いを付ける敵兵がいれば、新選組の鉄砲が狙い返して援護した。

銃弾の飛び交う中、井上らは走った。鉄砲の五人が走りながら撃ち、他の者は一町ほど走った辺りで抜刀して足を速める。

そこへ——。

大砲の音がひとつ響き、土煙が上がった。井上たちの後ろ辺りである。

「源さん！」

土方が叫んだ。今にも駆け出そうとするのを永倉と原田が押し止める。濛々と立ち込める土煙の中、二郎は目を凝らした。

もやもやの中に、立ち上がる人影がうっすらと見える。大砲の着弾した衝撃で転んでいたのだろうか。思う間もなく鉄砲の音が鳴り響き、その人影は何かに揉《も》まれるように舞った。

土煙が収まっていく。先に身悶えしていた人影が、よたよたと歩を進める。初春の冷たい川風が渡って視界が開けた。

総身を血に染めた男——井上源三郎が、ばたりと倒れた。

背後に奇異な気配が感じられた。振り向けば、今まで何があっても冷静に構えていた土方が茫然自失という顔を晒していた。

「頭だとか剣だとか、源さん……そういうことじゃねえんだよ。あんたがいなけりゃ……」

二郎は、ぎり、と奥歯を噛んで土方の元に進み、胸座を摑んだ。

「撤退だろう。この隙にって源さんが言ったじゃねえか。あんたが命令しなくて、誰が新選組を動かすんだ」

淀んでいた土方の目が、じわりと光を取り戻す。鬼副長の冷徹な眼差しが、息を吹き返していく。そして二郎の手を叩き払った。

「撤退だ。退け」

号令一下、新選組は隊を下げた。鉄砲を放ちながら、少し、また少しと後退する。やがて他の五隊も撤退を始め、総崩れとなった。

旧幕府軍は撤退の最中にも多くの兵を損じた。新選組の死者は井上を始めとする二十数名、負傷者は五十名を超え、流れ弾に当たった山崎烝もしばらくして息を引き取った。

その晩、旧幕府軍は淀城に到着した。だがあろうことか、味方であるはずの城からは鉄砲が射かけられた。開戦から三日の連戦連敗を知り、新政府軍に寝返ったものであった。敗走に次ぐ敗走で疲れきった軍兵は、なお夜通しの行軍を余儀なくされ、京街道の橋本宿まで退いた。

春一月は未だ夜が長く、その間だけは敵の追撃を受けることがない。ここまで圧勝を重ねている敵にしてみれば、銃砲の狙いを付け難い夜襲をわざわざ敢行する理由がないのだ。そうした一時の静寂に、旧幕府軍は軍議を開いた。

明け方近く、この軍議に参じていた土方が新選組の元へ戻った。そして戦場に出られる七十余を前に、平静に発する。

「無念だが、これは負け戦だ。剣や槍じゃあ何もできねえ。それでも、今日も敵を迎え撃つ」

短時間の仮眠しか取っていない一同が、不安を顕わにしてどよめいた。口を開いていないのは二郎と永倉、原田ぐらいのものである。

「うるせえ」

押し潰した土方の声音に、しんと静まり返る。大きな溜息の後で言葉が続けられた。

「源さんの教えを軍議で押し通してきた。負け戦と分かった以上、大坂の大樹公が退くための時間が必要だ。俺たちが、今ここでその隙を作らにゃならねえ」

そして、迎撃の手筈が告げられた。

旧幕府軍は淀川――宇治川が下流に至って名を変えた流れの南岸で、東西に分かれて布陣する。東の石清水《いわしみず》八幡宮に四隊を配し、西側、この橋本に会津藩と新選組の二隊が陣取る。

「新選組は隊を二分する。まず永倉と山口、および三十名は別働隊として、橋本の東にある八幡山に潜め。俺と原田、および四十名は橋本に残って守りを固める」

橋本の陣が固く守れば、敵は砲撃の拠点に八幡山を取ることを考えるはずだと土方は言う。しかし、そこには永倉と二郎の隊が待ち伏せている。誘き込んで叩き、時間を稼ぎつつ一矢報いるための作戦であった。

夜明け前、永倉と二郎は八幡山の中腹に潜んだ。木々が葉を散らしていても、やはり林の中はひときわ暗い。やがて北にある男山の稜線が紫色に染まったが、それが夜明けだとは思えぬほどであった。ただ、山裾の橋本ではもう銃撃が始まっているらしい。

二郎は薄闇の中の永倉に声をかけた。

「そろそろ前に出ておく」

二十名を連れて半町ほど坂を下り、抜刀して待機する。永倉の率いる十名が高所の利を以て鉄砲で援護する算段であった。

四半時もせぬうちに橋本の喧騒は大きくなった。ようやく山中にも日の光が入り始め、あちこちに立つ土煙や火柱が見えるようになった。

二郎は息を殺し、心を無にして時を待つ。土方と原田は今、奮戦しているだろう。喧騒の大きさが保たれていることでそれが分かる。しかし半時ほどすると、耳に届く騒々しさが落ち着き始めた。

「来るぞ」

誰に言うとなく呟く。研ぎ澄ました気には、山裾から登る敵兵の気配が確かに感じられた。

別働隊が伏せているのは橋本まで二町半の辺りである。大砲の拠点とするならもう少し山奥を押さえに来るだろう。その前に叩く――。

「あん辺りじゃ。急げ」

ついに敵兵の声、薩摩訛りが聞こえた。次いで野戦大砲の車輪が山肌に落ちた枯れ枝を割る。人の足音は五十ほどか。

声の出どころが半町先まで近づいた。今こそ、と二郎は木立の中から身を躍らせた。

「進め！」

号令ひとつ、二十人が喊声《かんせい》と共に山を駆け下りた。敵兵が驚きに満ちた顔で鉄砲を構える。そこへ永倉が雄叫びを上げた。

「撃てい！」

新選組の鉄砲十挺が一斉に火を噴き、敵の先頭にあった者が、ひとり、二人と倒れる。

「身を隠せ。木じゃ」

敵の隊長らしき者が呼ばわると、五十の群れは大砲を打ち捨てて木立に紛れた。

こうなると永倉の鉄砲兵は容易に撃てなかった。だが、それは敵も同じである。二郎以下を撃つべく寸時身を晒すものの、銃身の長さゆえに狙いきれず、明後日《あさって》の方を撃ってまた身を隠す。

「だがよ。先手必勝だぜ」

走りながら二郎はにやりと笑った。敵兵が再び鉄砲と共に身を晒す。そこへ永倉の鉄砲方が正射を加えた。

「ぬ、あ……」

敵兵の数人が倒れる。少しすれば木陰から出て来ると分かっている以上、大まかな狙いは付けておけるのだ。先に正射を加え、木陰に追い込んだ新選組の側だけができることであった。

二郎は敵兵が身を隠した数本を覚えておき、その木の正面から駆け寄って一気に左へ飛んだ。木の脇に躍り出ると、左手に刀を預けて一気に詰め寄る。

「らっ！」

相手まで最短距離で届く一撃――突きを一閃して喉を穿った。そしてすぐに飛び退き、地を転がる。今まで己の身があったところへ放たれた敵の鉄砲は、突きを食らって悶絶する兵の体を撃ち抜いた。

率いた隊士たちがそれに倣《なら》って敵兵に斬りかかる。これを嫌って木立から身を晒せば、永倉の鉄砲が容赦なく襲う。ひとり、またひとりと薩摩兵を討ち、数を減らしていく。

「退け、退けい！」

奮闘すること四半時、ついに薩摩の一団を退けた。斬り込んだ皆が肩で息をしている。先頭を切った二郎に至っては左腕に二発の銃弾を受けていた。

永倉が駆け付けて声をかけた。

「おい、大丈夫か」

「掠り傷と言いたいところですけどね、血が止まらねえや。それよりも……次があったら同じ手は使えそうにない」

敵がもう一度この山を襲った場合、どう応じたら良いのか。隊士に傷口を固く縛らせながら考えた。だが――。

不意に、あらぬ方角から鉄砲の音がこだました。淀川の北岸である。永倉は呆然とし、また憤慨して怒鳴った。

「これは友軍の……。どうして、こっちに向けて撃つんだ」

対岸に布陣していた津藩が寝返った。遠方からの射撃ゆえ、旧幕府軍の布陣を痛打するほどではない。だが味方は二正面の敵を凌ぐ力を残しているのだろうか。

「永倉さん、山口さん」

ほどなく山裾から新選組の隊士ひとりが駆け上がってきた。土方からの撤退指示であった。

八幡山を取らせなかったことで、旧幕府軍は多くを損じることなく退き果せ、翌七日に大坂に至った。土方の献策どおり、徳川慶喜は昨日中に大坂を脱し、船で江戸へ帰還したという。

療養のため先んじて大坂に入っていた近藤・沖田と共に、新選組は二つの船に分乗して江戸に戻った。

江戸に着いて数日後の一月十九日、近藤と沖田、および二郎は神田和泉橋の医学所で治療を施された。近藤は狙撃された右肩の手術、沖田は投薬と静養のためである。二郎は左腕に受けた鉄砲傷の化膿《かのう》止めと縫合の処置を受けた。

十四　闘いの形

一

　橋本宿の一戦で銃創を受けてからというもの、戦場でも満足に働けず、平時でも剣すら振れずにいた。とは言え、あまり体を動かさずにいても鈍ってしまう。宿を出て空を見上げると、一面に白く濁って日の光が遮られていた。

　四月二十九日、二郎は会津若松城の半里ほど北西にある七日町の旅籠にあった。新選組の中でも先んじて当地に入った者——負傷者は皆がそうである。鳥羽・伏見の戦いから三ヵ月半ほどが過ぎていた。

　曇り空から目を戻して左腕に向け、曲げ伸ばしを繰り返す。そして力瘤《ちからこぶ》を作り、肩をぐるりと回した。

「少し突っ張るが……まあ何とでもなる」

　独りごちて溜息をつく。左腕の傷もようやく気にならぬほどに癒えていた。

「山口さん」

　背後からの声に振り向く。二歳年長の隊士、清水卯吉《うきち》であった。

「何か用か」

ぶっきらぼうに応じると、清水は「いいえ」と笑みを見せた。

「このところ、つまらなそうにしてばかりでしょう。散歩なら付き合いますよ」

「勝手にしろ」

沖田を思い出させる屈託のなさが気に入らず、ぷいと顔を背けて歩を進めた。

会津は江戸や京のように華やいだものがあるでもない鄙《ひな》の町である。だが長閑《のどか》と言うには程遠い有様だった。旅籠が軒を連ねる辺りには新選組のように各地から参じた兵が散見され、そこから外れると町衆が忙しなく行き来している。大八車に積まれた鉄は山の鍛冶場から運ばれて来た物だ。これが町中で刀槍に作り変えられて若松へ納められる。

「ここも遠からず……か。もう少し粘れていたら」

呟くと、少し後ろから付いて来ている清水が声をかけた。

「鎮撫隊《ちんぶたい》のこと、気にしているんですか」

二郎は無言で舌を打った。

鎮撫隊——江戸に下った新選組が一時名乗った隊名である。

徳川慶喜は新政府に恭順の意を示し、二月十二日に上野寛永寺に謹慎した。新選組はこの警護を命じられていたのだが、この頃、新政府軍が中山道を進んでいると聞こえてきた。

慶喜が謹慎までしている以上、何をする必要もなかったのかも知れない。だが旧幕府軍が新政府軍と一戦を交えたのは、王政復古の一件で徳川宗家が締め上げられたからなのだ。おとなしくしていれば済むとは思えなかった。土方は「迎撃のために甲府を接収すべし」と唱え、近藤も同調した。

旧幕府はこれを認め、新選組は「甲陽鎮撫隊」として進発した。しかし甲府に到着すると、既に新政府軍が同地を押さえていた。結果、勝沼《かつぬま》の地で交戦に及んだのだが、人数と物量に勝る新政府軍に圧倒されて惨敗し、隊士は散り散りに江戸に引き上げていた。

(今から思えば)

散歩の足を止め、一郎はまた溜息をついた。土方の献策が認められたのは、厄介払いのためだったのだ。事実、甲陽鎮撫隊が惨敗した後に江戸城は無血開城している。城下での交戦という最悪の事態を避けるためには、武闘派の新選組は邪魔者だったのだろう。

清水は相変わらず朗らかに言葉を発していた。

「敵の数が多い分、伏見の時より条件が悪かったんです。仕方ないと思いましょうよ」

二郎は肩越しに振り向いた。

「仕方ないってのは人を許す時の言葉だ。俺から近藤さんや土方さんに言ってやることはあっても、自分に対してそう思っちゃならねえんだよ」

すると清水は腕組みをして、困ったような笑みを浮かべた。

「もしかして、永倉さんと原田さんのことも気にしてるんですか」

少しばかり、ぎくりとした。やはりこの男は沖田と重なるところがある。

「うるせえ」

吐き捨てて前を向き、すたすたと歩を速める。清水は付いて来て、なおも口を開いた。

「自分で思うのが嫌なら、俺が仕方ないって言ってあげますよ。早々に会津へ退いたのは土方さんの命令じゃないですか。それに山口さんが江戸に残っていても、あの二人と近藤さんの喧嘩別れを止められたかどうかなんて、誰にも分かりませんよ」

甲陽鎮撫隊が惨敗した後、土方は二郎ら負傷者を会津へ送った。かねて軋轢《あつれき》のあった近藤と永倉がついに決裂したことは、会津に入った直後に聞こえてきた。永倉と原田は靖兵隊《せいへいたい》なる組織を立ち上げたそうだが、以後のことは知らない。

清水は小走りに前へ回り、道を塞いだ。二郎が歩を止めると、幾分厳しい声音で言う。

「今の俺たちの大将は山口さんなんですよ。そんなしかめっ面ばかりじゃ、いけませんん」

「それについては……すまねえ。だが、永倉さんや原田さんみてえに手の内を知った人が」

いるといないでは大きく違う。言いかけたところで背後から声が渡ってきた。

「どいてくれ。怪我人だ。道を開けろ」

おや、と思う間もなく、二、三の町衆が飛び退くように道を開けた。二郎と清水も左端に身を寄せる。

「怪我人か。傷、重いんで――」

口を開いた清水を、二郎は遮った。

「おい待て。この大声は」

道の中央、荷車を引いて駆け抜ける先頭の顔を認め、目を見開いた。

「島田さんじゃねえか」

こちらの声に気付き、一団を指揮していた男――かつての二番隊伍長・島田魁が歩を止めた。

「山口さんか」

沖田と土方を除き、新選組の誰にも気を許したことはなかった。だが今だけは島田の顔を見て安らいだ思いであった。

島田はこちらに目を向けながらも、荷車には「先を急げ」と指示を忘れなかった。命じられて走り去った荷車を見ながら問う。

「島田さん、あれは?」

「土方さんです」

いくらか伏し目がちに返された言葉を聞き、二郎の頭の中がぐらりと揺れた。

「何が……どうして」

「宇都宮《うつのみや》で城攻めを受けましてね、その時に、足に鉄砲を食らったんですよ。命に別条はないんですが、骨が割れていて、今は歩くどころか立つことすらできんのです」

二郎は、ほっと息をついた。井上源三郎が討ち死にした時の土方を理解した気がした。

「土方さんは、どこに運ぶんです」

「若松城からのご指示で、この先の清水屋って旅籠で療養することに」

軽く頷いて清水に目を流した。

「おまえの苗字と同じ屋号で覚えやすいだろう。皆に報せておけ。俺はこのまま向かう」

命じて清水を走らせ、島田と連れ立って歩いた。清水屋なる旅籠に至ると、島田は別途やることがあると言って、すぐ若松城に取って返した。

清水屋に詰めていた隊士に導かれ、一室に入る。土方は既に床で横たわっていた。二郎は静かに声をかけた。

「しばらくだな」

「会津でのまとめ役、ご苦労だった」

言いつつ、土方は身を起こした。

「寝てなくていいのかよ」

「障りねえさ。怪我は足だけだ。それに、ひとつ大事な話があってな」

土方は恐ろしいほどの静かなになった。

「近藤さんが死んだ」

何も返せなかった。

試衛館では師と仰ぎ、京に入ってからは局長に戴いてきた男である。増長して永倉や原田との間に溝を作り、そこを伊東に付け込まれて隊を二分してしまったが、こと国事に於いては常に道理を通さんとした硬骨漢だった。土方によって上手く担がれていた面こそあれ、神輿にするだけの価値は十分にあったろう。その男が死んだ。体から力が抜け、背が丸まった。

「討ち死にかい」

「違う。斬首だ」

甲陽鎮撫隊が撤退して永倉や原田と袂を分かった後、近藤と土方は下総の流山《ながれやま》に入った。新たな隊士を募って本格的に西洋式の訓練を施そうと企画したらしい。しかし訓練の最中、新政府軍に包囲されて出頭を余儀なくされた。土方は近藤の助命を嘆願すべく奔走したが認められず、ついに罪人として処断されたそうだ。

土方の無表情な面持ちは、努めて感情を表に出すまいと取り繕っていたのだろう。経緯を話し終えると、何とも無念そうに頰を歪めた。

「武士よりも武士らしくって、突っ張り抜いたのに。切腹すら許されなかった。長州の奴らめ」

新選組局長として長州藩士に恨みを買っていた近藤である。だが土方は、その言葉を止めて頭を振った。

「そう仕向けちまったのは俺か。泣き言なんて言ってられねえや」

土方は両手で自らの頬を挟むように張り、続けた。

「長州……新政府の奴らに必ず言わせてやる。徳川とそれに連なる者を、これからの御政道で決して蔑ろにしねえってな」

二郎は無言で頷いた。土方は少し面持ちを緩めた。

「ついては」

言いかけたところで、障子の外から声がかかった。

「土方さん。大鳥さんがお見えですが」

聞いたことのない名である。しかし土方は待っていたように応じた。

「お通ししてくれ」

居心地の悪さを覚え、二郎は土方を見る。返される眼差しが「ここにいろ」と語っていた。

やがて障子が開かれた。入ってきたのは、額が広く目鼻立ちの整った三十路半ばの壮士であった。土方は二郎と大鳥の双方に目を向けながら言った。

「こちらは旧幕府歩兵奉行の大鳥圭介殿だ。大鳥さん、この男は山口二郎……いや、斎藤一と言った方が分かりやすいですかね」

大鳥は土方の床の向こう側に腰を下ろしながら「おお」と驚いた様子であった。

だが次に土方の発したひと言は、それ以上に二郎を驚かせた。

「新選組の新しい局長です。今後は――」

「え？　いや待て。ちょっと待ってくれ」

二郎は土方を遮った。

「どういうこった、そりゃ。近藤さんが死んだ今、あんたが局長になるのが筋だろう」

それに対しては大鳥が答えた。

「山口君。土方君はしばらく体を動かせない。戦場に立てんのだ。それに幕府方はなあ……長く泰平に慣れきってしまったせいか、この危急に際してあまりに無策な者ばかりだ。土方君には新選組副長としての経験もあれば、慶喜公を大坂から無事に退去せしめた実績もある」

二郎は口籠もりながら応じた。

「それは……しかしですね、俺は人を率いるなんてことは」

大鳥は深く頭を下げた。

「頼む。土方君を参謀にくれ。勝つためだ」

こうまでされて、否やを言うなどできようはずもない。だが二郎は、土方に対してはなお言葉を連ねた。

「あんたが参謀になるのは構わんが、俺に局長が務まるとは思えねえ。島田さんじゃ駄目か」

土方は柔らかい笑みを見せた。

「源さんが死んだ時、うろたえた俺を叱り飛ばしたろう。あの場でそれができたのは、おまえだけだった。橋本の戦でも見事に伏兵をやって退けたじゃねえか。これからの新選組には、ああいうのが求められる」

そして真剣そのものの顔で「頼む」と言う。二郎は大きく溜息をついて、がりがりと頭を掻いた。

「……どうなっても知らねえからな」

大鳥が「良くぞ言ってくれた」と肩を叩く。土方は安堵して大きく息を吐いた。山口二郎は齢二十五で新選組の局長となった。

二

土方が会津に担ぎ込まれて数日以内に、新選組の隊士——二郎が名や顔を知らぬ新規入隊者が大半であるが――も三々五々、後を追って会津に入府した。そして閏四月五日、松平容保の隠居に伴って家督を継いだ会津公・松平喜徳《のぶのり》が、新選組に白河城への出陣を下知した。

古来奥州の玄関口であった白河の地は、一年前の慶応二年に藩主が転封となり、隣藩・二本松の預かりとなっていた。正規の藩主が不在の上、二本松藩兵も多くが入っているではない。必然的に新政府軍は奥羽進攻の拠点として奪取することを視野に入れているが、逆に会津藩がこれを取れば防戦の前線基地となる。

ところが新選組は、閏四月七日に猪苗代《いなわしろ》湖南岸の三代《みよ》に入って以来、留め置かれていた。十七日の晩、二郎は同地で戦支度を始めた会津藩兵を捉まえて問うた。

「ここの軍目付に会いたいんだが」

相手は訝しげな面持ちだったが、新選組の山口だと名乗ると「ああ」と嫌そうに頷いて会津藩の陣屋へと導いた。陣屋は郷士の屋敷で、外側は土で塗り固めた塀、間取りは広間がひとつ、他に十いくつかの小部屋がある平屋であった。

二郎は二十畳ほどの広間に通され、中央に座って待った。やがて具足に身を包んだ若者が、せかせかと入ってくる。若者は広間の奥の床机《しょうぎ》に腰を下ろすと、何とも居丈高に発した。

「田中左内である。新選組の局長が何用か」

「聞きたいことがありましてね。戦支度が進んでいるところを見ると、いよいよ白河に入るんでしょう。どうして新選組にはその下知がないのです」

するとは小馬鹿にしたように鼻で笑った。


「其許《そこもと》らの隊は鉄砲が扱えぬと聞いた」

「それは以前の話です。今は、土方参謀の下で十分に洋式訓練を積んだ者がおりますので」

土方の名を出すと、今度は忌々しそうな心持ちを映した声を返した。

「ならば祝着、されど其許ら陣借りの者は功を焦っておると見た。此度の城攻めは会津藩のみで行なう。まずは我らの戦ぶりを見ておくが良い」

陣借り――客人扱いだけなら、まだ我慢もしただろう。しかし功を焦るというひと言は腹に据えかねた。二郎は斬り合いの相手を見据えるのと同じ眼差しで、じろりと見返す。田中が瞬時怯んだのを見て「やっぱりな」と口元を歪めた。

「あんた、戦場をなめてるだろう」

「何を」

色を作《な》した田中の胸元に突きの一閃を食らわせるつもりで、体を左前に向けた。

「江戸が無血で開城したからって、本当に血が流れていないとでも思っていやがるのか。上野でも宇都宮でも、大勢が鉄砲弾を食らってんだ。大砲で吹き飛ばされてんだよ。少なくとも新選組の連中は、古参も新参も、そうした中を潜り抜けてきた」

田中はついに怒鳴り声になった。

「だから何だ。今や会津藩こそ旧幕府軍の盟主なのだぞ。米沢、仙台、棚倉、諸藩を束ねる立場が陣借り衆の力を借りたとあっては体面に関わる」

二郎は「ふん」と鼻を鳴らして失笑した。

「そちらさんと違って、俺たちには功なんぞ無用でね。新選組の先代は会津の先君を敬っていたし、道理の通らんことが何より嫌いだった。俺は戦争なんぞにこれっぽっちも興味はねえが」

そこで言葉を切った。脳裏に沖田の顔がちらつき、またひとつ鼻で笑う。

「すまねえ、今のは俺自身を笑っただけだ。ともあれ、十分にやったと胸を張れるまで、近藤勇に力を貸すと約束した。だから戦場に出にゃならん」

京に於いて近藤と新選組が先君・松平容保の懐刀だったことは承知しているらしく、田中はぐっと奥歯を嚙み締めた。憤懣やる方ないという風ながら、しばし沈思して口を開く。

「申しようは聞きおこう。されど此度の戦は、やはり会津兵のみで行なう」

「じゃあ忠言しておくか。二本松藩は白河を預かっているだけで、会津兵とやり合う気はねえだろう。戦場の実際を知らんあんた方だけでも落とせる。だがな、新政府軍の奴らは本気で殺しにくるぜ。城を落とした後の守りには必ず新選組を使え」

それだけ言って、二郎は立ち去った。

三日後の閏四月二十日、会津藩兵は白河城を攻め落とした。二郎が睨んでいたとおり、二本松藩兵はろくに交戦せずに退いたということだった。

同日、新選組に出陣の下知があった。白河城から南へ一里半、奥州街道白坂宿の関所の守備である。二郎は百三十の隊士を率い、二十二日に同地へ入った。

宇都宮から北進する旧幕府軍は、この白坂口および白河城東方の棚倉口の両側から攻め寄せるだろう。しかし宇都宮から真っすぐ白河や会津を目指せる白坂口にこそ、主力を差し向けてくるのは明白であった。

いつ来るのか――。探るべく出した物見が戻り、白坂宿本陣の玄関先で報じた。

「敵軍、寄居《よりい》まで出ています。明日の朝一番でしょう」

二郎は傍らにある島田魁を向いた。

「やはり速いな。街道を挟む高台で伏兵の指揮を頼みます」

「分かりました。山口さんはこういうのが上手い。きっと上手く行きます」

にやりと笑って、そう言う。二郎は「どうでしょうね」と素っ気なく返した。

閏四月二十五日の早暁、新政府軍は白坂の関に攻め掛かった。街道を進む兵が、閉め切った関門に向けて鉄砲を正射してくる。門の内側で床机に腰掛けた二郎は、この音を聞いて新選組に命令を下した。

「応戦！」

号令ひとつ、鉄砲を持った二十人が門扉の内に走った。昨晩までの間に木箱を階段状に積み上げ、昇り降りしやすく、また昇ったところに留まれるようにしている。最上段まで昇った鉄砲方は門扉に身を潜め、敵の正射が終わると身を晒して狙いを付けた。

「撃てい」

歩兵指図役の尾関雅次郎《おぜきまさじろう》が声を上げ、二十挺から一斉に発射される。それが終わるとまた敵が撃ち、鉄砲弾は何度か応酬された。

「関所方の数は少ない。押せ、押せい」

声を張り上げたのは敵の兵長だろうか。これに応じて喚《わめ》き声《ごえ》が近付く。門扉に身を隠したひとりがすっと顔を上げ、敵を見遣った。

「八町！」

敵はそこまで迫っている。二郎の床机の前に立つ副長・安富才助《やすとみさいすけ》が、そわそわしながら振り向いた。

「山口さん」

「まだ。もう少し」

敵の鉄砲が止み、こちらが撃つ。そして身を隠した中のひとりが「六町」と声を上げた。

二郎はすくと立って声を上げた。

「合図！」

後方で大砲が空砲を放つ。ドンと腹に響き、新選組の伏兵が潜む門外の小山にこだました。

途端、激しい銃声が上がった。街道を挟む小山から五月雨のように間断なく撃ち込まれる音である。次いで敵兵の悲鳴が聞こえた。ひとつ、二つ、やがて五つ、六つ。敵から殺いだ数は多くない。

「来るぞ」

安富と二郎が同時に発し、門内にあった皆がひとり残らず宿場町の路地に逃げ込む。息を殺して十、二十と数えるうちに敵の大砲が唸りを上げ、門外に着弾して土くれの柱を巻き上げた。

二郎は路地からそれを窺い、またひとつ「合図」と叫んだ。いずこかの路地で法螺貝《ほらがい》の音が鳴る。それを機に、高地から街道を狙う鉄砲の音が、じわり、じわりと数を減らした。

敵はなお大砲に物を言わせようとしてくる。音の出どころが少しずつ近くなっているのが分かった。一発が門内に至り、先に二郎が腰掛けていた床机を粉砕する。次の一発は門扉の内に積んだ木箱を砕く。徐々に狙いが正確になり、そしてついに門柱に着弾した。土煙の中、箱や柱など諸々の木がぶすぶすと煙を立てた。敵兵の喚声が一層耳にやかましい。

その時、高地から一斉射の音が響いた。

「どうだ……」

二郎は耳を澄ます。敵の喚き声が狼狽を孕み、大砲の音が止んだ。

「門を出ろ。進め！」

安富が号令する。路地に散っていた皆が関門へと走り、門脇の小さな木戸から転がるように出ていった。

二郎は最後に門外へ出ると、濛々と立ち込める土煙の中で目を凝らす。六町ほど向こうだろうか、高地に挟まれた街道では、敵兵がひと固まりになっては倒れ、また逃げ散っていた。大砲を撃とうとして集まっては、そのたびに狙い撃ちされ、散らされているものであった。

「よし」

向こうがじっくり攻める気だったら、たとえ伏兵があっても、こうまで乱すことはできなかったろう。伏兵の入った高地に大砲を撃ち込み、じわじわと前に出れば済む話なのだ。だが今日は閏四月二十五日、会津藩が白河城を落としてからたったの五日である。

拠点にするはずの白河城を会津に取られ、敵に焦りがあるのは明らかだった。案の定、伏兵の鉄砲に挟撃されてなお敵は進軍し、関門に大砲を放った。

敵の銃砲にはこちらを凌駕《りょうが》する性能がある。二郎はそれをこそ逆手に取った。伏兵の鉄砲が多少発砲の数を減らしたとて、敵は「性能の差」と考える。この盲点を衝き、二度めの合図――古臭い法螺貝の音を機に、高地に潜む一部を割いて山中を前進させていた。白河攻略を焦る敵は、きっと大砲を前に出して強行突破を図る。それを待ち、大砲の撃ち手を殲滅《せんめつ》するために。

頼みの綱の大砲を急襲されて援護を失い、敵の前線は完全に浮き足立った。二郎は眼差しに力を込めた。

「撃て」

門の中から出た鉄砲二十が、次から次と放つ。これを督しながら、二郎は再び声を上げた。

「五町！」

すると先まで空砲を撃っていた大砲が、今度は実弾を放った。指示した距離の先で、土くれと血飛沫の混ざった赤黒いものが舞った。

その間にも伏兵が、街道の両側から鉄砲を射掛ける。敵が何とか大砲を撃とうとすれば、そこを狙って正射を加えた。

早暁から始まった攻防は昼九つ（正午）を前に終わった。たった百三十人の新選組は、新政府軍の先鋒《せんぽう》を圧倒した。

「やはり山口さんは伏兵が上手い」

顔を紅潮させる安富に、しかし二郎は苦い面持ちで応じた。

「たまたまですよ。敵は小勢の俺たちなんぞ眼中になかった。斬り合いでも戦争でも、相手がいることを忘れた者に勝ち目はねえってことです。敵の攻めが拙《まず》かったから勝ったに過ぎない。今回だけでしょう」

新政府軍が本腰を入れ、綿密に計画を立てたら、自分には凌ぎきるだけの策がない。それを伝えると安富も渋面になった。

新選組はそのまま白坂口を守ったが、二十九日には仙台藩兵と交替し、白河城下の本陣で休息を取るよう命じられた。

月の変わった五月一日、新政府軍は二度めの攻撃を仕掛けた。二郎の予見に違《たが》わず、今度の攻めは前回のように手ぬるいものではなかった。白坂口は呆気なく突破され、すぐに白河城も砲火に晒されて陥落した。休息番の新選組も防戦に加わったが、圧倒的な火力には抗しきれず、元々宿陣していた三代まで退くこととなった。

旧幕府軍、新政府軍双方にとって、白河城は重要な拠点である。これを奪還すべく、会津藩は五月二十六日と二十七日、六月十二日、そして七月一日と挑み続けた。二郎以下、新選組もこの全てに参戦している。しかし悉く敗れて退くことを繰り返すばかりだった。

七月一日の奪還戦で敗退した後、新選組は猪苗代湖南岸の福良《ふくら》へと撤退を命じられ、ここで休陣していた。

陸奥は夏の訪れが遅く、秋の到来は早い。六月の終わり頃から四、五日に一度雨が降り、そのたびに空が高くなっていく。雨上がりの日、二郎は朝餉を取ると散歩に出た。体を休めねばならぬが、休むほどに鈍るような気もする。空に棚引く雲を見上げると、ひとりでに溜息が漏れた。

「やっぱり、つまらねえな」

「そう言うなよ」

背後からの声に驚いて振り向き、姿を見てまた驚いた。

「あんたか」

土方であった。以前は月代を剃り上げていたが、その頭も今は洋風に整えられていた。どこか寂しげに映るのは気のせいだろうか。二郎は平らかな声音で問うた。

「怪我は、もういいのか」

「とりあえずはな。まだ走り回ることはできねえが、今日から現場に戻る」

二郎は、ふう、と長く息を抜いた。

「でも、俺の肩の荷が下りる訳じゃねえんだろう」

「まあな。参謀として戻ったに過ぎん」

土方の面持ちは先のまま、やはり寂寥を湛えている。新選組として戦場に出られないことが理由なのだろうか。そう考えて、苦笑混じりに返した。

「じゃあ、こんなところで油を売ってる場合じゃねえな」

「ああ。伝えることを伝えたら行くよ」

そして土方は目を伏せた。

「……総司が死んだ。五月三十日だ。ここのところ、おまえと顔を合わせるたびにこんな話ばかりで気が滅入るよ」

ずん、と胸に響く。近藤の時と違い、自らの芯を砕かれるようだった。目の焦点が合わず、頭がぐらぐら揺れる気がする。ふらりと倒れそうになり、右足を踏み出して何とか堪えた。

土方は、こちらの右腕を摑んだ。

「死に際に、おまえの名を口にしていたらしい。俺は十分にやったよ、一君も……ってな。うわ言だ。何のことか俺には分からねえが、おまえには分かるんじゃねえのか」

土方の目が語っていた。その遺言に応えねばならないのだろうと。二郎はまた空を仰いだ。

会津に転戦した時から、二度と沖田と会う日はないと覚悟していた。それでも今は、ひと言の呟きを漏らすことしかできなかった。

「……つまらねえ」

「そう言うなよ」

土方はやる瀬なさそうに最前の言葉を繰り返し、脇を通り過ぎていった。

三

新政府軍は七月二十九日に二本松城を陥落させ、ついに会津藩領内への進攻を視野に入れた。

白河と二本松を制した新政府軍が会津へ入るには、何通りかの道がある。会津藩が厚く守りを固めたのは会津西街道の日光口、猪苗代湖南方一里余の勢至堂《せいしどう》峠、そして猪苗代湖東方の中山峠であった。特に中山峠は二本松と若松城を結ぶ最短の道とあって、最も警戒が厚い。

そうした中で新選組は猪苗代南岸の福良本陣に留め置かれていた。

「入りますよ」

声をかけ、島田が部屋に入ってきた。障子を閉めながら溜息混じりに「やれやれ」と発する。二郎は半ばぼんやりと応じた。

「またですか」

どうして新選組には出陣の下知がないのか。それが、ここしばらくの隊士たちの不満だった。

島田はうんざりしたように頷いて発した。

「敵の出方を見て出陣になると、何度も話しているんですがね」

二郎は「ふふ」と苦笑した。己にとっては、出陣の下知がないことはかえって有難い。沖田の死を知らされてから、ずっと戦場に向かう気がしないのだ。今の自分が隊士を率いて満足に働けるとは思えなかった。

島田は、ふと興味が湧いた風に問うた。

「日光口、勢至堂、中山のうち、山口さんはどこから攻めてくると思います」

二郎は島田のような興味を持てない。だが、何か返さぬことには話が終わらぬだろう。

「どこでも結構。ただ、三つとは違うところでしょう」

「ほう、その心は」

ふう、と溜息をついて応じた。

「地の利がある敵を相手に、備えの厚い道を進もうなんて、俺ならしません。新選組も常に相手より大人数で捕り物をしていたでしょう。急がば回れで手薄なところを衝くのがいい。母成《もなり》峠辺りじゃないですかね」

島田が「ほう」と目を丸くする。そこへ、どたばたと慌しい足音が駆け寄り、手荒く障子を開けた。什長《じゅうちょう》の木下巌《いわお》であった。

「来た。来ました。出陣の下知、行き先は二本松口、中山峠です。明後日には出立すべしとの通達ですぞ」

早口に捲し立てる言葉に一々頷き、二郎は平らかに「分かった」とだけ返した。

下知があったからには、軍目付の島田は皆を督して支度をさせねばならない。すわ、と立ち上がって部屋を出る。去り際にちらりとこちらを見て「当てが外れましたな」と苦笑した。

二郎は小さく頷く。苦笑と自嘲がない交ぜになった笑みが浮かんだ。ことほど左様に今の己は鈍っているのだと。

八月十八日、新選組は福良を出て湖の北岸に向かい、猪苗代城下の旅籠に分宿した。そして二日後の二十日、朝一番で隊列を整えて点呼を取り、一路中山峠を目指した。

全てが徒歩兵の新選組は駆け足で進む。先頭を走る二郎や副長の安富、軍目付の島田など幹部は腰の刀のみであるが、他は全て右肩に鉄砲を担ぎ、左手に槍を持っていた。鎖帷子も着込んでいるとあって、そう速く走れはしない。出立から四半時でようやく三十町ほど進んだ。中山峠まではまだ三里半を残している。

「待たれい。待たれよ！」

後方から馬蹄《ばてい》の音が近付き、声を張り上げている。早馬の伝令らしい。二郎は行軍を止め、隊列の脇を通って後方へ進んだ。駆け付けた馬が勢い良く手綱を引かれて棹立《さおだ》ちになった。

伝令は馬上のままで大声を寄越した。

「大鳥参謀より出陣先の変更が命じられた。新選組は母成峠に向かうべし」

「何だと」

二郎が問い返すと、伝令は苛立った風に返した。

「敵がそちらに行ったと報じられたのだ。早々に向かわれよ。俺は他にも伝えねばならん」

伝令はまた馬を走らせ、風のように去っていった。

「当たりだ」

島田が呟く。二郎がそちらを向くと力強い眼差しが返された。

「一昨日の晩の見立てどおりじゃないですか。研ぎ澄まされているんですよ」

正直なところ当惑していた。あの時は適当に答えて話を終えたかっただけなのだ。だが島田の言葉に続き、清水卯吉――どこかしら沖田に似たものを思わせる男が呼ばわった。

「聞いたか。俺たちの局長は頼れる人だぞ。存分に暴れてやろう」

このひと声に新選組の皆が「おう」と拳を上げた。二郎はそれを見てやや俯き、しみじみと笑みを浮かべた。

「そうか。まだ、なんだな」

ぼそりと呟き、面持ちを引き締めて顔を上げる。

「これより母成峠に向かう。全隊、駆け足」

二郎は再び先頭に立った。今は新選組と命運を共にすべし。自らにそれが求められているからには、まだ十分にやり果せたとは言えないのだ。

母成峠は磐梯山《ばんだいさん》の東方に当たる。二本松から中山峠に至る四半里ほど手前で北方に逸れ、大きく迂回《うかい》した先の峻険《しゅんけん》な山道であった。新政府軍がこの行路を取ったことは、中山峠に最大の手勢を割いた旧幕府軍にしてみれば裏をかかれた格好である。

母成峠にも第一から第三までの台場を築き、また会津藩と仙台藩が布陣してはいたが、兵はわずか三百ほどであった。新選組と大鳥圭介麾下《きか》の伝習隊《でんしゅうたい》第二大隊、二つの援軍を合わせても八百余にしかならない。それに対して新政府軍は実に二千六百を動かしているという。守るに易い地とは言え、やはり差は歴然としていた。

八月二十日夕刻、新選組は峠の東方に聳える和尚山《おしようやま》、石筵《いしむしろ》川《かわ》の流れる勝岩の地に布陣した。峠の本陣となる第三台場を側面から支援する役目である。

「伝令」

会津藩の陣笠《じんがさ》が新選組の陣に駆け込んだ。二郎以下、幹部が揃って引見する。

「本日、既に第一台場を抜かれました。明日には総攻撃がありましょう」

二郎は「ふむ」と頷いて問うた。

「夜襲の線は？」

「まずありません。土地の者の話では今宵から霧が出るとか」

「承知した」

その晩は必要最低限の夜警番を交替で立て、できるだけ長い眠りを隊士たちに与えるように計らった。二郎も早々に身を横たえた。

だが眠れない。京にあった頃から、夜こそが自らの動くべき時であった。それに加えて今宵は何かが匂い、胸がざわめく。

何度も寝返りを打った末、二郎は身を起こして陣幕を出た。未だ白むでもない空は、うっすらと濁って見えた。

「霧か」

独りごちて空から目を戻す。この霧の向こうに敵がいるのかと、南の川下を眺めた。

「うん？」

ぼうっと、何かが動いた気がする。ごく小さいが灯りらしい。

「まさか……。いや、間違いねえ」

踵を返し、自らの隣の陣幕に入る。そして副長の安富、軍目付の島田を起こすと、先に見たものを伝えた。二人の眉根が寄った。

「物見ですかね」

声を潜める安富に、二郎は頷いて返した。

「霧が深い。灯りそのものは遠くても、こういう晩は離れたところまで届く」

島田が腕組みをして顎を引いた。

「だとすると、本陣の支援どころの話じゃなくなる」

敵は道沿いに母成峠を攻めるだけではない。何らかの兵が潜んでいると見て、峠を挟む山にも兵を進める気でいる。二郎は大きく溜息をついて返した。

「向こうとこっちじゃ武装が違う。こう言っちゃ何だが、俺たちは弱者の常として奇襲を多く使ってきた。さすがに読まれたってことですよ」

二人の「どうする」という目が向けられる。二郎はしばし沈思した後に口を開いた。

「奇襲の手は残っていますよ。壬生の狼《おおかみ》には夜の武器がある。安富さんと島田さんは古参だし、分かるでしょう」

そして二人に命じ、密《ひそ》かに隊士たちを起こさせた。

総員が陣の前に並ぶと、二郎は静かに告げた。

「これより出陣する。夜も明けていないし霧も深い。だが俺や副長以下、新選組の古参にとって夜は主戦場だ。いいか、灯りのひとつも持つな。前を行く者に従って静かに山を下れ」

壬生の狼として闘ってきた者は夜目が利く。闇夜に暗躍した者ならではの武器を味方に、新選組はひっそりと川の流れに沿って下った。

母成峠から東南に伸びる狭隘《きようあい》な伊達路《だてじ》に差し掛かったところで、二郎は行軍を止めた。

「すぐに鉄砲を撃てるように支度して、座って待て」

時を待ち、やがて夜が明けた。川の流れるこの辺りは特に霧が深く、五間先も見通せない有様である。この状況で新政府軍が無闇に攻め掛かることはあるまい。きっと、今しばらく様子を見る。何しろ白河と二本松を落とし、間違いなくこちらを追い詰めているのだから。

果たして、周囲は川のせせらぎを聞くばかりであった。しばしの時を過ごした後、二郎は背後に向けて呟くように訊ねた。

「何時《なんどき》だ」

「五つ頃じゃないですかね」

返された清水卯吉の囁きに、二郎は無言で頷いた。

朝一番の濃霧は京にあった頃に何度か経験していた。朝五つ（八時）頃には未だ濃くとも、大概の場合、昼四つ（十時）頃にはだいぶ晴れるものだ。しかし敵軍は勝岩の備えに奇襲を仕掛ける腹である。霧が晴れる前に仕掛けてくるだろう。もう半時ほどか。思いながら息を潜めた。

そして、ついに敵の足音が聞こえた。静々とだが数が多い。東南に五、六町ほど先、伊達路を進んできている。二郎は小声で命じた。

「鉄砲、三つ数える毎に、ひとりずつ静かに立て。立った者は正面に狙いを付けて待機。何があってもうろたえるな」

ひとり、二人と静かに腰を上げる。やがて率いた百三十のうち、幹部を除く百十ほどが正面に鉄砲を構えた。

いきなり、右側にドンと響いた。峠道の第二台場だろう。未だ霧の晴れぬ中、ついに新政府軍の攻撃が始まった。大砲の音には皆が瞬時顔を向けたが、先んじて「うろたえるな」と釘を刺していたことが奏功し、すぐに前に目を戻した。その方向から駆け足の音が間近に迫って来た。

二郎はしゃがんだ姿勢で耳を澄ます。

「あと少し……」

夥しい数の足音が大地を震わせる。先鋒だけだろうが、三百は下るまい。

「撃て！」

ついに二郎は命じた。即座に百十の鉄砲が正射される。二町ほど先の霧の中で、いくつかの悲鳴が上がった。

「正射、続けろ。正面だけを狙え。とにかく撃て」

乳色の濃い中へ向け、新選組はひたすら撃ち続けた。敵兵は狭い道に密集しているらしく、正面に正射するだけで多くが命中している。奇襲を仕掛けんとした敵に、濃霧を利して逆に奇襲を食らわせた格好であった。駆け足が止んだことからも、相手方の狼狽は明らかである。

だが、それでもしばらくすると応射の音がし始めた。新選組の隊士も二人、三人と被弾して倒れるようになった。敵ほどではないにせよ、こちらも狭い道にひしめき合っている。

「正射して退け」

二郎の指示に従い、百に満たなくなった鉄砲が唸りを上げる。そして峠への隘路を二町ほど駆け登った。

「道を外れて木に身を隠せ。敵が走り抜けたら後ろから襲う」

そう命じて、二郎は率先して木の陰に入った。濃霧の中に敵軍の足音が迫り、そして駆け抜けていく。努めて気配を殺し、それを見送る。

「やれ！」

二郎の大喝に、駆け抜けた敵兵が慌てて足を止めた。

そこを鉄砲が襲い、ばたばたと倒れていく。被弾せずに狼狽した敵があれば、手近な隊士が腰の刀を抜いて躍り掛かった。

霧の中に浮かぶ新政府軍——黒ずくめの出で立ちと陣笠で大まかに見当を付け、二郎も一気に間合いを詰める。

「野郎！」

袈裟懸けに斬り、次の人影へと走って突きを食らわせる。何度かに一度は地を転がって、鉄砲の狙いを攪乱《かくらん》した。繰り返すうちに、勝岩を襲った敵の先鋒は退いていった。

二郎は額の汗を拭い、峠に響く音に耳を傾けた。勝岩の辺りから峠に向けて退きながら交戦してきたのに、敵方の大砲が一向に遠くなっていない。つまり母成峠の備えは崩れ、敵軍が確実に山道を登っているということだ。まずいな、と顔をしかめつつ命じた。

「峠の手前まで退いて後続を迎え撃つ」

そして第三台場まで八町を残す辺りへと退いた。既に霧は晴れている。日の高さと傾きからして昼九つ（正午）を少し過ぎた頃だろう。この頃から敵軍の砲撃は勢いを増し、南方に煙が上がるようになった。第二台場はもう持つまい。

「俺たちも狙われるだろうな」

二郎が呟くと、傍らの安富が「ええ」と返した。新政府軍が白坂口の時のような拙攻《せっこう》ではない以上、ここが砲撃されるのも時間の問題である。

少しの後、やはり第二台場は突破された。それを機に、新選組の備えにも砲弾が向けられるようになった。二郎は喉の奥で囁くように罵った。

「糞ったれ」

新選組はすぐに土の霧に呑み込まれた。敵軍は連射の利くアームストロング砲で、山の形が変わるかと思われるほどの猛攻を加えている。

その砲弾が、ついに隊士の只中に着弾した。近辺の数人が吹き飛ばされ、そこかしこにちぎれた腕や脚、潰れた頭が転がる。対抗する手段は何もなし、人の呆気ない死を目の当たりにして皆の士気も下がってしまった。

「……ここまでか。退け！」

既に峠の第三台場にも火柱が上がっており、そちらに向かうことはできない。二郎は隊士を率いて山を伝い、川を渡ってどうにか撤退した。

母成峠の戦いは新政府軍の圧勝で終わった。会津藩にとって決定的な敗北であった。猪苗代までの進路を確保した新政府軍は、そこから目と鼻の先の若松城下に雪崩れ込み、八月二十三日に白虎隊や娘子隊《じょうしたい》などの抵抗を蹴散らした。

ここに至って会津藩は、若松城に籠城することになった。

四

八月二十三日の交戦で混乱しきった城下からは、各隊の者がばらばらと落ち延びた。それらは若松城の北方三里ほど、米沢街道の塩川村に集結していた。二郎以下の新選組、そして大鳥圭介と伝習隊、それぞれの生き残りを含む旧幕府軍は二十六日、この地を本営と定めた。

軍兵は周囲の百姓家に間借りして分宿し、或いは秋深い寒風の中で野営している。二郎にも百姓家のひと間が手配されたが、これを断って隊士と共に野辺に火を焚《た》き、暖を取っていた。

「山口君」

焚き火の脇でわずかばかりの粥《かゆ》を啜《すす》っていると、声をかける者があった。地べたに座ったまま見上げる。疲れきった顔の大鳥だった。どう応じて良いのか分からぬがゆえ、返す言葉はぶっきらぼうなものになった。

「どうも。大鳥さんも食いますか」

火にかけてある鍋を顎で示す。大鳥は「いや」と断って、こちらの正面に座った。大きくひとつ溜息をついたきり無言の大鳥に対し、二郎から口を開いた。

「城、まずいんでしょう」

「ああ。何しろ敵軍の大砲がね」

新政府軍は連日、若松城内に向けて、東の小田山からアームストロング砲を撃ち込んでいた。両所の距離は実に十五町である。

大鳥は呆然とした風に漏らした。

「たかが野戦砲が、これほど射程が長いとはな。落城も時間の問題だろう」

二郎は俯いて、目だけを掬い上げるように向けた。

「策は？」

「あるには、ある」

「じゃあ、やりましょう」

大鳥はまた溜息をついて「悔しいが」と呟いた。しかしすぐに激しく頭を振った。

「そのことで軍議を開く。君も参じて欲しい。だが……先んじて言っておくが、落城を覆すことはできんよ」

やはり会津の敗北は免れないと言う。二郎の胸に、もやもやとしたものが満ちた。

「何て言いますかね」

発したきり、口を噤んだ。大鳥はしばし続きを待っていたが、やがて腰を上げた。

「明日の昼八つ（十四時）に私の宿陣先だ。遅れないようにな」

立ち去る背を二郎は無言で見送った。

すっかり冷めてしまった粥をすすり、傍らに椀《わん》を置く。すると少し離れたところにいた清水卯吉が無念そうに呟いた。

「幕府方も終わりなんですね」

「え？」

なぜかは分からぬが、とても重大なことを聞いたように思える。二郎が驚いて顔を向けると、清水は自嘲するように頬を歪めた。

「だって大樹公は江戸城を明け渡してしまったんでしょう。親藩の会津が後を継いで戦争をしてきたけど、それも降伏するしかないんですから」

途端、迷いの霧が晴れたような気がした。

「そういうことか」

大鳥の言葉に感じていた不確かな思いの正体が、ようやく分かった。頭の中はこれ以上なくはっきりとしているのに、眼差しだけが虚ろになる。今ここにある清水や焚き火は目に映っているものの、二郎が見ているのはもっと遠くの果てであった。

「清水」

「え？　あ、その……」

こちらの顔を見たのだろう、当惑した声が返された。二郎は「ふふ」と笑い、目の焦点を清水の顔に置いた。

「おまえ、やっぱり似ていやがるぜ。とぼけたことばっかり言うくせに、真ん中だけは外さねえんだからな」

清水は何を言われているのか分からぬようで、呆気に取られていた。

翌日、二郎は大鳥の宿陣する百姓家の広間に入った。大鳥を始め伝習隊や衝鋒隊《しょうほうたい》など、旧幕府軍各隊の兵長が参じている。二郎を含めて十人にもなるが、板張りの間は四半分も埋まっていない。無駄な広さに思えた。

「揃ったな。始めよう」

大鳥が厳かに口を開いた。皆が背筋を伸ばす中、二郎だけは猫背になっていた。

「まず、これまでの奮戦に謝意を表する。しかし、もういかん。若松も落城が見えてきた。そこで次善の策を実行に移す」

大鳥はひと息入れて続けた。

「まずは如来堂の衝鋒隊をこの塩川に退かせて守りを固めつつ、私が伝習隊を率いて敵を攻撃する。これが功を奏すれば、こちらは兵を温存したまま撤退できるだろう」

撤退と聞いて、集まった皆がざわめく。大鳥は「さもあろう」という顔で頷いた。

「先般、土方君が仙台に入った。元々は援兵を頼むためだったが、こうなった以上、会津は捨てざるを得ん。ただし！　これで終わりではない。仙台で兵を募って交戦を続ける」

不思議なもので、今度は一同に安堵の空気が満ちた。

大鳥の策は、昨晩の話で粗方想像できていた。それと大意が違わなかったことで、二郎の喉から「クク」と嘲るような笑いが漏れた。

皆が一斉に咎める目を向ける。挑むように二郎は問うた。

「それで、いいんですか」

大鳥が眉根を寄せた。

「どういう意味か」

二郎は背筋を伸ばして胸を張った。

「徳川慶喜公が降伏し、今また親藩の会津にも後がなくなった。この先、奥州の連合がなお抗う理由がありません。大義がないんですよ。筋の通らんことをすれば、俺たちは本当にただの賊軍に成り下がっちまう」

途端、周囲が喧《やかま》しくなった。

「何を言うか。新選組は幕臣だろうに」

「土方さんが骨を折って、走り回っているんだぞ」

「一矢報いることもせずに音を上げる気か」

口々に罵っていた。二郎は、すう、と大きく息を吸い込み――。

「うるせえ！」

一喝で全てを黙らせた。そして静かに言葉を継ぐ。

「新選組はな、近藤勇の遺産なんだよ。ろくでなしで、馬鹿で、しかし筋の通らんことを何よりも憎んだ近藤さんの隊だ。そのことを一番良く知る土方さんから、俺は隊を預かった。だから筋の通らんことをする訳にはいかねえ。新選組が幕臣だと？　幕府一門が新政府に恭順したのに、なお抗うなんぞ、つまり幕府にも弓引くことになるじゃねえか」

大鳥は苦りきった顔で漏らした。

「しかしな……。山口君、少し落ち着いてくれ」

「初めから落ち着いています。それに俺は、一矢も報いず音を上げる気なんぞ、さらさらない」

「では、どうする」

大鳥の厳しい眼差しに、にやりと返した。

「衝鋒隊が如来堂から退くんでしょう。後釜は？」

「必要ない。大した拠点ではなかろう」

だが二郎は大きく首を横に振った。

「それで母成峠を抜かれたことを、忘れちゃいませんか」

「まさか」

驚いた顔の大鳥を正面から見据え、二郎は「はい」と返した。

「新選組が如来堂に入ります。もっとも、敵とやり合ったら時間稼ぎにもならんでしょう。これまで恩を受けた会津に敬意を示す、そのためだけの出陣です。だから仙台に行きたいって奴と、二十歳前の若い奴は外して大鳥さんに託しますよ。土方さんの元に送り届けてください」

誰も、何も言わなかった。すくと立ち上がって深々と一礼し、二郎は広間を辞した。

新選組の野営陣に戻ると、二郎はこのことを隊の皆に伝えた。新選組としての筋を通す——これに賛同して如来堂に向かうことになったのは、二郎を含む十三名のみであった。副長の安富、軍目付の島田ら、王砕覚悟の行動を潔しとしなかった者は多い。だが二郎はそれらを一切責めなかった。むしろ「後を頼む」と快く決別した。

九月四日の朝、二郎以下の十三人は如来堂に向かうべく隊列を整えた。

「局長、何か訓示をお願いしますよ」

屈託のない笑顔で発したのは清水であった。二郎は苦笑を浮かべた。

「柄じゃねえんだが……まあ、いいか」

そしてひとつ咳払いして、朗々と声を張った。

「先にも伝えたとおり、俺は義を通すためだけに撤退に反対した。如来堂は拠点としちゃあ多分に心許ないし、敵とやり合うことになったら全滅だろう。そして、きっとそうなる」

付き従う皆が凜とした顔を向ける。ひとつひとつ眼差しを交わし、頷いて続けた。

「だが……もしも命を拾ったら、何としても生き抜け。生ある間、人はそれにしがみ付かねばならん。いいか、その時にはきっと胸を張って生き恥を晒せ。俺からの最後の命令だ」

生きることは、それ自体が闘いである。沖田が示してくれたこと、人の命の真実は、皆に伝わったろうか。幕府に付いて戦争をした身には、苦難の日々が待ち受けているに違いない。それでも――。

思いつつ背を向け、勝ち目のない戦場を指した。

秋九月は、陸奥の地ではもう初冬と言っても良いかも知れない。だいぶ冷たくなった朝の風を頬に受けて、二郎は空を仰いだ。

（総ちゃん。俺も十分にやったよな）

目を瞑《つぶ》れば、瞼の裏には懐かしい顔がちらついた。病にやつれる前の子供のような笑みが、今までの己と、これから先――生き残った場合に待っているだろう闘いを肯定してくれていた。

終節　魂は死なず

　気が付いたら老人はそこにいた。有信館《ゆうしんかん》道場の裏庭、二間ほど右手の生垣の外から私の稽古を眺めている。骨ばった面長に落ち窪《くぼ》んだ目、ふさふさとした白い眉が印象的であった。

　この近所で見た顔だったろうか。稽古に明け暮れる日々を送っているせいか、それすら覚えていない。肩で息をしながら日を遣ると、老人は穏やかな微笑を返した。

少し癪に障った。今の笑みの中に、小馬鹿にしたようなものがあると思えてならない。ぷいと顔を背けて竹刀を構え直す。

　目の前にはひと抱えに満たぬ桜の木があり、六尺に足らぬぐらいの高さで横に張り出した太めの枝には麻紐で空き缶を吊るしてある。鮭《さけ》の水煮か何かが詰まっていた缶だが、掌に乗るぐらいの大きさが突きの稽古には手頃だった。

　初冬を迎えて大方の葉を散らした枝から陽光が漏れる。缶の地金で跳ね返された光は乱れず、風がないことを示していた。

中段の構えで右足を半歩引き、缶に正対して、すう、と息を吸い込む。

「やっ！」

ひと声に気合を込め、右足を踏み込んで竹刀を突き込んだ。切っ先が缶底の中央に当たり、真っすぐ後ろに跳ね返される。コーンと心地良い響きを残して、缶は綺麗に舞った。

「……よし」

狙いが少しでも狂えば缶は目茶苦茶に跳ね回り、音も乱れる。極めて正確な突きを放てたことで私は納得していた。

しかし――。

「だめだなあ、それじゃ」

呟き声は先の老人らしい。やけに高く澄んだ美声である。

面白からぬものを覚えていたところへのひと言は、火に油だった。目が吊り上がるのが自ら分かった。

「何がいかんと言うのです」

じろりと睨み据える。すると向こうは微笑を湛えたままで軽く首を傾げた。

「これはまあ、すみません。聞こえてしまいましたか」

「人を批判なさるからには、拙《つたな》いところを言うこともできるのでしょう。剣の道を極めるため、是非ともお聞かせ願いたいものですな」

こんな爺《じじい》に何が分かるものかと、敢えて慇懃《いんぎん》無礼な態度を取る。

老人は、さらりと返した。

「何が、と言いますかね。何もかも、です」

腸が煮えくり返り、竹刀の先で足許の土を叩いた。

「ご老体。ここが何処《どこ》かをご存じか」

「神道無念流、荒技が売りの有信館でしょう。貴君の名は？」

「山本忠次郎《ちゆうじろう》」

胸を張った。私は小学生の頃から北辰一刀流の修業を積み、十九歳でこの有信館に移った。血反吐を吐くのが当たり前の荒稽古にも音を上げず、師範代にも負けぬまでに腕を上げた。今では師匠も一目置いてくれている。道場のあるこの本郷真砂町《まさごちょう》では、少しは知れた名であるはずだ。

老人は得心したように言った。

「貴君が山本君でしたか。ご高名は、つとに耳にしております」

もっとも、取り立てて驚く風でもない。静かな笑みを湛えたまま言葉が続けられた。

「とは言え、有信館も道場剣術を楽しむ域に止《とど》まるようですな。いや、それがいかんと言うのではありません。明治維新から四十年余り、良い時代になったということです」

好々爺《こうこうや》の面持ちで、平然と無礼を言って退ける。怒りが極限に達し、逆に頭から血の気が退いた。わなわなと身が震える。

「そうまで仰るのなら、さぞ貴殿の剣はご立派なのでしょうな。どうです、ひとつご教示願えませんか」

年寄りの屁《へ》ひり腰でも笑ってやれ。私の中にはそういう悪意が確かにあった。だが老人は動じることなく『承知いたしました』と生垣沿いに進み、裏口の木戸を開けて入ってきた。

正直なところ、ぞっとした。先に見せていた穏やかな笑みは消え失せ、奥まった双眸《そうぼう》が炯々と光っている。あまりにも剣呑な佇まいに怒気も吹き飛ばされていた。

「竹刀を」

一歩の間合いまで近寄った相手に、右手の物を差し出す。今になって気が付いたが、この老人は背も高い。缶を吊るした枝と同じぐらいの丈があった。

竹刀の柄頭を摑むと、老人の目つきはまた変わった。狂気を孕み、歪んだ喜びを湛えている。

殺される――大袈裟ではなく、そう感じた。思わず総毛立って、竹刀から離した手をさっと引く。にやり、という老人の笑みが、殺戮《さつりく》を悦《よろこ》ぶ鬼の面相に見えた。

一歩、二歩、私はおずおずと後退る。

老人は慣れた手つきで上段に竹刀を構えると、静かに口を開いた。

「ひとつ、お聞きしてもよろしいでしょうか」

「……はい」

「貴君は何のために剣を学んでおられるのです」

ごくりと唾を飲み、嗄れそうな喉から声を吐き出した。

「自らの心を鍛えるために。荒稽古を通じて精神を鍛え、如何なる時でも平静を保つためです」

老人は微動だにせず、ひとつ、二つ、三つ、と呼吸を繰り返している。対して私は息を詰まらせていた。

「違うなあ」

やっと次の言葉を発してくれた。あろうことか私は安堵して深呼吸をする。

「違う、とは？」

「突き、横面、足搦《あしがらみ》、投げ、組討ち。有信館の推奨する技は、貴君の言う求道《ぐどう》とは違うのです。相手の太刀を捌いてどう打ち込むだとか、そんなことを考える暇などない。無我夢中で斬り合う……闘う。剣なんて物はね、所詮は人殺しの道具でございますよ」

それだけ言うと老人はまた押し黙った。そして三歩、四歩と、木に吊るした空き缶との間合いを広げていく。

「それでは竹刀が届きませんが」

からからに渇いた喉で、私は無理に声を出した。返答はなかった。皮膚に突き刺さるような空気が漂う。黙って見ているしかない。

と、不意に老人の身が動いた。否、躍った。

上段の構えから、半歩引いていた右足を大きく踏み込んで袈裟懸けに振り下ろす。太刀筋は凄まじいばかりに鋭く、風を切る音の代わりに、パンと不自然な音が聞こえた。瞬時に断ち割られた空気が再び一体になろうとして、ぶつかっている。そう感じた。

驚愕する間すら与えず、なおも老人は流れるように動く。

竹刀から右手を離し、振り下ろした勢いのままに、柄頭を摑む左手だけでぐいと引く。先に踏み込んだ右足を蹴って総身を前に弾き出し、今度は左足で踏み込んだ。しなやかな動きは、さながら獲物に咬《か》み掛かる狼であった。

そして次の一撃が繰り出される。長身を目一杯に伸ばし、体と一直線に左手の竹刀を突き出した。全身をひとつの槍に仕立て、猛然たる勢いで的を襲う――。

缶は、揺れもしなかった。当たらなかったのではない。竹刀の切っ先が固い鉄の缶底を貫いていたのだ。動き始めてから、ものの一秒である。私は自らの目を疑った。

老人は爛々と目を輝かせ、引き攣った笑みを浮かべている。どこか安堵した風が頬に浮かんでいるものの、それとて「相手の命を取った」ことを、つまり自分の命を繋いだことを確認しているように映った。

「鬼……」

喉から滑り出る囁きと共に、私は地にぺたりと尻を落とした。求道の剣と人殺しの剣、双方の差は歴然としていた。

目を見開き、体をがちがちに固めながら、私は確信した。この老人は実戦、即ち殺し合いを潜り抜けてここにいるのだと。嗚呼そして、この独特な突きの形で、かつて師匠から聞かされた名を思い出した。

斎藤一――その人の半生は、神道無念流の師・根岸信五郎から伝え聞いたのみである。師匠とて人に聞いた話だそうだから、私に至っては又聞きでしかない。どこまでが本当なのだろう。

しかし今、目の前には信じられない光景がある。もしやこの人こそと口を半開きにする私を余所に、老人は缶の底から竹刀を外そうとしていた。

「……もし」

掠れる声で呼びかけると、老人は申し訳なさそうに微笑んだ。

「すみませんな。大切な竹刀でしょうに、破れた鉄を食い込ませて、傷を付けてしまいました」

私は無言で首を横に振った。そしてその場に土下座し、額を地に擦り付けた。

「まことに申し訳ないことでした」

「はて」

見当が付かぬという老人の声に頭を上げる。何とも鷹揚な笑みに向けて続けた。

「私は……『有信館に山本忠次郎あり』などとおだてられ、天狗になっていたようです。貴殿の如き達人の腕を見抜くことができず、この年寄りに恥をかかせて笑ってやれと考えていました。穴があったら入りたい思いです」

するを、老人はからからと笑った。

「構いませんよ。当方は人に笑われることなど慣れっこになっています。それでも、この歳まで生きている。それで十分ではありませんかな。さあ、お手をお挙げなさい」

老人に手を取られ、私はふらりと立ち上がった。

「一層、精進します」

「そう思っていただければ、この年寄りも役に立ったというものです」

老人はゆっくりと背を向け、立ち去ろうとした。私は弾かれるように大声を上げた。

「も、もし！」

「何か？」

背を向けたまま声が返される。

「あ……あの。貴殿の、その……。お名前をお聞かせ願えないでしょうか。それから、今までどこで何をなさっていたのかも」

　あなたは斎藤一ではないのか。そう聞こうと思った。だが、どうしてか真っ正直に聞くのが恐くなり、こういう問いになってしまった。

「……藤田五郎」

　老人の口から出た名を私は繰り返す。

「藤田殿、ですか」

「ええ。長らく警察官をしておりましたが、ずいぶん前に退任して、今は悠々自適の毎日です」

　静かに残し、また歩を進めた。私はその背をじっと見つめた。

　だが道場の裏庭から出ようとしたところで、藤田翁は思い出したように歩を止めた。

そして左の肩越しに眼差しを寄越してきた。

「ひとつ、言い忘れました」

　私はおずおずと半歩を踏み出し、翁の視線を受け止めた。

「何をでしょう」

「貴君の剣が何もかも駄目だと無礼を申し上げて、その理由を示しておりませなんだ」

　この人の言うことであれば全てが金言だろう。瞬きも忘れて目を見開いた。

　翁は静かに続けた。

「最もいけないことをご指摘しましょうか。貴君の突きは、刃が下を向いていました」

「刃……ですか」

「ええ。刃を上に向けておけば臓物が乗り、自らの重みで勝手に切れてくれますからな」

刹那《せつな》、背筋が凍り付いた。翁の顔に浮かんだのが修羅の笑みだったからだ。今こそ確信した。藤田翁こそ斎藤一である。人を斬り、激動の時代を生き抜いた闘いの魂は、年老いてなお死んでいなかった。

私はがくがくと身を震わせ、再び地に尻を落とした。腰を抜かした私を置いて、翁は夕暮れの町へと消えていった。


〈了〉

【参考文献】

『新選組・斎藤一の謎』　赤間倭子　新人物往来社
『新選組・斉藤一のすべて』　新人物往来社編　新人物往来社
『新撰組顚末記』　永倉新八　新人物往来社
『新選組銘々伝』　第二巻　新人物往来社編　新人物往来社
『新選組の真実』　菊地明　ＰＨＰ研究所
『新選組は京都で何をしていたか』　伊東成郎　ＫＴＣ中央出版
『幕末・会津藩士銘々伝』　上・下　小桧山六郎・間島勲編　新人物往来社
『歴史のなかの新選組』　宮地正人　岩波書店
『新選組』　松浦玲　岩波書店
『大江戸古地図散歩』　佐々悦久編著　新人物往来社
『新選組組長列伝』　別冊歴史読本18　新人物往来社編　新人物往来社
『図説　新選組史跡紀行』　萩尾農・岡田正人　学習研究社

解説

細谷正充

新選組とその隊士たちほど、作家の著書や創作物によってイメージの変わった存在はない。幕末の京都で治安維持のために不逞浪士《ふていろうし》（あくまでも幕府から見てだが）の取り締まりをし、鳥羽《とば》・伏見《ふしみ》の戦いでは幕府側で戦った新選組は、薩長《さっちょう》が中心となった明治の世で、賊軍扱いされるようになった。それが大きく変わる契機となったのが、子母澤《しもざわ》寛《かん》の著書である。一九二八年から三一年にかけて刊行された『新選組始末記』『新選組遺聞』『新選組物語』――いわゆる「新選組三部作」によって、実像が明らかにされたのだ。それ以前から新選組の名誉を回復しようという動きはあったが、子母澤の著書によって、広く復権したことは間違いない。

これを受けて、新選組を題材にした作品が増えていく。そして昭和三十年代になり、新選組はもう一度、大きな転機を迎えた。司馬遼太郎《しばりようたろう》の『新選組血風録』『燃えよ剣』によって、新選組という組織と各隊士が、さらなる魅力を確立させたのだ。なかでも副長の土方歳三のイメージは一変した。冷酷非情な副長として、新選組の中の悪役にされることも間々あった土方を、豊かな人間性と熱い心を裡《うち》に秘めた男としたのである（結《けっ》束信二《そくしんじ》が脚本を書き、栗塚旭《くりづかあさひ》が土方を演じた、テレビドラマの影響も大きい）。以後、このイメージが定着し、土方がもっとも人気のある隊士となったのだ。

では、肝心の斎藤一はどうか。新選組の幹部でありながら、伊東甲子太郎《いとうかしたろう》一派に加わる（間諜《かんちょう》説あり）など、興味深い動きをしており、新選組の物語には欠かせないメンバーである。ただし主役を務めた作品は、赤間倭子《あかましずこ》の長篇《ちょうへん》『新選組副長助勤 斎藤一』を除けば、短篇ばかりであった。どちらかといえば重要な脇役であったのだ。

しかし、斎藤のイメージも変わる。重要な作品がふたつある。ひとつは一九九四年から九六年にかけて「時代小説大全」に連載された、中村彰彦《なかむらあきひこ》の『明治無頼伝』だ。会津藩に身を投じて戊辰《ぼしん》戦争を戦い抜いた斎藤。斗南《となみ》藩として再興した会津の人々に寄り添い、やがて東京に出ると藤田五郎と改名し警視庁に奉職する。西南戦争が起こると、新政府側の一員として九州に赴くのであった。幕末ファン、新選組ファンはさておき、それほど知られていなかった維新後の斎藤の人生は、この作品によって認知されるようになった。

そしてもうひとつの作品が、和月伸宏《わつきのぶひろ》の『るろうに剣心 ―明治剣客浪漫譚《ろまんたん》―』だ。幕末最強といわれた伝説の人斬り・緋村抜刀斎《ひむらばっとうさい》の明治時代の活躍を描いたコミックである。その抜刀斎を新選組時代から宿敵としていたのが、藤田五郎こと斎藤一なのだ。なにかと抜刀斎に絡みながら、クールな言動と凄《すさ》まじい剣の腕前を見せる斎藤は、多くの若き読者に支持されたのである。

かくして斎藤一の人気は上昇。浅田次郎《あさだじろう》の『一刀斎夢録』などの長篇作品が生まれた。また、警視庁勤務や西南の役に参加したことで、明治期を舞台にした歴史時代小説で、よく起用されるようになる。辻真先《つじまさき》の『義経号、北溟《ほくめい》を疾《はし》る』、新美健《にいみけん》の『明治剣狼伝西郷暗殺指令』、矢野隆《やのたかし》の『至誠の残滓《ざんし》』など、枚挙に暇《いとま》がない。吉川永青の『闘鬼 斎藤一』は、その斎藤一を、主役に抜擢《ばってき》。新たな人物像を、見事に立ち上げたのである。

吉川永青は、一九六八年、東京都に生まれる。横浜国立大学経営学部を卒業後、会社員として働く。その一方で、インターネット上で実話半分創作半分の文章をアップし、面白かったという言葉を貰《もら》ううちに、この能力を何か活《い》かせないかと思うようになった。そして小説家を考え、いろいろ調べていたところ、第一回小説現代長編新人賞の公募に行き着く。だが、この時点で締め切りの一ヶ月前だった。それでも、豊臣秀吉の朝鮮出兵に纏《まつ》わる話を書き上げ応募したところ、一次予選を通過。手応えを感じた作者は、以後、同賞と小説すばる新人賞に応募するものの、受賞には至らない。そこで「自分が一つ前に書いた作品は、必ず次の作品で越えよう」と意識するようになり、二〇一〇年、『三国志』を題材にした『戯史三國志 我が糸は誰を操る』で、第五回小説現代長編新人賞奨励賞を受賞し、作家デビューを果たしたのである。

中学生の頃にNHKの「人形劇 三国志」で「三国志」の魅力に目覚めたという作者は、筋金入りの「三国志」ファンといっていい。それだけに日本人作家の手になる「三国志」の小説や漫画の量が、膨大であることは理解していたことだろう。だからこそ、今、「三国志」を書くならば、新たな視点や切り口が必要だと思ったはずだ。事実、この受賞作は、曹操に重用されながら呂布《りょふ》に寝返った陳宮《ちんきゅう》を主役にしている。以後の、『戯史三國志 我が槍《やり》は覇道の翼』は、孫家三代を支えた武将・程普《ていふ》、『戯史三國志 我が士は何を育む』は、蜀《しょく》を支えた将軍・廖化《りょうか》（廖淳）が主役になっている。なんという渋いチョイス。こうした主人公の選択だけでも、作者が己を現代の作家だと認識し、新たな「三国志」に挑んでいる姿勢が見えてくるのである。

　これは日本を舞台にした作品でも同様だ。初の戦国小説となった『時限の幻』では、それまであまり注目されていなかった、会津の執権といわれた蘆名《あしな》氏の金上盛備《かながみもりはる》を取り上げ、堂々たるドラマを創り上げた。その後も、厳島《いつくしま》の戦いで毛利に敗れた陶隆房《すえたかふさ》の半生を見つめた『悪名残すとも』や、戦国最強の部隊といわれた「赤備え」を活写した『誉れの赤』など、癖のある題材に挑んでいる。また真田《さなだ》昌幸《まさゆき》を、トランプの一種である「天正加留多」の化け札（ジョーカー）に準《なぞら》えた『化け札』は、戦国ファンにはお馴《な》染《じ》みの武将を主人公にしながら、新鮮な物語になっていたのである。そんな作者だからこそ、斎藤一をどう描くのか、ワクワクしてしまう。そしてその期待は、見事に叶《かな》えられたのである。

『闘鬼 斎藤一』は、NHK出版から二〇一五年四月に刊行された書き下ろし長篇だ。作品の評価は高く、二〇一六年に第四回野村胡堂《のむらこどう》文学賞を受賞した。

物語の幕開けは、少年の斎藤一（この時点では山口一だが、解説では斎藤一で統一する）が、初めて剣の稽古を始める日に見た、蜘蛛《くも》の巣に捕らわれた羽虫と、それを喰《く》らおうとする蜘蛛の動きだ。どちらも必死に命を燃やす光景は、以後、シンボリックに使用される。

これをプロローグにして、物語は試衛館に土方歳三が入門する場面に飛ぶ。父親に命じられるまま、試衛館で修業しているが、満たされないままでいる斎藤。いつもニコニコしているが、剣を持つと人格の変わる沖田総司が、なにかと絡んでくるのも疎ましい。しかし自分と近しいものを感じて、結局は沖田と一緒にいることが多い。やがて浪士組募集の話に乗った試衛館の面々は京都に向かい、斎藤の闘いに彩られた日々が始まる。

新選組の興亡については、あらためて書くまでもないだろう。作者は史実に寄り添いながら、どこか醒めている斎藤の視点で、新選組の活動を綴《つづ》っていく。事実とフィクションの融合が巧みであり、新選組を熟知している人でも、面白く読むことができる。なお作者は、自身のブログ「永青の日々雑感」で、

『闘鬼 斎藤一』は、人の闘争心というものを見つめながら書いた物語です。主人公が斎藤一である以上、物語はどうしても新選組と戊辰戦争（特に鳥羽・伏見と会津戦争）をトレースしたものになるのですが、謎が多いとされる斎藤の内面を「鉄砲の時代に移り変わる中、剣士が抱える闘争心と葛藤」と捉えて書き上げました。「闘う」とは何か。「争う」とはどう違うのか。会津戦争を機に、ぱたりと闘争をやめてしまう斎藤一の心情を味わい、何かを感じていただければ、これに勝る喜びはありません。

と記している。作品のテーマについては、これに書き加えることはない。その代わり、テーマを表現する手法について触れておこう。作者は「鉄砲の時代に移り変わる中、剣士が抱える闘争心と葛藤」を描くために、斎藤一をどのような人間にしたのか。ずばり、バトル・ジャンキー（戦闘狂）である。強い相手と闘いたい。彼が求めるのは、ただそれだけなのだ。バトル漫画の主人公のような性格だが、それゆえに時代の変化に流されることなく、自分の生き方を貫く。斬新で魅力的な斎藤一像を、作者は屹立《きつりつ》させたのだ。

これに関連して注目したいのが、沖田総司のキャラクターである。斎藤がバトル・ジャンキーなら、沖田は〝人斬り〟だ。土方が試衛館に入門したときの、沖田の言動を見れば、彼が常に斬るということを考えていることが分かる。傍《はた》から見れば、常に積極的に斬り合いをする斎藤と沖田は、同じような存在に思えるだろう。だが、微妙に違う。その差異が、互いのキャラクターを際立たせるのだ。作者の小説作法は、実に巧みである。

さらに、池田屋や油小路での斬り合いなどが、迫力満点に描かれている。チャンバラ・シーンも本書の読みどころだ。また全体を通じて、満たされることのなかった斎藤が、自分の居場所を得る青春小説にもなっている。なんだかんだいって自分の気持ちを分かってくれる沖田が労咳《ろうがい》を患い、斬り合いから離れてしまったことを悲しむところなど、胸に迫るものがあった。近藤勇の死後も戦い続ける斎藤が、土方と大鳥圭介に頼まれ、新たな新選組局長になった理由には、沖田への友情もあったのではないだろうか。本を閉じた後、あれこれ内容を反芻《はんすう》してしまうのは、優れた作品である証拠。斎藤一の〝闘鬼〟としての半生は、吉川永青の筆により、色鮮やかに表現されたのである。

（ほそや・まさみつ　文芸評論家）

本書は、二〇一五年四月、書き下ろし単行本として
NHK出版より刊行されました。

集英社文庫

闘鬼《とうき》　斎藤一《さいとうはじめ》

2021年4月25日　第1刷　　定価はカバーに表示してあります。

著　者　吉川永青《よしかわながはる》

発行者　徳永　真

発行所　株式会社 集英社
東京都千代田区一ツ橋2-5-10　〒101-8050
電話【編集部】03-3230-6095
【読者係】03-3230-6080
【販売部】03-3230-6393(書店専用)

印　刷　図書印刷株式会社

製　本　図書印刷株式会社

フォーマットデザイン　アリヤマデザインストア　　マークデザイン　居山浩二

ISBN978-4-08-744237-3 C0193